Mars Club

Rachel Kushner

Mars Club

tradução
Rogerio W. Galindo

todavia

*Sinto o ar de outro planeta.
Rostos afáveis que se voltavam para
mim agora somem na escuridão.*

I

1

A Noite da Corrente ocorre uma vez por semana, às quintas. Uma vez por semana acontece o momento decisivo para sessenta mulheres. Para algumas das sessenta, esse momento decisivo ocorre infinitas vezes. Para elas isso é rotina. Para mim foi só uma vez. Fui acordada às duas da madrugada, acorrentada e registrada, Romy Leslie Hall, presidiária W314159, e posta numa fila com as outras para uma viagem vale acima que duraria a noite toda.

Enquanto nosso ônibus saía do perímetro da casa de custódia, colei o rosto no vidro protegido por grades pra tentar ver o mundo. Não havia muito pra ver. Viadutos e ruas largas, escuras, desertas, que davam acesso à rodovia. Não tinha ninguém na rua. Era tão tarde que os semáforos tinham parado de mudar do verde para o vermelho e só piscavam um amarelo constante. Outro carro passou por nós. Estava com as luzes apagadas. Passou correndo, uma coisa escura com uma energia diabólica. Tinha uma moça na minha unidade que pegou perpétua só por dirigir. Não foi ela que atirou, ela dizia para todo mundo. Não foi ela que atirou. Ela só estava dirigindo. Só isso. Eles usaram um equipamento que identificou a placa do carro. A imagem estava no sistema de câmeras de monitoramento. O que eles tinham era uma imagem do carro, à noite, passando por uma rua, primeiro com os faróis ligados, depois com os faróis desligados. Se o motorista desliga o farol, é premeditado. Se o motorista desliga o farol, é assassinato.

Eles estavam fazendo nossa transferência àquela hora por um motivo, por vários motivos. Se pudessem lançar a gente numa cápsula pra dentro da prisão eles teriam lançado. Qualquer coisa para evitar que as pessoas comuns tivessem de olhar pra gente, um bando de mulheres algemadas e acorrentadas num ônibus do departamento de polícia.

Algumas das mais novas estavam choramingando e fungando quando o ônibus pegou a estrada. Tinha uma menina numa jaula que parecia grávida de uns oito meses, a barriga grande a ponto de precisarem usar uma extensão de corrente de cintura para prender as mãos dela ao lado do corpo. Ela soluçava e seu corpo sacudia, o rosto emporcalhado de lágrimas. Puseram a menina numa jaula por causa da idade, para que ficasse protegida de todas nós. A garota tinha quinze anos.

Uma mulher lá na frente se virou para a menina, que chorava na jaula, e sibilou como se usasse um spray de formicida. Como isso não funcionou, ela gritou.

"Cala a boca, porra!"

"Puta que pariu", disse a pessoa que estava do outro lado do corredor, perto de mim. Eu sou de San Francisco e ver um transexual não é novidade pra mim, mas essa pessoa realmente parecia um homem. Os ombros tinham a largura do corredor, sua mandíbula tinha barba. Imaginei que fosse da ala das sapatas da cadeia, que era onde punham as fanchonas. Era o Conan, que vim a conhecer mais tarde.

"Porra, é uma criança. Deixa ela chorar."

A mulher mandou o Conan calar a boca e então começou um bate-boca e os policiais tiveram de intervir.

Tem umas mulheres na custódia e no presídio que são caga-regras, e a mulher que estava exigindo silêncio era uma dessas. Se você segue as regras delas, elas inventam mais regras. Você tem que enfrentar as pessoas ou acaba sem nada.

Eu já tinha aprendido a não chorar. Dois anos antes, quando fui presa, eu chorava sem parar. Minha vida tinha acabado e eu sabia que tinha acabado. Era a minha primeira noite na custódia e eu esperava que aquilo fosse um pesadelo, que eu fosse acordar. Mas eu não acordava nem saía daquele colchão com cheiro de mijo, daquela bateção de porta, gritaria maluca e alarmes. A mulher que estava na cela comigo, que não era maluca, me sacudiu forte para eu olhar pra ela. Olhei pra cima. Ela se virou e levantou a camiseta do uniforme pra mostrar a tatuagem na parte de baixo das costas. Estava escrito

Cala a boca, porra

Funcionou. Parei de chorar. Foi um momento bacana com a minha parceira de cela. Ela queria me ajudar. Não é todo mundo que consegue calar a boca, e apesar de tentar eu não era a minha colega de cela, que mais tarde passei a considerar uma espécie de santa. Não por causa da tatuagem, mas pela lealdade à missão.

Os caras me colocaram com outra branca no ônibus. Minha colega de banco tinha cabelo castanho brilhante e fininho e um sorriso enorme e bizarro, como se estivesse fazendo comercial de pasta de dente. Pouca gente na custódia e na prisão tem dentes brancos, e ela também não tinha, mas tinha aquele sorriso grandioso e inadequado. Não gostei. Parecia ter passado por uma cirurgia de retirada parcial do cérebro. Ela disse seu nome inteiro, Laura Lipp, e contou que estava sendo transferida de Chino para Stanville, como se todo mundo ali contasse a verdade. Depois daquilo, nunca mais nenhuma pessoa se apresentou pra mim dizendo nome e sobrenome, nem tentou fazer um relato convincente de si mesmo já na hora da apresentação, e ninguém faria isso, nem eu.

"Lipp com *p* duplo é o sobrenome do meu padrasto, que eu adotei depois", ela disse como se eu tivesse perguntado. Como se uma coisa dessas pudesse me interessar, naquele momento ou em qualquer outro.

"Meu pai de verdade era Culpepper. Dos Culpepper de Apple Valley, não de Victorville. Tem uma sapataria chamada Culpepper em Victorville, sabe, mas não são nossos parentes." Não era pra ninguém falar no ônibus. A regra não colava no caso dela. "Minha família mora há três gerações em Apple Valley. Que parece um lugar superlegal, né? Quase que dá pra sentir o cheiro das macieiras em flor e ouvir as abelhas, e você já pensa em cidra de maçã fresca e em torta de maçã quentinha. A decoração de outono que todo ano o pessoal já começa a botar em julho na Craft Cubby, folhas brilhantes e abóboras de plástico: na verdade a maior tradição em Apple Valley é cozinhar e fazer metanfetamina. Não na minha família. Não quero que você tenha uma impressão errada. Os Culpepper são gente trabalhadora. Meu pai trabalhava com construção, sabe? Bem diferente da família do meu marido, que... Ei! Ei, olha! É a Montanha Mágica!"

Estávamos passando pelos arcos brancos de uma montanha-russa que ficava do outro lado da grande autoestrada com diversas pistas.

Quando mudei para Los Angeles, três anos antes, aquele parque de diversões parecia a porta de entrada para a minha nova vida. Foi a primeira grande imagem que se destacava na estrada rumo ao sul, brilhante e feia e empolgante, mas isso já não tinha mais importância.

"Na minha unidade tinha uma mulher que roubava crianças na Montanha Mágica", disse Laura Lipp, "ela e aquele marido pervertido."

Laura tinha um jeito de virar aquela faixa brilhante de cabelo para lá e para cá sem usar o braço, como se o cabelo estivesse preso ao restante do corpo por uma corrente elétrica.

"Ela me contou como eles faziam. As pessoas confiavam nela e no marido porque eles eram velhinhos. Sabe, gente velhinha, boazinha, e às vezes a mãe estava com os filhos correndo em três direções ao mesmo tempo e saía atrás de um, e a velhinha — eu dormia na mesma cela que ela na feminina e ela me contou a história inteira — ficava lá sentada tricotando e se oferecia para ficar de olho na criança. Assim que o adulto saía do campo de visão, a criança era levada para um banheiro com uma faca na garganta. Essa velhinha e o marido tinham bolado um esquema. Eles punham uma peruca na criança e trocavam a roupa dela, e depois o casal vazava ligeirinho do parque com a pobre criatura."

"Que horror", eu disse, tentando me afastar dela até onde a corrente permitia.

Eu tenho um filho, Jackson.

Eu amo meu filho, mas pensar nele é pesado pra mim. Tento não pensar.

Minha mãe escolheu meu nome em homenagem a uma atriz alemã que num programa de entrevistas na tevê disse para um assaltante de banco que gostava muito dele.

Bastante, a atriz disse, eu gosto bastante de você.

Assim como a atriz alemã, ele estava no programa para ser entrevistado. Em geral os entrevistados não costumam conversar uns com os outros enquanto estão sentados à esquerda da mesa do entrevistador. Eles mudaram para os assentos mais na ponta à medida que o programa rolava.

Você começa com os talheres *externos*, um cretino me disse certa vez. Eu nunca tinha aprendido aquilo, ninguém tinha me ensinado. Ele estava me pagando para sair com ele e achou que o preço só valia a pena se durante a noite ele pudesse me fazer sentir diminuída de um jeito ou de outro. Quando saí do quarto dele naquela noite, levei uma sacola de compras que estava perto da porta. Ele nem percebeu, imaginou que já podia relaxar da função de ficar no meu pé para me humilhar e achou que podia se refestelar na cama do hotel. A sacola era da Saks Fifth Avenue e tinha várias outras sacolas dentro, todas com presentes de mulher, suponho que pra mulher dele. Roupas caras e feias que eu jamais usaria. Atravessei o saguão com a sacola e joguei ela numa lata de lixo a caminho do meu carro, que eu tinha estacionado a vários quarteirões dali, numa garagem na Mission, porque não queria que aquele cara descobrisse nada sobre mim.

No programa de tevê, sentado na cadeira mais longe da mesa havia um assaltante de banco que ia falar sobre seu passado, e a atriz alemã estava ao lado dele e se virou para o assaltante e disse que gostava dele.

Minha mãe escolheu meu nome para homenagear essa atriz, que falou com o assaltante de banco em vez de falar com o apresentador.

Acho que ele gostou que eu roubei a sacola. Depois disso queria me encontrar sempre. Queria ter a sensação de estar namorando, e muita mulher que eu conhecia achava que esse era o melhor dos mundos: esses caras pagavam um ano de aluguel adiantado, bastava um desses pra resolver a vida. Eu tinha topado o encontro porque uma velha amiga minha, Eva, tinha me convencido. Tem vezes que o desejo dos outros se torna desejável, num minuto, até se dissolver quando comparado aos seus próprios desejos. Naquela noite, enquanto o coxa do Silicon Valley fingia que a gente era cúmplices como um casal de amantes — o que significava que ele me tratara como lixo, dizendo que eu tinha uma beleza meio "comum" e usando o dinheiro pra tentar ter poder social sobre mim, como se aquilo fosse um relacionamento, mas já que estava pagando a gente deveria interagir nos termos dele, e ele deveria decidir o que eu devia dizer, como eu devia falar, o que pedir, que garfo usar, o que eu devia fingir que gostava —, descobri que fingir de namorada não era pra mim. Eu ia continuar ganhando meu dinheiro como stripper no Mars Club da Market Street. Não dava a mínima para o que era considerado trabalho honesto, só queria saber se não me causava repulsa. Sabia, pela minha experiência de stripper, que rebolar era mais fácil que falar. Todo mundo é diferente quando se trata de padrões pessoais e do que cada um pode oferecer. Eu não consigo fingir que sou amiga de alguém. Não queria que ninguém ficasse sabendo nada sobre mim, apesar de deixar escapar uma coisa ou outra para uns poucos caras. Jimmy Barba, o porteiro, que só exigia que eu fingisse que seu senso de humor sádico era normal. E Dart, o gerente da noite, porque nós dois gostávamos de carros clássicos e ele sempre dizia que queria me levar para o Hot August Nights, em Reno. Era só brincadeirinha, e ele era só o gerente da noite. Hot August Nights. Não era meu tipo de evento de carros. Fui ver a corrida de pista de terra em Sonoma com Jimmy Darling, comi cachorro-quente, tomei uma cerveja e vi sprint cars jogando lama no alambrado.

Algumas meninas no Mars Club queriam clientes fixos e ficavam o tempo todo tentando cultivar esse tipo de relacionamento. Não era o meu caso, mas mesmo assim acabei tendo um cara desse tipo, Kurt Kennedy. O Kennedy Esquisitão.

Às vezes acho que San Francisco é amaldiçoada. Em geral acho uma bosta de um lugar triste. As pessoas dizem que é um lugar bonito, mas só quem acabou de chegar vê beleza ali, a cidade é invisível para quem cresceu nela. Como as nesgas da baía azul que você vê nos vãos das casas ao longo do Buena Vista Park. Mais tarde, no presídio, eu conseguia ver aquilo como se estivesse vagando pela cidade. Casa a casa, eu olhava pra tudo que tinha pra ver, encostava o rosto no portão da garagem das casas vitorianas no lado leste da parte mais alta do Buena Vista Park, o azul da água suavizado por um vestígio levíssimo de neblina, um beijo de umidade, um brilho. Eu não gostava desse tipo de vista quando estava livre. Na adolescência, o parque era o lugar onde a gente ia beber. O lugar onde os homens mais velhos dirigiam bem devagar e deslizavam de fininho para colchonetes escondidos sob os arbustos. O lugar onde os meninos que eu conhecia batiam nesses caras que dirigiam devagarinho, e uma vez jogaram um deles de um penhasco depois que o sujeito comprou um engradado de cerveja pra eles.

Da esquina da Décima Avenida com a Moraga, onde morei com minha mãe quando era criança, dava pra ver o Golden Gate Park, depois o Royal Presidio, os pontos vermelhos foscos da ponte Golden Gate e, mais além na colina, o terreno verde irregular e ondulado da península de Marin Headlands. Eu sabia que todo mundo achava a Golden Gate especial, mas pra mim e pros meus amigos aquilo não era nada. A gente só queria beber até cair. A cidade pra nós eram dedos pegajosos de neblina que tentavam entrar nas nossas roupas, sempre aqueles dedos pegajosos e grandes colinas de bruma avançando pela Judah Street enquanto na beira de trilhos cheios de areia eu esperava pelo bonde, que no fim da noite passava de hora em hora, e eu esperava e esperava com lama endurecida na barra do jeans, lama das poças do estacionamento da Ocean Beach. Ou lama de ter escalado a Montanha do Ácido depois de tomar ácido, porque era pra isso que servia a Montanha do Ácido. A sensação ruim de um troço me puxando para baixo, por causa da lama endurecida na barra da calça. A sensação ruim de cheirar cocaína com desconhecidos num hotel de beira de estrada em Colma, perto do cemitério. A cidade eram pés úmidos e cigarros encharcados numa festa regada a cerveja no Grove. Chuva e cerveja e brigas sangrentas no St. Patrick's

Day. Tomar Bacardi 151 até vomitar e rachar o queixo num muro de concreto no Minipark. Alguém tendo uma overdose num quarto dos conjuntos habitacionais pra brancos na Great Highway. Alguém apontando uma arma carregada pra minha cabeça, sem motivo, no Big Rec, a parte do parque onde o pessoal joga beisebol. Era de noite e esse psicopata foi sentar junto com a gente enquanto todo mundo tomava cerveja no gargalo, uma situação tão corriqueira, apesar de nunca mais ter acontecido, que eu nem lembro como acabou. San Francisco pra mim eram os McGoldricks e os McKittricks e os Boyles e os O'Boils e os Hicks e os Hickeys e suas tatuagens dizendo *Erin go bragh* em lealdade à Irlanda, as brigas que eles provocavam e ganhavam.

Nosso ônibus passou para a pista da direita e começou a reduzir a velocidade. Estávamos pegando a saída da Montanha Mágica.

"Vão levar a gente na montanha-russa?", o Conan perguntou. "Ia ser demais."

A Montanha Mágica ficava à esquerda, do outro lado da rodovia. À direita ficava a cadeia masculina. O ônibus virou à direita.

O mundo tinha se dividido em bom e ruim, um grudado no outro. Parque de diversões e cadeia.

"Suave", Conan disse. "Nem tava a fim. O ingresso é caro pra cacete. Melhor voltar pra grande O. Or-lan-do."

"Sem essa, mané", alguém disse. "Você não foi pra Orlando porra nenhuma."

"Gastei vinte pau lá", Conan disse. "Em três dias. Levei minha mina. Os filhos dela. Suíte com hidromassagem. Passe de acesso livre. Filé de aligátor. Orlando é legal. Bem mais legal que esse busão, isso eu garanto."

"Achou que estavam levando a gente pra Montanha Mágica", disse a mulher na frente do Conan. "Burra pra caralho." O rosto dela era cheio de tatuagem.

"Caraca, você tem tatuagem pra cacete. Só de olhar esse grupinho aqui voto em você como a Pessoa Provavelmente Mais Bem-Sucedida."

Ela fez um barulho gutural de desprezo e se voltou para a frente.

O que acabei entendendo sobre San Francisco era que eu estava mergulhada numa beleza que eu não podia ver. Mesmo assim, nunca consegui ir embora, pelo menos não antes de meu cliente fixo Kurt Kennedy me forçar, mas a maldição da cidade me seguiu.

Em outros aspectos ela era uma mulher azarada, essa atriz que meu nome homenageia. O filho dela escalou uma cerca e cortou uma artéria da perna e morreu quando tinha catorze anos, e depois disso ela bebeu sem parar até morrer aos quarenta e três anos.

Tenho vinte e nove. Catorze anos é uma eternidade, se é que é isso que ainda tenho pra viver. Em todo caso, vai demorar mais do que o dobro disso — trinta e sete anos — para eu poder falar com a junta que vai decidir sobre minha condicional e, se me concederem o benefício, aí posso começar a cumprir minha segunda pena perpétua. Fui condenada a duas prisões perpétuas mais seis anos.

Não tenho planos de viver muito. Nem pouco, necessariamente. Não tenho plano nenhum. O negócio é continuar existindo independente de ter um plano ou não, até você não existir mais, e aí seus planos deixam de ter sentido.

Mas não ter planos não quer dizer que eu não tenha arrependimentos.

Se eu nunca tivesse trabalhado no Mars Club.
Se nunca tivesse conhecido o Kennedy Esquisitão.
Se o Kennedy Esquisitão não tivesse decidido me seguir.

Mas ele decidiu me seguir e não deu trégua. Se nada disso tivesse acontecido, eu não estaria num ônibus indo passar o resto da vida num cubículo de concreto.

Paramos num semáforo depois da saída da estrada. Do lado de fora da janela, um colchão estava apoiado sobre uma pimenteira. Até essas duas coisas, eu disse pra mim mesma, devem ficar juntas. Sem pimenteiras, sem galhos entrelaçados e pimenta rosa, nada de colchões velhos e sujos apoiados em troncos descascados. Tudo que é bom se liga ao que é ruim e então fica ruim. Tudo ruim.

"Toda vez eu achava que esses colchões eram meus", Laura Lipp disse, olhando para o colchão abandonado. "Eu estava dirigindo por Los Angeles e via um colchão na calçada e pensava, ei, alguém roubou meu colchão! Eu pensava, olha lá minha cama... olha minha cama ali. Toda vez. Porque, falando sério, era *igualzinho* à minha cama. Aí eu ia pra casa e minha cama estava no lugar que eu tinha deixado, no quarto. Eu arrancava as cobertas e os lençóis pra conferir o colchão pra ter certeza, pra ver se era o meu mesmo, e sempre era. Eu sempre descobria que ele continuava lá em casa, apesar de ver um colchão igualzinho ao meu jogado na rua. Acho que não sou a única e que isso é meio que um engano generalizado. Eles forram todos os colchões com o mesmo material e põem um estofado igual, e quando você vê um deles jogado na saída de uma estrada não tem como não achar que é o seu. Tipo, pra que alguém arrastaria meu colchão até aqui?!"

Passamos por um letreiro iluminado: TRÊS TERNOS $129. Era o nome do lugar. TRÊS TERNOS $129.

"Esse lugar dá uma ajeitada legal no cara. Você sai parecendo um bacana", Conan disse.

"Onde foi que arranjaram essa criatura?", alguém disse. "Falando de terno barato."

Onde foi que arranjaram todas nós. Cada uma sabia de onde tinha vindo, só que ninguém falava, tirando a Laura Lipp.
"Quer saber o que eles faziam com as crianças?", Laura Lipp me perguntou. "A velhinha e o marido pervertido na Montanha Mágica?"
"Não", eu disse.
"Você não vai acreditar", ela continuou. "É desumano. Eles..."
Um anúncio ressoou no sistema de alto-falante do ônibus. A gente deveria continuar em nossos assentos. O ônibus parou para desembarcar os três homens que estavam numa jaula separada na frente. Apontaram armas pra eles e pra nós enquanto faziam a transferência.
"Tem uns cuzões muito doidos aqui", Conan disse. "Fiquei seis meses aqui."
A mulher na frente do Conan ficou nervosa, tipo insana. "Você é homem de verdade? De verdade? Puta que pariu. Guarda! Guarda!"
"Sossega", Conan disse. "Eu estou no lugar certo. Digo, no lugar errado. Não tem nada certo nisso. Mas arrumaram minha ficha. Tinham ficado confusos e me colocaram com os *caballeros* na custódia do centro. Erraram sem querer."
Teve gente que gargalhou e teve gente que segurou o riso. "Puseram você na masculina? Acharam que você era um cara de verdade?"
"Não só na custódia. Fiquei na Penitenciária Estadual de Wasco também."
Uma onda de descrença tomou conta do corredor. Conan não tentou convencer ninguém. Mais tarde fiquei sabendo dos detalhes. Conan realmente ficou na masculina, pelo menos no começo. Ele de fato parecia um homem, e foi assim que pensei nele desde a hora que a gente se conheceu.

Eu me arrependo do Mars Club e do Kennedy, mas não das outras coisas que você talvez quisesse que eu me arrependesse. Dos anos que passei usando drogas e lendo livros da biblioteca eu não me arrependo. Não era uma vida ruim, apesar de que provavelmente eu jamais voltaria a fazer aquilo de novo. Eu tinha uma grana dos strips e conseguia comprar o que queria, no caso drogas, e se você nunca experimentou heroína eu preciso te contar uma coisa: aquilo faz você se sentir bem com você mesmo, especialmente no começo. Faz você se sentir bem com as outras pessoas. Você quer dar um desconto pro mundo inteiro, pegar leve, olhar tudo de um jeito mais tranquilo. Não tem nada tão tranquilizador. Minha primeira experiência foi com morfina, um comprimido que alguém derreteu numa colher e me ajudou a injetar, um cara chamado Bill, e eu não tinha pensado muito nele nem como seria a droga, mas o jeito cuidadoso dele para tirar o garrote do meu braço e achar minha veia, o jeito como a agulha entrou, tão fina e delicada, a experiência como um todo com esse cara qualquer, que nunca mais vi, me picando numa casa abandonada, foi exatamente como uma menina sonha que o amor possa ser.

"Vai te dar uma sensação de formigamento", ele disse. "Vai pegar você pela nuca." Aquilo me pegou pela nuca com firmeza, com suas pinças de borracha, depois um calor se espalhou pelo meu corpo. Me entreguei ao suor mais relaxante da minha vida. Me apaixonei. Não sinto saudade daqueles anos. Só estou te contando.

De volta à estrada, me afastei o máximo que pude de Laura Lipp e fechei os olhos. Fiquei uns cinco minutos tentando dormir, mas ela começou a sussurrar de novo.

"Essa situação toda é porque eu sou bipolar", ela disse. "Caso você esteja se perguntando. Talvez você esteja se perguntando. É cromossômico."

Ou pode ser que ela tenha dito "cromossomial". Porque agora era com esse tipo de gente que eu tinha que conviver. Gente que achava que tudo era uma conspiração científica. Não encontrei uma única pessoa na cadeia que não estivesse convencida que a aids tinha sido inventada pelo governo pra matar os gays e os viciados. Era difícil discutir. Em certo sentido parecia verdade.

A mulher que sibilava e mandava todo mundo calar a boca se virou o máximo que as correntes permitiam. Tinha uma tatuagem em formato de lágrima, desbotada e borrada, e as sobrancelhas desenhadas a lápis. Os olhos eram de um verde acinzentado brilhante como se a gente estivesse num filme de zumbis e não numa viagem de ônibus rumo a uma penitenciária estadual na Califórnia.

"Ela é uma assassina de bebês", ela falou pra nós ou talvez pra mim. Estava se referindo a Laura Lipp.

Um policial veio andando pelo corredor.

"Quem diria, é a Fernandez", ele disse. "Se eu ouvir mais uma palavra da tua boca te boto numa jaula."

Fernandez não olhou pra ele nem respondeu. Ele voltou pro assento dele.

Laura fez uma careta e esboçou um sorriso discreto, como se algo ligeiramente constrangedor, mas que não valia a pena mencionar, tivesse acabado de acontecer, como se alguém tivesse soltado um pum, mas não ela, é claro.

"Puta que pariu, você matou seu bebê?", Conan disse. "Isso é foda pra caralho. Tomara que eu não fique na mesma cela que você."

"Acho que você tem problemas maiores do que saber quem vai ficar na sua cela", Laura Lipp disse pro Conan. "Você tem cara de quem passa bastante tempo na cadeia e no presídio."

"Por quê? Só porque eu sou preto? Pelo menos eu me encaixo aqui. Você parece uma seguidora do Charles Manson. Sem ofensa. Não tenho nada pra esconder. A minha ficha é a seguinte: irrecuperável. TDO. Quer dizer, Transtorno Desafiador de Oposição. Tenho uma mente criminosa, sou narcisista, reincidente e não cooperativo. Também sou bebum e tarado."

Todo mundo foi ficando quieto e teve gente que acabou dormindo. Conan roncava como um trator. "Tem cada figura subindo o vale com a gente", Laura sussurrou pra mim. "Escuta, eu não sou seguidora do Manson e sei do que estou falando. Sei a diferença. Lá na feminina tinha a Susan Atkins e a Leslie Van Houten. As duas tinham uma cicatriz entre os olhos. A Susan passava um creme especial na dela, mas não adiantava nada. Era uma esnobe arrogante com um X talhado na testa. Tinha umas coisas boas na cela dela. Perfumes chiques. Uma luminária sensível ao toque. Fiquei com pena quando uma das meninas fez um guarda dar uma batida na cela dela e levar todas as coisas boas. Foi nisso que pensei quando soube que a Susan morreu. Tinha perdido uma parte do cérebro e estava paralisada e mesmo assim não deixavam ela ir pra casa. Quando soube disso, pensei neles dando uma batida na cela dela na feminina, levando a luminária e as loções dela. A Leslie Van Houten tinha cara do que você imagina que seja uma condenada. Tem gente que acha que esse é um termo respeitoso. Eu não. É só pensamento de rebanho. Ela vai morrer na prisão igualzinho à Susan Atkins. Não vão deixar que ela saia. Pelo menos não enquanto existir o café Folgers, o que é a mesma coisa que dizer nunca, porque o que é que o pessoal vai tomar de manhã? Uma das vítimas era herdeira da Folgers, sabe, e eles não querem que a Leslie saia e eles são gente bem influente. Enquanto a Folgers existir, a Leslie vai morrer na prisão."

A mãe dela teve um caso com Hitler. A mãe da estrela de cinema alemã. Aquela do meu nome. A mãe dela teve um caso com o Hitler, mas na época, pelo que eu sei, quem não teve?

"Como assim, você não fala alemão?", Jimmy Darling me perguntou uma vez. Nunca tinha me passado pela cabeça que minha mãe pudesse me ensinar alemão. Era difícil pensar que ela pudesse me ensinar qualquer coisa. "Ela era deprimida demais pra se importar." Tem pais que criam os filhos em silêncio. Silêncio, irritação, desaprovação. Como eu podia aprender alemão assim? Teria que aprender com frases como "Você pegou dinheiro da minha carteira, sua merdinha?". Ou "Não me acorde quando chegar".
Jimmy disse que só sabia uma palavra em alemão.
"É *angst*?"
"*Begierden*. Quer dizer luxúria, desejo. A palavra deles para desejo é *beer garden*, um jardim de cerveja. Faz sentido."

Tentei dormir mas a única posição que as correntes permitiam era encostando o queixo no peito. Meu pulso latejava de dor na altura da algema, presa na corrente que passava pela barriga, imobilizando minhas mãos ao lado do corpo. A sensação era que tinham ajustado o ar-condicionado do ônibus para dez graus. Eu estava congelando e desconfortável e a gente ainda estava no condado de Ventura. Faltavam mais seis horas. Comecei a pensar naquelas crianças forçadas a colocar perucas num banheiro público na Montanha Mágica, tendo que botar óculos escuros e se trocar depressa. Elas ficariam irreconhecíveis não só pelo disfarce, mas também pela nova vida que teriam. Seriam estranhas, crianças diferentes, manchadas e arruinadas pelo próprio sequestro, muito antes de chegarem a ser usadas para qualquer propósito maligno que fosse, o que passou a ser o novo e abrupto destino delas. Vi as crianças de peruca e a multidão dispersa do parque de diversões, que não saberia ajudar uma criança perdida e sequestrada. Vi o Jackson, como se ele estivesse sendo tirado de mim por uma velhinha sentada num banco, e a única coisa que eu podia fazer era observar as imagens do rosto sardento dele na minha memória, imagens que flutuavam e pulsavam e que não sumiam nem se dispersavam.

    Jackson está com a minha mãe. A única bênção da minha vida é que ele pode contar com ela, ainda que eu não goste muito dela. Ela não é uma avó psicopata que fica tricotando num banco. É uma alemã rude que fuma sem parar e que fica casando, se divorciando e casando de novo. Ela me trata de um jeito frio, mas é amável o suficiente com o Jackson. A gente brigou faz uns anos, mas quando fui presa ela ficou com o Jackson. Na época ele tinha cinco anos. Agora tem sete. Nos dois anos e meio que fiquei na casa de custódia, enquanto meu caso tramitava na Justiça, ela trazia o menino pra me ver sempre que podia.

    Se tivesse dinheiro para um advogado particular, eu teria contratado um. Minha mãe se ofereceu para hipotecar o apartamento dela, um estúdio no Embarcadero em San Francisco, mas como já tinha feito duas hipotecas, ela devia mais do que o valor do imóvel. A velha e famosa stripper Carol Doda, aquela dos mamilos de néon vermelho que ficavam piscando na Broadway quando eu era menina, morava no prédio da minha mãe. Às vezes a gente se cruzava no corredor, ela se debatendo com sacolas de comida e um cachorro latindo, quando eu ia visitar minha mãe. Ela não tinha uma aparência muito boa, mas minha mãe, que estava desempregada e viciada em analgésicos, também não.

    Por um curto período pintou a possibilidade de eu receber assistência legal por caridade de um amigo da minha mãe, um cara chamado Bob que tinha um Jaguar bordô, usava paletó xadrez e bebia Manhattans já engarrafados. Bob, ela disse, ia pagar um advogado. Mas depois Bob sumiu; literalmente desapareceu. O corpo foi encontrado mais tarde embaixo de um tronco no rio Russian. Minha mãe não tem bons contatos, em geral os contatos dela são duvidosos. Nomearam um defensor público pra mim. Todos nós tínhamos esperança de que as coisas mudassem. Não mudaram. As coisas foram do jeito que foram.

Nosso ônibus gemeu enquanto seguia pela faixa da direita junto com as carretas. Estávamos passando por Castaic, a última parada antes de Grapevine. Uma vez fui a um bar em Castaic com Jimmy Darling, depois que fugi para Los Angeles pra escapar de Kurt Kennedy, na época que eu era vítima dele. Jimmy Darling tinha se mudado para Valencia pra dar aula numa escola de artes. Ele sublocava uma casa numa fazenda que não ficava longe de Castaic.

As coisas que você não pode dizer: continuo vítima de Kurt Kennedy, mesmo que ele esteja morto.

Eu conhecia a região e também o Grapevine, que era um lugar cheio de vento e desolado e exigente, um teste que você passava pra chegar ao norte da Califórnia. Conforme a gente se aproximava daquela terra embaçada, atrás da janela com grade eu torcia para que a realidade se retorcesse como um saco e que, enquanto se retorcesse, abrisse um buraco, rompendo o saco e me deixando sair, me libertando naquela terra de ninguém.

Como se pudesse ler meus pensamentos, Laura Lipp disse, "Eu pessoalmente me sinto mais segura aqui, com tudo o que acontece lá fora. Tem coisa doentia, bizarra, perturbadora, não compensa".

Olhei pela janela e o que vi foi só o tapete natural de pedras e arbustos passando num rolar infinito cheio de solavancos.

"Está cheio de caminhoneiro que é serial killer, e ninguém pega esses caras. Eles não ficam no mesmo lugar, entendeu? De estado em estado. Os tribunais não conversam, aí ninguém fica sabendo. Todos esses caminhões atravessando os Estados Unidos. Alguns com mulheres amarradas e amordaçadas na parte de trás da cabine. Eles têm essas cortininhas pra esconder as mulheres. As que são mortas eles jogam nas caçambas dos pontos de parada, pedaço por pedaço. É por isso que chamam as caçambas assim. Jogam lá dentro gente que eles caçam. Corpos de mulheres e meninas." Passamos por um ponto de parada. Que concepção séria e bonita. Tudo que eu conseguia imaginar era bonito em comparação a este ônibus e a esta mulher que dividia o banco comigo. O que eu não daria para dormir atrás das máquinas de salgadinho de um ponto de parada, com suas luzes frias que brilharam quando passamos voando por elas. Qualquer um que por acaso pudesse passar por um ponto de parada era minha alma gêmea, meu aliado contra Laura Lipp. Mas eu não tinha ninguém e estava presa a ela.

"Eu *estou* viva", ela disse, "mas isso não significa muita coisa. Cortaram meu coração com uma serra elétrica."

Estávamos numa descida e passando por um área de escape que saía da entrada de Grapevine e chegava no vale. Eu conhecia aquela área de escape. Era um trecho íngreme, com pedrinhas soltas, que não dava em lugar nenhum, para veículos que estavam sem freios. Nunca voltaria a ver aquela área de escape, e eu adorava aquela área, era boa e saudável, só agora eu percebia isso, como tudo era bom e saudável e encantador, como tudo era frágil e encantador.

"Sabe como chamam uma coisa que você não tem, que você oferece pra alguém que não quer?"

Lancei um olhar hostil para ela.

"Estou falando de amor", ela disse. "Tipo, vamos supor que eu vá ali e pegue uma pedrinha. Eu pego aquilo e digo pra alguém, olha aqui, essa pedra sou eu. Toma. E a pessoa pensa, eu não quero essa pedra. Ou agradece, e coloca no bolso ou talvez num triturador de pedra. E não liga que essa pedra sou eu, porque na verdade a pedra não sou eu, eu só *decidi* que era eu. Eu *deixei* que me triturassem. Entende o que quero dizer?"

Eu não disse nada, mas ela continuou. Ia falar até Stanville. "Na prisão pelo menos você sabe o que vai acontecer. Quer dizer, você não sabe *de verdade*. É imprevisível. Mas de um jeito entediante. Não vai acontecer nenhuma tragédia, nada horroroso. Quer dizer, claro que pode acontecer. Claro que pode. Mas não tem como você perder tudo na prisão, porque isso já aconteceu."

A garçonete em Castaic flertou com Jimmy Darling na noite que fomos parar lá. Um dos problemas de sair com ele era ter que ficar de olho nas piranhas que tentavam passar uma mensagem silenciosa pra ele enquanto a gente estava junto, dizendo vamos-deixar-essa-daí-pra-trás.

Mas ele não me deixou pra trás. Isso só aconteceu depois, quando eu estava presa e liguei pra ele, e soube pelo seu tom de voz que tinha acabado, mas para me proteger eu não dei bola. Precisava me concentrar no que estava acontecendo comigo. Ele perguntou como eu estava de um jeito educado, formal. Eu disse, "Você acabou de aceitar uma ligação a cobrar de uma presidiária numa cadeia de Los Angeles, quão na merda você acha que eu estou?".

A minha época, a minha fase, de fato, tinha acabado, tanto pra mim quanto pra ele. Ele me escreveu uma vez, mas a carta inteira falava sobre a temporada de beisebol e não fazia nenhuma menção ao fato de eu estar cumprindo prisão perpétua.

Talvez você tivesse feito a mesma coisa se estivesse no lugar do Jimmy Darling. Não estou falando de escrever uma carta sobre beisebol, mas de cortar os laços com alguém que está condenado. Qualquer pessoa sensata desistiria de alguém como eu, que foi mandado embora para sempre, se fosse só um namorado ou um amante, se fosse pra ser uma coisa divertida. Quando envolve prisão, deixa de ser divertido. Mas talvez eu é que tenha afastado o Jimmy.

Jimmy Darling cresceu em Detroit. O pai dele trabalhava na GM. Na adolescência Jimmy Darling trabalhou numa fábrica que produzia vidros automotivos. Ele me disse que quando sentiu pela primeira vez o cheiro da cola usada para fixar o para--brisa no carro, percebeu que tinha sonhado com um cheiro exatamente como aquele, o cheiro de uma cola específica, e que o destino dele era trabalhar trocando vidros de carros. Para a sorte do Jimmy, ele tinha inúmeros destinos. Depois de abandonar a faculdade, começou a fazer filmes sobre o cinturão da ferrugem. O passado dele era a isca, sua bossa, ele era o sr. Chão de Fábrica que Virou Diretor. Eu brincava com ele por isso, mas ao mesmo tempo achava tocante sua ligação romântica com Detroit. Um dos filmes era a mão dele virando cada uma das cartas de um baralho da GM que o pai ganhou ao se aposentar depois de quarenta anos na linha de montagem. A empresa agradeceu as décadas de lealdade e de trabalho duro com um baralho. "Sabe o que existe hoje na sede da GM no Cadillac Place?", Jimmy Darling disse. "Um escritório que paga prêmios de loteria." O Jimmy passou um dia inteiro do lado de fora do prédio, esperando filmar alguém que tivesse ganhado na loteria e ido receber o prêmio. Ninguém apareceu.

 Quem me apresentou o Jimmy Darling foi um aluno dele com quem eu estava saindo na época. Um cara chamado Ajax, que era mais novo e não tinha grana e morava ao sul do Mercado numa cúpula geodésica no telhado de um armazém. Ajax era faxineiro no Mars Club. O pessoal brincava comigo por pegar o menino que trabalhava recolhendo as lixeiras lotadas de camisinhas usadas, mas eu não estava nem aí. Além disso ele tinha nome de desengordurante, elas diziam, mas ele me contou que era grego. Essas mulheres e seus falsos padrões, dizendo que você pode dar a bunda por grana mas não pode transar com o faxineiro. De qualquer jeito, o Ajax era jovem e irritante — vinha com presentes pra mim, mas eram gestos inúteis e excêntricos, tipo um aspirador quebrado que ele encontrou na rua, e uma vez que ele apareceu viajando de ácido e falando com sotaque irlandês e quando eu disse pra ele parar, ele disse que não conseguia. Uma noite me levou a uma festa na faculdade de artes e me apresentou pro Jimmy e foi isso. Fui embora da festa com o Jimmy, que era mais bonito e não me irritava.

"Por que você nunca fez faculdade?", Jimmy Darling me perguntou uma vez. Ele me achava inteligente, mas tinha aquele jeito ingênuo das pessoas instruídas de presumir que se alguém não fez faculdade era porque não aguentava o tranco.

"Eu estava deprimida demais."

"Foi o que você disse pra explicar por que a sua mãe não te ensinou alemão."

"E nem por isso minha resposta é mentira. Você acha muito inusitado que uma menina que trabalha numa casa de striptease seja inteligente? Todas as strippers que conheço são inteligentes. Tem umas que são praticamente geniais. Talvez você devesse sair por aí com a sua camerazinha perguntando pra todas elas por que elas não fizeram faculdade."

Na adolescência, todo mundo me dizia que eu tinha potencial. Ouvia isso tanto dos professores quanto de outros adultos. Se era verdade, não me serviu pra nada. Pelo menos consegui não acabar que nem a Eva, e pra mim isso já era uma façanha, não estar andando por aí com o Eddy e o Jones às sete da manhã num dia de semana. Larguei as drogas quando descobri que estava grávida, mas isso eu não considero uma façanha, foi mais pra evitar um desastre. Eu trabalhava no Mars Club fazendo strip. Nem chega a ser a melhor casa de strip de San Francisco. Isso não me dava nenhum status a não ser que você se impressione ao saber que o Mars Club não é nenhuma casa noturna meia boca ou medíocre, mas sem dúvida o pior e o mais renomado lugar, o mais sórdido, o mais parecido com um circo que existe. Talvez me sentisse atraída pelo lugar, assim como Jimmy se sentia atraído por mim. Era uma coisa radical e, nesse sentido, especial e divertida, e algumas das mulheres eram de fato geniais. Não estou dizendo que eu seja genial nem radical, mas Jimmy Darling nunca tinha ficado com uma mulher que tivesse jogado um cara pra fora do Impala dela enquanto ela dirigia. A gente estava devagar, a dez ou vinte quilômetros por hora. Depois de ter feito aquilo uma vez, porque estava puta da vida, ele me pediu pra fazer de novo, só por farra, mas me recusei. Ele nunca tinha ficado com alguém que tivesse morado num hotel em Tenderloin, e ele sempre ficava meio desorientado pelo cenário que encontrava ao chegar, o caos e a gritaria, a exigência de pagamento pra subir. Numa loja de comida saudável, ele e eu encontramos uma menina que eu conhecia e que estava doidona e se coçando. Ela perguntou pro Jimmy se ele sabia se o suco que ela havia escolhido era orgânico, e ele reagiu como se nunca tivesse visto esse tipo de contradição, viciados que se recusam a tomar suco que não seja orgânico. Ele não conhecia o mundo muito bem, como a maior parte das pessoas que chega à cidade grande vindo de outros lugares. Normal, educado, com um emprego, do tipo que achava que sua vida tinha um propósito e assim por diante, não entendia as pessoas que cresciam na cidade grande, o niilismo, a impossibilidade de frequentar a faculdade ou de entrar para o mundo dos sóbrios, de arranjar um emprego ou de acreditar no futuro. Para ele eu faço parte de algum tipo de narrativa. O que não quer dizer que o Jimmy Darling estivesse mergulhando numa classe social mais baixa ao ficar comigo. Não estava. Ele era tão comum quanto eu, mais comum, mas era ele que estava dando uma de turista em meio aos pobres.

Você já reparou que uma mulher pode parecer comum, mas que isso não acontece com os homens? Você nunca vai ouvir alguém descrever a aparência de um homem como comum. O homem comum é o homem mediano, um homem típico, um trabalhador decente com sonhos e recursos modestos. Uma mulher comum é uma mulher de aparência ordinária. Uma mulher de aparência ordinária não precisa ser respeitada e assim tem certo valor, certo valor ordinário.

No Mars Club eu não precisava ser pontual nem sorrir, nem obedecer a nenhuma regra, podia pensar nos homens como otários que podiam ser explorados mas que acreditavam que eram eles que nos exploravam, e por isso o ambiente era naturalmente um tanto hostil, mesmo com um véu de pretensa submissão — a nossa submissão. O Mars Club era um lugar onde você podia fazer o que quisesse — pelo menos acreditei nisso. Quando estava saindo com o pai do Jackson, quebrei uma garrafa na cabeça dele e ele reagiu me dando um soco na cara, e eu apareci no trabalho cinco horas atrasada, com um olho roxo e de óculos escuros e ninguém disse nada. Cheguei lá várias vezes bêbada a ponto de mal conseguir andar. Algumas meninas, como parte da rotina, passavam várias horas do início do turno delas cochilando no camarim com um estojo de pó compacto na mão. Não tinha problema. A gerência não se importava. Tinha meninas que dançavam para a plateia usando o uniforme padrão de sutiã e calcinha de rendinha, mas com um par de tênis estourados em vez de salto alto. Se você tivesse tomado banho você tinha uma vantagem competitiva. Se as suas tatuagens não tivessem erros de grafia você era realmente desejável. Se não estivesse grávida de cinco ou seis meses você era a *it girl* da noite. Meninas jogavam spray de pimenta na cara dos clientes e todo mundo tinha que sair, com a garganta seca e asfixiado. Uma dançarina ficou puta com o d'Artagnan, o gerente da noite, e tacou fogo no camarim. Ela foi dispensada, é verdade, mas foi uma exceção.

A gente precisava fingir que era simpática com os clientes, mas era só isso, na real, a única coisa que a gente precisava fazer e nem isso a gente era obrigada a fazer. A gente fazia isso pra ganhar dinheiro, então o incentivo era bem tranquilo. Jimmy Barba e Dart, você tinha que ficar fora da lista negra deles. Mas isso era fácil também. Só flertar com os caras que tudo ficava bem. Chegava a ser quase cômico ver como o enorme ego deles era frágil. O Jimmy Barba, aliás, não tem nada a ver com o Jimmy Darling. A única coisa que eles têm em comum é o nome Jimmy. O Jimmy Barba era um leão de chácara no Mars Club, e o Jimmy Darling foi, pelo menos por um tempo, meu namorado.

Eu disse que tudo corria bem, mas não. Aquilo me deprimia. Não era um problema moral. Não tinha nada a ver com moral. Esses caras acabavam com a minha autoestima. Me deixavam insensível ao toque e irritada. Eu fazia algo por eles e recebia algo em troca, mas nunca era o suficiente. Eu tirava da carteira deles — que era como eu enxergava os homens, carteiras ambulantes — o máximo que conseguia. Saber que a troca não era justa me revestia de uma espécie de película. Alguma coisa foi fermentando dentro de mim durante os anos que trabalhei no Mars Club, sentando no colo deles, mergulhando profundamente nessa troca imperfeita. Essa coisa dentro de mim fermentou e borbulhou. E quando canalizei isso — uma decisão que jamais tomei, pelo contrário, foram os instintos que agiram — foi o que bastou.

Se bem que o Jimmy Barba e o Jimmy Darling tinham outra coisa em comum além do nome. O que eles tinham em comum era eu. E depois deixei de ser algo que eles tinham em comum.

Hoje consigo ver que certos alvos da minha raiva não eram os alvos verdadeiros. Tipo o cara que queria a experiência da namorada, o cara que corrigiu meus modos à mesa: o motivo de eu não gostar dele foi que ele me fez lembrar alguém de algum lugar remoto da minha infância, um cara a quem eu pedi ajuda para chegar a um lugar. Eu tinha onze anos e tinha ido à cidade encontrar Eva, para ver um show à meia-noite numa casa de shows de punk rock. Era tarde e eu estava perdida. Começou a chover. O centro de San Francisco fica deserto à noite, mas tinha um homem mais velho de cabelo grisalho trancando uma bela Mercedes e ele perguntou se eu precisava de ajuda. Parecia ser pai de alguém, um empresário respeitável, de terno. Eu realmente precisava de ajuda. Eu disse aonde queria ir e ele disse que era muito longe pra ir a pé.

"Posso te dar dinheiro prum táxi."

"Sério?", perguntei esperançosa. A chuva me encharcava.

Ele disse que ficaria feliz em me ajudar e que era pra gente ir até o hotel dele, e daí ele me ajudaria. Ia ficar feliz em me ajudar, mas primeiro a gente devia subir pro quarto dele e tomar alguma coisa.

O cara da Mercedes estava tão longe de ser alguém quanto o cara que queria fingir que eu era a namorada dele e que corrigiu meus modos à mesa. Não sabia o nome de nenhum dos dois. E na verdade os dois queriam a mesma coisa.

Nosso ônibus corria colina abaixo rumo ao Central Valley.

"Tem muita gente que fala bobagem sobre a prisão, mas você tem que viver seu destino a cada minuto", Conan disse. "Simplesmente viva seu destino. Da última vez que estive lá, eu dava festas que você nem ia acreditar. Você nem ia desconfiar que aquilo era uma prisão. A gente tinha todo tipo de bebida. Bala. Crack. *Pole dance*."

"Ei!", Fernandez gritava para os guardas sentados lá na frente.

"Ei, essa mulher do meu lado, melhor dar uma checada nela."

O guarda que conhecia Fernandez deu as costas e disse pra ela ficar quieta.
"Mas essa mulher... tem alguma coisa errada com ela!"
A mulher gorda ao lado dela estava caída, queixo no peito.
Era assim que todo mundo estava dormindo.

Você não teria ido. Eu entendo. Você não teria subido até o quarto dele. Não ia pedir ajuda. Não ia estar andando à toa perdida à meia-noite aos onze anos. Você estaria segura e seca e dormindo em casa com sua mãe e seu pai que se importavam com você e tinham regras, estabeleciam hora pra chegar em casa, tinham expectativas. Com você tudo teria sido diferente. Mas se você fosse eu, teria feito o que fiz. Você teria ido, otimista e burra, pegar o dinheiro do táxi.

Em algum lugar nas profundezas do Central Valley, o céu ainda escuro, olhei pra fora da janela e vi duas sombras negras imensas se aproximando. Pareciam gêiseres de óleo escuro esguichando pra cima ao lado da rodovia. Que coisa terrível estaria jorrando para o céu daquele jeito, enchendo o ar de fuligem? Havia imensas nuvens negras de fumaça ou veneno.
   Eu tinha lido sobre um vazamento de gás, sobre quilos de poluição sendo jogados no céu em Fresno ou sei lá onde. Quando um volume de gás é medido em quilos você sabe que a coisa é feia. Talvez isso fosse um tipo de desastre ambiental, petróleo bruto saindo de um oleoduto que explodiu ou algo sinistro demais para ser explicado, um fogo que queimava preto e não cor de laranja.
   À medida que o ônibus da polícia se aproximava dos gêiseres negros gigantes, eu dava uma olhada mais de perto.
   Eram as silhuetas de eucaliptos no escuro.
   Não era uma emergência. Não era o apocalipse. Apenas árvores.

Quando o dia raiou, estávamos em meio a uma neblina densa. Todo o Central Valley tinha ido à deriva até o mar. Tufos de umidade pairavam sobre a rodovia. Eu só via fumaça cinza.

Laura Lipp estava esperando eu acordar.

"Você leu sobre a mulher que encontraram assassinada no carro? O cara aponta uma faca pra ela ou alguma coisa assim, algum tipo de arma, e diz me leva pra um caixa eletrônico. Ele entra no carro dela e acaba matando a mulher, esmaga a cabeça dela à toa. Totalmente à toa. Eles *nem se conheciam*. A vida na cidade ficou uma coisa tão brutal, perigosa, imagina só, duas da tarde. No Sepulveda Boulevard. Umas horas depois, a polícia encontrou o corpo. Esse cara tinha saído da cadeia naquela manhã. Andou por aí até esbarrar em alguém pra matar. Estou te dizendo, estamos mais seguras na custódia. Não vão me pegar lá fora, nananinanão. De jeito nenhum. Não mesmo."

Estávamos cercadas de agricultura. Não vi seres humanos trabalhando no campo. Os campos estavam abandonados às máquinas e eu estava abandonada a Laura Lipp.

"Se não tivessem deixado o cara sair, ela estaria viva. Para algumas pessoas a realidade é tênue demais. Para algumas pessoas a luz atravessa e dá pra ver do outro lado, certo tipo de pessoa, um tipo de louco, de gente com uma doença mental e eu sei disso — como eu disse, estou aqui porque tenho transtorno bipolar — e fico feliz que eles tenham esse ar-condicionado porque o calor é um gatilho pra minha doença. Detona rapidinho."

À medida que o sol subia, a neblina evaporava. O vento estapeava os grandes arbustos de oleandros no canteiro da rodovia, com suas florações cor de pêssego que pendiam melancólica e desorganizadamente, depois retomavam o prumo, o vento em seguida voltando a açoitar as flores cor de pêssego.

O ônibus se encheu de fedor de vaca, que pareceu acordar o Conan. Ele bocejou e olhou pela janela.

"O lance das vacas é que elas se vestem *só de couro*", ele disse. "Da cabeça aos pés, só couro. Superfodonas. Quer dizer, se você parar pra pensar."

"A pobre da mulher tinha um filho", Laura Lipp diz para mim. "Agora o menino ficou órfão."

Havia eucaliptos na beira da estrada, árvores que na escuridão da noite eu tinha imaginado serem sombras negras do apocalipse. Agora elas só pareciam empoeiradas e tristes. No sul da Califórnia, as mesmíssimas folhas ficam na mesma árvore por décadas. As árvores que não perdem folhas fazem outra coisa: acumulam pó, ano após ano, ficam cheias de lama e de gás de escapamento dos carros.

"Ouvi falar desse filé que tem agora no Outback. Eles dão cerveja pras vacas", Conan disse, enquanto olhava as criaturas de aparência miserável amontoadas no barro, nada além de barro, o que fazia os animais também parecerem de barro, barro vivo, respiração orgânica cagando barro, sem nenhuma grama à vista. "Budweiser, pra ser preciso. Eles alimentam as vacas com cerveja à força. Forçam as vacas a tomar. Deixa a carne macia. Mas, ei, será que essas vacas têm idade pra beber? Quero comer esse filé. É isso que vou fazer quando sair dessa droga: Outback."

Um guarda atravessou o corredor fazendo uma inspeção de rotina.

"Você já comeu uma Bloomin' Onion?", Conan gritou pra ele. O guarda continuou andando. Conan gritou nas costas dele, que seguia pelo corredor. "Eles abrem a cebola, põem um creme e fritam mergulhado em óleo. Cacete, que troço gostoso. Não tem como comer em nenhum outro lugar. Eles têm direitos autorais."

Passamos por um sítio que tinha um balanço de pneu. Um arvoredo desgrenhado de palmeira da Califórnia, conhecida como palmeira dos ratos, a mascote não oficial do estado. Uma placa no jardim. Vote Kritchley para Promotor de Fresno. Vote Kritchley.

Na pista da esquerda havia uma equipe de manutenção trabalhando, um cara segurando uma placa dizendo para os motoristas diminuírem a velocidade e passarem para a pista da direita. "Fui eu que fiz sua camiseta, seu desgraçado!", Conan gritou para o vidro. O homem não podia ouvir o que ele dizia. Só nós ouvíamos. "London, sossega", um guarda disse pelo alto-falante. "A gente faz esses coletes do pessoal que faz manutenção de estradas lá em Wasco. Tem que colar os refletores."
Comecei a ver umas coisas brancas e aéreas passando pela janela do ônibus. Estavam na estrada inteira. Não caíam do céu, ficavam pairando e girando. Eram fragmentos fofinhos que voavam de uma carreta à nossa frente. Não sabia exatamente do que eram aqueles fragmentos até passarmos pela fonte, um caminhão que tinha um monte de fileiras de gaiolas de metal empilhadas. Nas gaiolas havia perus, apertados a ponto de precisarem abaixar seus longos pescoços. O vento arrancava as penas deles, e elas enchiam a estrada de manchas brancas. Era novembro. Eram perus para o Dia de Ação de Graças.

"Melhor dar uma checada nessa aqui!" Fernandez gritava de novo falando da companheira de banco, que se inclinava para o lado.

"Ei!"

A mulher era imensa. Devia pesar uns cento e quarenta quilos. Ela começou a escorregar do banco. Deslizou até ficar curvada de um jeito esquisito no chão do corredor. Houve uma agitação, gente sussurrando e fazendo tsc, tsc.

"É isso que eu chamo de uma boa soneca", Conan disse. "Apagou. Quem dera eu conseguisse fazer isso. Não consigo relaxar em ônibus."

"Ei!", Fernandez gritou para os guardas na frente. "Vocês têm que vir ver isso aqui. Essa dona tá com algum problema."

Um dos policiais levantou e foi até o fundo. Ficou em pé ao lado da mulher que tinha deslizado para o chão. Gritou,

"Senhora! Senhora!". Quando não deu certo, mexeu no ombro dela com o bico do coturno.

O guarda gritou pro pessoal lá na frente. "Sem resposta."

Eles se chamam uns aos outros de agentes penitenciários. Policiais de verdade acham que eles não são policiais, só uns otários que estão na base da cadeia alimentar do sistema de segurança.

O guarda que estava na frente deu um telefonema.

O outro estava prestes a voltar para a frente também, mas parou e olhou para Fernandez.

"Ouvi dizer que você casou, Fernandez."

"Vai cuidar da sua vida", ela disse.

"Me conta, Fernandez. Existe casamento especial, tipo a paralimpíada do casamento?"

Fernandez sorriu. "Se um dia eu tiver que casar com um retardado que nem você, vou descobrir."

Conan deixou escapar um gritinho de apoio.

"Retardados que nem eu não casam com putas gordas e feias de cadeia, Fernandez."

Ele atravessou o corredor e sentou no seu lugar. Parecia ter esquecido da mulher inconsciente.

Laura Lipp dormiu, o que significava que ela finalmente ia ficar quieta.

Seguimos viagem em silêncio, com uma montanha humana caída no piso do ônibus, parte do corpo sob um dos bancos.

2

O problema de San Francisco era que eu jamais poderia ter um futuro naquela cidade, só um passado.

A cidade para mim era o Sunset District, nublado, sem árvores e sombrio, com um número infinito de casas uniformes, construídas sobre dunas de areia que percorrem quarenta e oito quarteirões até a praia, casas ocupadas por sino-americanos de classe média e baixa e por operários católicos irlandeses.

Aloz flito, a gente dizia, para pedir o almoço na escola. Arroz frito, que vinha numa caixinha de papelão. O gosto era ótimo, mas sempre vinha pouco, principalmente se você estivesse doidão. A gente chamava eles de *gooks*. A gente não sabia que isso queria dizer vietnamita. Os chineses eram os nossos *gooks*. E os caras do Laos e do Camboja eram os FOBs, *fresh of the boat*, os que acabaram de sair do bote. Eram os anos 80 e imagine só o que essa gente passava pra chegar nos Estados Unidos. Mas a gente não sabia e não estava nem aí. Eles não falavam inglês e tinham cheiro da comida estrangeira lá deles.

O bairro Sunset era San Francisco, com orgulho, mas ao mesmo tempo era uma San Francisco diferente daquela que você talvez conheça: nada a ver com bandeiras de arco-íris nem com poesia beatnik nem com ladeiras tortas, mas sim com neblina e bares irlandeses e lojas de bebidas uma atrás da outra até você chegar à Great Highway, onde havia um mar de vidro estilhaçado cintilando ao longo da infinita calçada arborizada da Ocean Beach. Éramos nós, as meninas, no banco de trás do Dodge Charger ou do Dodge Challenger de alguém, com partes da lataria sem tinta passando por aqueles breves mas extensos quarenta e oito quarteirões até chegar à praia, um menino no banco da frente com um extintor roubado, gente aglomerada nas esquinas, um mané qualquer esguichado de branco.

    Se você visitasse a cidade ou se morasse em algum ponto mais bem-visto e fosse passear na praia, talvez visse, atrás do quebra-mar, nossas fogueiras, que deixavam o cabelo das meninas fedendo a fumaça. Se estivesse lá no comecinho de janeiro, ia ver fogueiras maiores, feitas de árvores de Natal descartadas, tão secas e inflamáveis que explodiam nas altas piras. Depois de cada explosão você ia ouvir nossos gritos de felicidade. Quando falo nós, estou falando dos PBDs — Punks Brancos Dopados. A gente amava a vida mais do que o futuro. "White Punks on Dope" é só uma música qualquer, a gente nem ouvia. O acrônimo era alguma outra coisa, não era uma gangue, era um grupo. Uma atitude, um jeito de se vestir, de viver, de ser. Teve gente que mudou nossos grafites para Pó Branco nos Donuts, e vários de nós nem sequer eram brancos, o que é mais difícil de explicar, porque o mundo todo dos PBDs do Sunset tinha a ver com supremacia branca, não com pó branco, mas essas eram as crenças de uma molecada largada e que podia acabar passando por centros de reabilitação e cadeias, a não ser que pertencesse à minoria de meninas e meninos selecionados, que, respectivamente, ou entravam para a Escola de Beleza Deloux ou eram contratados pelas Telhas John John, na Nona Avenida entre a Irving e a Lincoln.

Quando eu era menina, vi na capa de uma revista velha a foto das batas e dos pés de pessoas mortas que tomaram o suco Kool-Aid distribuído num balde sujo num culto de Jim Jones na Guiana. Passei a infância inteira pensando naquela imagem e me sentindo mal. Uma vez contei pro Jimmy Darling e ele me disse que na verdade não era Kool-Aid. Era Hi-C, outra marca. Que tipo de gente ia querer corrigir uma coisa dessas? Só um babaca mesmo. Alguém que está protegido contra esse tipo de imagem de um jeito que eu não estava. Era improvável que eu entrasse para um culto. Não era esse o perigo que eu percebia ao ver os pés dos mortos, o balde de onde eles beberam. Era o fato comprovado, pelos pés na fotografia, de que era possível beber a morte e se juntar a ela.

Quando eu tinha cinco ou seis anos, vi na capa de um livro no supermercado o desenho de uma mulher nua com duas facas enfiadas no corpo, sangue se acumulando ao redor. A capa dizia "Assassinada em dose dupla". Era o título. Eu estava longe da minha mãe, que estava fazendo compras em alguma outra parte do supermercado. A gente estava no Park and Shop da Irving e a minha sensação foi que eu não estava a poucos corredores de distância dela, mas sendo permanentemente sugada pela maré para o alto-mar, para o mundo submerso de *Assassinada em dose dupla*. Quando cheguei em casa, depois do mercado, tive náuseas. Não consegui comer o jantar que minha mãe preparou. Na verdade ela não cozinhava. Provavelmente tinha feito um miojo pra mim, e depois foi cuidar de sei lá qual homem que estava namorando na época.

Por anos, sempre que pensava naquela imagem da capa de *Assassinada em dose dupla* meu estômago embrulhava. Hoje entendo que a experiência que vivi foi normal. Quando você é criança, você fica sabendo que o mal existe. Você absorve esse conhecimento. Quando isso acontece pela primeira vez, você não engole fácil. Engole como um remédio pra cavalo.

Aos dez anos fiquei encantada por uma menina mais velha chamada Tyra. Tyra tinha olhos vidrados, a pele bronzeada e uma voz rouca, de menina durona. Na noite que a gente se conheceu eu estava no carro de alguém, andando à toa por aí e tomando cerveja Löwenbräu light. Lowie light, garrafinha verde com um rótulo azul-bebê. A gente pegou a Tyra na Noriega, uma casa que servia de abrigo informal para meninas. O sujeito que administrava o lar, Russ, pegava as meninas à força à noite, de um jeito imprevisível, mas previsível. Se você ficasse lá, mais cedo ou mais tarde ia receber à noite a visita do Russ, que era velho, musculoso e cruel. As meninas reclamavam de ser estupradas por ele como se fosse uma forma de disciplina ou um aluguel. Elas estavam dispostas a suportar aquilo por não ter outra opção. O resto de nós não fazia nada porque o Russ comprava bebida pra gente e o que a gente podia fazer, chamar a polícia? Um dos policiais era famoso por levar meninas para o Point Lobos em vez de levar para a delegacia em Taraval.

Tyra disse de um jeito ameaçador que ia no banco da frente e sentou lá, com os pés no painel. Ela já estava chapada, ela disse, arrastando as palavras de um jeito que achei atraente. Usava brincos de diamantes. Eles cintilavam nas suas orelhas de menina enquanto ela esvaziava uma Lowie light e jogava a garrafa vazia pela janela do carro. Pode ser que os brincos fossem falsos. Essa não era a questão. O efeito era o mesmo. Pra mim, Tyra tinha algo mágico.

Naquele ano eu tinha tido a chance de conhecer uma menina legal, com pai e mãe, classe média. Ela foi dormir lá em casa. Na semana seguinte, contou pra todo mundo na escola que lá a gente comia tortinha da Hostess no jantar e jogava a embalagem debaixo da cama. Não lembro disso. Não estou dizendo que não era verdade. Minha mãe me deixava comer o que eu quisesse à noite. Geralmente ela estava com o namorado da vez, alguém que não gostava de criança, por isso eles ficavam no quarto dela com a porta trancada. A gente comprava fiado no mercadinho da esquina e eu ia lá e saía com doces, batata frita, refrigerante, o que eu quisesse. Não sabia fingir viver de outro jeito pra impressionar outra menina. O que aquela menina falou de mim e da nossa casa me deixou triste. A tristeza não passou nem quando enfiei um alfinete na bunda dela no momento que ela descia do ônibus 6 Parnassus depois da aula. Fiquei perto da porta de trás, e na hora que ela estava descendo dei uma espetada que atravessou a calça. Todo mundo fazia isso. A gente roubava os alfinetes da aula de economia doméstica. Era normal, mas você chorava se alguém fizesse isso com você.

Jimmy Darling gostava de brincar com a história de que os diamantes supostamente duram para sempre. Todo mineral que existe na Terra é para sempre, ele dizia. Mas as pessoas fazem parecer que os diamantes são mais para sempre do que o resto dos minerais, pra vender as joias, e funciona.

Uns dias depois a Tyra me ligou e a gente combinou de ir no Golden Gate Park no domingo, na ponte, onde o pessoal andava de skate e ficava à toa. A Tyra foi na minha casa, já que eu morava a poucos quarteirões da ponte.

Ela disse, "Eu preciso dar uma porrada na cara dessa vaca".

Eu disse que tudo bem e a gente foi pro parque.

A menina que tinha um encontro com o punho da Tyra já estava lá, com dois irmãos mais velhos. Eles não eram do Sunset; mais tarde eu soube que moravam no Haight. Os irmãos eram adultos, os dois trabalhavam como mecânicos na Cole Street. A menina, a adversária da Tyra, era alta e tinha uma aparência frágil, com um rabo de cavalo preto e brilhante. Estava de shorts rosa e uma camiseta que dizia TANTO FAZ. Os lábios estavam pintados com gloss de uma coloração meio azulada. Tyra tinha corpo atlético e era fortona. Ninguém queria brigar com ela. Ela e essa menina de pernas compridas e rabo de cavalo tiraram os patins. Brigaram de meias na grama. As meias não amorteceram nada.

Tyra deu um chute forte, mas a outra menina agarrou o pé dela, e a Tyra perdeu o equilíbrio e caiu no chão. A menina pulou em cima dela, usou o joelho para prender o tronco da Tyra no chão e começou a socar a cara dela, alternando os punhos, esquerdo direito esquerdo, como se sovasse massa, sovando até ficar macia. Socando e socando, aquela massa que era um rosto. Seus irmãos davam gritos de incentivo. Torciam por ela, mas se ela estivesse perdendo eles jamais teriam interferido, eu sabia. Estavam ali como pessoas que acreditavam na honestidade de uma briga e no orgulho de brigar bem. A menina socava e socava. Seus braços pareciam magros demais para ter alguma força no contato, punho contra rosto, mas acabaram causando seu estrago. Nunca me passou pela cabeça me meter. Fiquei assistindo a Tyra ser espancada.

Quando achou que já tinha deixado o recado bem claro, a menina relaxou. Levantou, ajeitou o rabo de cavalo e puxou o shorts que estava enfiado na bunda. A Tyra sentou, tentando enxugar as lágrimas. Fui ajudar. O cabelo dela estava emaranhado. Ela estava coberta de pedacinhos de grama morta.

"Eu dei uma porrada naquela menina", ela disse. "Você viu o chute que eu dei no peito daquela vaca?"

Os olhos dela estavam inchados a ponto de quase nem abrir. As bochechas tinham virado duas bolas duras brilhantes. No seu queixo havia um talho do anel da menina. "Dei uma bela de uma porrada naquela garota", ela repetiu.

Era o melhor jeito de ver as coisas, mas a verdade era que Tyra tinha sido brutalmente espancada, e ainda por uma patricinha com uma camiseta dizendo TANTO FAZ, uma vencedora improvável que não era uma vencedora improvável, como ficou claro no instante que a briga começou. A vencedora era Eva.

Não foi naquele dia que fiquei amiga da Eva, isso foi depois. Independente de quanto tempo tenha passado até lá, talvez um ano, a lembrança dela e dos seus socos não se apagou da minha cabeça. Eu sabia algo sobre ela. A maioria das meninas fala um monte, mas na hora dá uns arranhões e puxa o cabelo ou não aparece pra brigar.

Acho que dá pra dizer que eu troquei a Tyra pela Eva, assim como troquei o Ajax pelo Jimmy Darling. Nos dois casos foi um que me levou até o outro. A vida permite que você avalie e reavalie. E de todo jeito, quem quer ficar atrelado a um perdedor?

Eva era profissional. Uma dessas meninas que sempre tinha um isqueiro, um abridor de garrafa, marcadores pra grafitar, garrafinha de metal com bebida, nitrato de amila, navalha, até um removedor de sensor — o equipamento que os caixas das lojas de departamento usam para retirar os alarmes contra roubo de roupas novas. Ela afanou um desses. O resto de nós arrancava os sensores à força antes de sair da loja com o item roubado. Deixar o sensor num dos provadores era o mesmo que deixar uma pista, por isso a gente levava os sensores junto, apertados debaixo do sovaco, o que abafava o troço e impedia o contato com o detector de alarme. Nós não éramos cleptomaníacas. Esse é um termo pra gente rica que rouba por compulsão. A gente encontrava maneiras criativas de adquirir maquiagem e perfume e bolsas e roupas — todas as coisas normais que se espera que uma menina tenha e queira, e que a gente não podia pagar.

Todas as minhas roupas tinham furos no lugar onde antes estavam os sensores. Eva retirava o alarme das roupas que roubava do jeito certo, com o equipamento mágico dela. Uma vez ela entrou na I. Magnin, cortou com um alicate os fios de alarme de um casaco de pele de coelho, vestiu o casaco e saiu correndo. Os fios metálicos saindo das mangas do casaco, com argolas grandes na ponta que lembravam algemas gigantes.

Eva passou por uma fase meio de menino e parou de usar casaco de pele. Ela se vestia como os caras do Sunset, calça

Ben Davis com um molho de chaves tipo de zelador pendurado numa das argolas do cinto. Quanto mais chaves, melhor. Não importava se a chave não servisse para abrir nada além de garrafas de cerveja. Ela usava uma Derby preta, com o forro dourado e as costuras de ombro a ombro, que eram a marca registrada da jaqueta. Assim como os meninos, ela completava o visual com botas com ponteira de metal — pra chutar a cabeça de alguém caso necessário.

Uma noite encontrei um grupo de caras sentados no escuro bebendo Bacardi 151 no Big Rec, um pessoal mais velho que eu nunca tinha visto, da Crocker Amazon, uma espécie de território inimigo. Eles queriam me mostrar umas fotos polaroide. Esta aqui é sua amiga? Nas fotos, a Eva estava desmaiada de bêbada e sem o uniforme usual de durona, com um taco de beisebol entre as coxas nuas.

Eva saía na porrada com meninos e ganhava. Tinha mais resistência que todo mundo com drogas e bebida. Os caras daquelas fotos sabiam o que significava ter feito aquilo com a Eva e queriam que eu visse.

Nunca contei pra ela, e mesmo pensando no que aconteceu depois, Eva viciada em crack em Tenderloin, as fotos polaroide com o taco continuavam sendo a pior coisa que alguém já fez com ela. Ela fez muito mal pra si mesma, mas aquilo foi bem diferente.

Tem gente que tem compulsão por drogas. Não consegue evitar. Eva era assim. Da primeira vez que ela roubou Valium da bolsa da mãe, a gente tomou um comprimido cada uma e foi pro West Portal. Não estou sentindo nada, e você?, ela perguntou. Não, ainda não. Vamos tomar mais um. Continuo não sentindo nada, você está sentindo alguma coisa? Um pouco. Vamos tomar mais um. Você já está chapada? Não tenho certeza. Tomamos o frasco inteiro e acordamos várias horas depois com o rosto quente da superfície de um fliperama da sra. Pac-Man na Round Table Pizza. Fomos cambaleando pra casa e dormimos por três dias.

Não muito tempo depois, eu estava no ponto de ônibus na Laguna Honda, do outro lado da Estação Forest Hill. Era meia-noite e os ônibus cumpriam a escala da madrugada, passando de hora em hora. Tinha mais uma pessoa esperando, um cara que me ofereceu cigarro e isqueiro, e depois perguntou se eu sabia onde arranjar uns remédios fortes. Provavelmente ele era novo — uns vinte anos, mas na época não pensei na idade dele. Qualquer um com mais de dezoito anos parecia velho pra mim. Ele sabia falar com meninas mais novas, tinha a manha. Me gabei dizendo que podia vender um pouco de Valium. Era mentira. Eu era uma menina de doze anos que tinha uma amiga que por sorte encontrou o estoque temporário da mãe. Mesmo assim, eu disse que provavelmente conseguia um tanto pra ele. Consigo comprar agora?, perguntou. Eu disse que precisava ligar pra uma amiga. Ele queria me dar o número dele para eu poder ligar depois de falar com ela. Nenhum de nós tinha caneta nem papel, e embora eu não tenha dito, eu duvidava que fosse conseguir mais Valium, mas eu estava refém da minha mentira. Ele tirou o sapato. Era tipo um sapato de gente velha, de usar com terno, e ele usou o salto preto do sapato para escrever os sete dígitos do número de telefone dele no tapume do muro de contenção ao lado do ponto de ônibus. Fiquei olhando aquele cara, encharcado de suor naquela noite fria, rabiscar o número de telefone dele com o salto do sapato para que eu pudesse ligar quando conseguisse o que ele precisava e pensei, o que foi que eu fiz.

Geralmente eu não tinha planos de ficar doidona até a Eva bater na porta. Uma manhã ela chegou com duas doses de um troço que chamou de Delcourt, uma mistura de ácido com

PCP. Cada uma tomou uma dose. Isso foi no verão, depois da sexta série, mais um dia tedioso e enevoado sem nada pra fazer, fora talvez jogar video game no Café Roma da Irving, comer um pirójki, que era um donut recheado com carne moída e queijo, tomar uma cerveja ruim chamada Mickey's no parque, conversar com o caixa da loja de gibi, que me explicou o que era encher o saco (provavelmente eu estava enchendo o saco dele perguntando).

Pra fazer daquele um dia diferente, a gente tomou a mistura de ácido/PCP e andou pelos trilhos de bonde até a Ocean Beach. Paramos no 7-Eleven da Judah. Comprei uma barra de Butterfinger e dei uma mordida, o chocolate virou areia na minha boca. Pensei, odeio minha vida. Mais tarde a gente sentou numa van na garagem de alguém ouvindo Slayer, e Eva jogou a cabeça pra trás e fechou os olhos e eu dei uma olhada pra sua cara e pro seu cabelo preto comprido de perfil e fiquei convencida de que o futuro pertencia ao diabo, o meu e o da Eva, e que nada poderia salvar a gente.

Isso foi antes do pessoal começar a ir na casa do Anton LaVey, onde todo mundo adorava Satã em grupo. Era em Richmond, do outro lado do Golden Gate Park. Eu nunca fui lá, mas tinha uns caras que eu conhecia que iam. Você tinha que ter uma origem convencional pra mergulhar de cabeça na adoração ao diabo. Minha mãe era ateia e ia dar risada da minha cara se achasse que eu tinha encontrado uma religião, ainda que satânica. A Nórdica, minha futura parceira na oficina de carpintaria em Stanville, teria adorado receber um convite para a casa do Anton LaVey. Mas ela está na cadeia, e a casa do Anton LaVey está no passado. O Anton LaVey morreu e a sua Black House também não existe mais, ergueram uns prédios no lugar.

A casa que mais me interessava pertencia a um grupo de pessoas chamado de Scummerz. Eva me levou lá. Era na Masonic, perto da Haight. Uma típica casa velha assimétrica, vitoriana, com as janelas das sacadas de vidro soprado que sacudiam quando os ônibus a diesel passavam descendo a ladeira. O 43, que ia para a Sears da Geary, onde a gente deitava nas camas do departamento de móveis quando sentia cansaço. Eu não sabia nada sobre os Scummerz, quem eles eram realmente nem há quanto tempo estavam naquele apartamento grande. Lá dentro nunca deixou de ser 1969. Todos os quartos foram pintados com bolas de tênis. As bolas eram encharcadas de tintas de cores variadas e depois eram atiradas e ricocheteavam pelos cômodos — paredes, piso, teto, um motim de tiras coloridas em forma de espaguete que davam ao lugar uma uniformidade que passava longe de ser apaziguante. Eram os rabiscos de um cérebro em estado de caos projetando sua imagem nas paredes, um tipo de sujeira ambiente. Várias pessoas sem parentesco entre si moravam com os Scummerz, sendo que todos eles integravam um negócio familiar que vendia micropontos. Uma mulher imensa sentada na cozinha cortava o comprimido com uma faca de açougueiro e botava em saquinhos de papel-manteiga. Zero desperdício. Ela distribuía o comprimido nos saquinhos, e se você estivesse lá para comprar, você sentava à mesa e, quando ela tivesse terminado, ela olhava para você e pegava o seu dinheiro e te entregava um saquinho. Na primeira vez que fui lá, um menino sem camisa com um olhar vago de sonâmbulo ficou atrás dela no fogão esquentando água para fazer macarrão com queijo. Ele era magro e ágil, os cabelos loiros quase sem cor, ninhos de piolho. O meio do seu peito era côncavo, um buraco que lhe dava uma aparência ainda mais fantasmagórica enquanto esperava a água ferver. O som do macarrão seco escorregando da caixa me deu uma sensação ruim. Ele abriu o pacote de queijo ralado e verteu na panela. O menino comeu com a mesma colher que usou para mexer a panela. Estava descalço e a calça dele precisava de um cinto. O menino parecia ter uns dez anos.

Quem era essa gente, os Scummerz, e pra onde eles foram? Tem muita coisa que não se sabe. Existem vários mundos que você não encontra nem on-line nem em nenhum livro, mesmo que você pense que tem a liberdade de descobrir coisas que eu não tenho, já que não tenho acesso à internet. Dê um Google nos Scummerz e você não vai achar nada, zero, mas eles existiram.

E se alguém além de mim lembrasse deles, a história contada por essa pessoa tornaria tudo ainda mais surreal, porque a minha memória precisaria ser corrigida por fatos, que nunca têm muito a ver com o que impressiona, o que fica na cabeça depois de todos esses anos, as imagens absolutamente reais que vêm do passado apagado me agarram e não soltam nunca mais.

O bar no alto da Haight onde a mãe da Eva matava tempo chamava Pall Mall. Deixavam os menores de idade entrar e o pessoal comprava hambúrguer do amor pra nós, que era nada mais do que um hambúrguer normal, só que você podia colocar curry no pão se quisesses e pode ser que essa parte fosse o amor, um molho que tingia a mão de um amarelo-pólen brilhante. Quando saía, você dava o que tinha sobrado pro homem Couraça.

Lembra do Couraça? Muita gente da Haight deve lembrar se você perguntar. O Couraça usava calça de couro, camisa de couro, chapéu de couro preto. Os pés descalços encardidos da sujeira da rua. Ele ficava do lado de fora do Pall Mall ou andava à toa no extremo leste do parque, na Stanyan, uma praia onde ele catava coisas. O lugar ficava cheio não de conchas, mas de sobras do McDonald's do outro lado da rua. Diziam que o Couraça nunca tirava a roupa de couro. Não tirava a roupa fazia décadas. Uma vez a gente estava do lado de fora do Pall Mall com a mãe da Eva quando vimos o Couraça pegando coisas numa lata de lixo. A mãe da Eva disse, "Vocês sabem o que vai acontecer se ele tirar aquela roupa, né?".

A gente sacudiu a cabeça.

"Ele vai morrer."

Ela soltou a fumaça e jogou o cigarro na rua de um jeito que eu copiei mais tarde, com o polegar e o indicador, um pequeno gesto que me fazia sentir ousada.

O Couraça pegou a bituca do cigarro e aproveitou as últimas tragadas, que a mãe da Eva era rica o suficiente pra desperdiçar.

Não se deve confundir o Couraça com o Hepático, se bem que ninguém que conhecesse os dois faria isso.

O Hepático andava no ônibus 71 Noriega. Só cruzei com ele uma vez e soube imediatamente que aquele era o cara de triste fama que eu já tinha ouvido falar. Alguma coisa de plástico duro, que parecia um pouco com carne, com fígado, derreteu ou se moldou na cabeça dele. Era a permanência da coisa, afixada nele, parte dele, que transformava o cara numa visão brutal. Uma placa grossa, brilhante, grudada onde deveria estar o cabelo ou o couro cabeludo. Alguém disse que ele era veterano da Guerra da Coreia. Veterano de algum trauma que acabou com aquele objeto grudado no topo da cabeça.

O Caótico era outro que você via de vez em quando. Isso era do outro lado do parque, perto da Baskin-Robbins na Geary onde trabalhei na época do Ensino Médio. O Caótico andava normal e aí de repente suas pernas começavam a se mexer rápido, como se fosse uma máquina de polimento de calçada com as solas dos sapatos. Ele deslizava e se arrastava por todo o quarteirão, parava, e aí voltava a andar normalmente. Talvez fosse um tipo de distúrbio, um problema nos nervos, mas parecia carma. Ele foi o cara que gerou um caos na Geary e depois fugiu de outra confusão.

Trabalhar é uma palavra meio forte. A gente servia sorvete e não registrava todo o dinheiro que recebia, afanava um tanto no fim do dia quando fechava o caixa. A gente cheirava o óxido nitroso que era usado para encher as latas de chantilly. A equipe era basicamente de meninas, e a gente deixava os meninos andarem de skate dentro da loja, ir pra trás do balcão, cheirar o óxido nitroso e preparar suas próprias bolas de sorvete. A gente jogava água no chão no fim da noite, afinal de contas nossa tarefa era limpar o local, depois de adiantar o relógio para fechar mais cedo. O lugar era gerido por adolescentes, sem supervisão, porque a gerente da noite, uma alcoólatra escocesa chamada Helen, saía mais cedo todo dia, depois de fazer os bolos de sorvete, uma habilidade que exigia uma competência que nós não dominávamos.

Foi o otimismo teimoso do cara do ponto de ônibus na Laguna Honda que queria o Valium que me alarmou, foi a insistência dele em anotar seu número de telefone num tapume com o salto do sapato. Ele precisava de droga e estava disposto a negociar com uma menina de doze anos. Precisava acreditar nela, ainda que fosse evidente que ela mentia.

A mãe da Eva era branca. O pai era filipino. A mãe era viciada em heroína. O pai era careta. Trabalhava numa empresa de segurança que o deixava plantado na estrada de uma antiga fábrica de cerveja gigantesca da Lucky Lager em Bayview que tinha fechado. A gente foi lá uma vez pra pegar dinheiro com ele. Ele amassou as notas e jogou na Eva e entrou pelo portão. Uma década depois eu estava com uns caras que invadiram a fábrica. Meus amigos roubaram um monte de equipamentos. Um deles voltou mais tarde com uma retroescavadeira alugada para levar um maquinário pesado demais para erguer. O pai da Eva a essa altura estava aposentado. Eva estava nas ruas. A mãe tinha morrido de overdose. O Pall Mall tinha fechado. Os Scummerz tinham sumido. O Sunset tinha se transformado. O mercadinho na Irving virou gourmet. Uma menina que era minha amiga no

Ensino Médio trabalhava no açougue. Gente que parecia saída de fraternidades acadêmicas povoava as ruas, usando blusa com logo de faculdade e tomando bebidas saudáveis em copos de isopor gigantes. Chegaram a mudar de lugar o velho correio, que agora parecia uma excrescência. O dinheiro mudou tudo e comecei a sentir saudade daqueles lugares tristes que não traziam nenhuma recordação boa, mas que eu queria de volta. Os bares com chão grudento e máquinas para comprar camisinha nos banheiros, que a gente chamava de Vômito Dourado por causa dos velhinhos irlandeses que dormiam na porta, esperando que o bar abrisse às sete da manhã. Eu sentia saudade dos bondes vazios, pouco confiáveis, que agora passavam batendo o sininho de oito em oito minutos e ficavam cheios de gente com sapato caro e o cabelo arrumadinho.

O pequeno ponto de ônibus onde antes eu esperava o 44 na Laguna Honda tinha sido reformado. Já não estava lá o cheiro de mijo nem o tom bege rosado do muro de contenção e do ponto de ônibus, que tinham a mesma cor monótona do Centro de Orientação para Jovens que ficava ali atrás, no topo da colina. O centro agora tinha outro nome, que tentava ser mais fofo, mais amável. O muro onde o sujeito tinha escrito com o salto do sapato foi pintado.

Mas e se o muro não tivesse sido pintado, e se por algum milagre os números que o sujeito rabiscou no tapume continuassem lá, sangrando ano após ano, números que ele escreveu com a graxa preta do salto do sapato? Quem ia atender aquele telefone? E onde está aquele homem hoje? Onde está o menino mexendo o macarrão na Masonic, o pequeno Scummerz, onde está o Couraça e onde está a Eva? Onde está todo mundo e o que aconteceu com eles?

3

Proibido usar cor de laranja
Proibido usar qualquer tom de azul
Proibido usar branco
Proibido usar amarelo
Proibido usar bege ou cáqui
Proibido usar verde
Proibido usar vermelho
Proibido usar roxo
Proibido usar brim de qualquer tipo ou cor
Proibido usar calça ou blusa de moletom
Proibido usar roupa íntima ou sutiã com armação ou alguma parte de metal
Mulheres devem usar sutiã
Proibido usar roupa transparente
Proibido usar roupas superpostas
Proibido mostrar os ombros
Proibido usar regata ou manga muito curta
Proibido usar blusa decotada
Proibido expor partes do corpo desnecessariamente — proibido usar blusa que mostre a barriga ou calça de cós baixo
Proibido usar roupa com logomarca ou estampa
Proibido usar calça "capri"
Proibido usar shorts
Proibido usar saia ou vestido acima do joelho

Proibido usar bermuda, que não passa de um "shorts comprido"
Proibido usar camisa sem colarinho
A camisa deve estar sempre por dentro da calça
Proibido usar joias (será aceitável uma aliança de casamento "de bom gosto" que será inventariada pelos funcionários da instituição na entrada)
Proibido usar piercings
Proibido usar grampos ou presilhas de metal no cabelo
O cabelo deve estar penteado e preso
Proibido usar sandália
Proibido usar chinelo
Proibido usar óculos escuros
Proibido usar jaqueta
Proibido usar camisa por cima de camiseta
Proibido usar capuz e qualquer roupa com capuz
Proibido usar roupa apertada
As roupas não devem ser excessivamente largas ou soltas

    A aparência, o cabelo e as roupas devem ser sociais e de bom gosto.

    Aqueles que chegarem a uma prisão estadual com roupa inadequada não serão admitidos e a visita ao prisioneiro será cancelada.

4

Se as alunas conseguissem aprender a pensar bem, a gostar de ler livros, parte delas sairia da cadeia. Era isso que Gordon Hauser dizia para si e para elas também. Mas havia dias, como aquele quando uma mulher entrou na sala de aula do presídio e jogou água com açúcar fervendo na cara de outra, em que ele não acreditava nisso. Tinha dias que parecia que o verdadeiro sentido do trabalho que ele fazia era destruir sua vida tentando dar aula pra pessoas que queriam derreter o rosto umas das outras. Os guardas tornavam tudo mais difícil, com o ódio que sentiam das mulheres e com a hostilidade que demonstravam em relação aos funcionários do mundo livre, como Gordon. Os guardas foram forçados a passar por um treinamento de empatia e ficaram putos. "Isso é porque vocês, suas vacas, ficam chorando e pedindo explicações", diziam. "Com vocês, suas vadias, é tudo por quê, por quê, por quê." Todos tinham lembranças de tempos melhores quando trabalharam na unidade masculina, onde assistiam pelas câmeras do circuito interno de tevê da sala de monitoramento a facadas com litros de sangue e lidavam com prisioneiros que viviam rigorosamente de acordo com códigos de conduta autoimpostos. As prisioneiras discutiam com os guardas e reclamavam, e os guardas pareciam achar o modo como as mulheres brigavam com eles, respondendo a tudo, mais perigoso do que conter um motim. Nenhum guarda queria trabalhar na feminina. Gordon não tinha entendido isso antes de entrar na PFNC, que escolheu por ser mais fácil de chegar se você parte de Oakland, e porque trabalhar com mulheres parecia menos ameaçador do que uma sala de aula com presidiários homens.

Primeiro ele foi designado para trabalhar com menores infratores em San Francisco. Ficou lá por seis meses, mas era deprimente demais. Meninos enjaulados contando histórias sobre lares adotivos, sobre abuso sexual, todo tipo de abuso. A maioria não tinha pais, mas alguns tinham. Gordon via os pais na área de espera do tribunal, antes de cruzar a porta que levava à sala de aula: pessoas com moletons furados, camisetas com propaganda de logomarcas variadas, sapatos inadequados, gente pobre com vidas caóticas. Será que os juízes não percebiam só de olhar para os tutores que aqueles meninos não tinham a menor chance? Avisos na parede mandavam subir a calça, porque usar calça baixa era considerado desrespeito. Gordon teve um aluno que sempre se metia em encrenca por usar a calça baixa demais. Um menino branco grande com os olhos bem juntos no meio do rosto. "Quem te *ouve* acha que você é preto", um menino negro disse para o menino branco que tinha os olhos bem próximos um do outro, "mas quem te *vê* acha que você é retardado." PROIBIDO FICAR DESCALÇO, alertava um aviso na entrada do prédio. Como se alguém fosse sem sapatos a um prédio que tinha um centro de detenção e uma vara judicial, um prédio público numa esquina triste e onde ventava muito e não ficava perto da praia. Outro aviso, PROIBIDO USAR REGATAS. Abaixo, numa imagem típica, três gerações de uma família, todos de regata, com muita carne à mostra. E qual era a implicância com os ombros? Por que o aparato de segurança tinha tanto medo de ombros?

"Pra estar aqui a pessoa tem que ser feia pra cacete, banguela e redonda que nem um rocambole", o chefe da segurança de pátio da PFNC disse a Gordon na primeira semana dele lá. Enquanto o chefe da segurança falava, mulheres bonitas passavam atrás dele, faxineiras com esfregões e vassouras empurrando latões de lixo sobre rodas, algumas magras e com todos os dentes, moças jovens sorrindo e piscando para Gordon, como se o alvo da piada fosse o chefe da segurança, ele sim obeso.

Uma das mulheres chamou imediatamente a secreta atenção de Gordon. O rosto triste e infantil e os olhos negros eram tocantes. Isso é que é a beleza, ele supôs, quando o rosto de alguém mexe com os sentimentos. Ela estava sempre lendo, os olhos baixos em direção às páginas. Em geral as mulheres bonitas eram demasiadamente conscientes da própria beleza. Era uma coisa que elas usavam para submeter os outros, uma coisa que exibiam, que usavam em permutas e que controlavam. Hauser nunca embarcou nesse tipo de joguinho, nem na prisão nem em sua outra vida, a vida real, que estava se tornando cada vez menos real para ele. Aquela mulher não sabia usar sua beleza para manipular, a impressão de Gordon era de que ela nem sabia que era bonita, e quando um dia ele olhou para ela e sustentou o olhar, ela olhou de relance para ele e, antes de ela dar as costas, ele viu medo naquele olhar, ou algo que pensou ser medo.

Ele desconhecia em que unidade ela ficava. Ela estava na equipe do pátio, mas devia ter sido transferida para outro lugar porque não estava mais na área externa. Umas poucas vezes ele viu a moça na biblioteca jurídica, trabalhando como qualquer prisioneiro faz em seu habeas corpus. Uma vez, na capela, rezando com um grupo pequeno. E outra vez na recepção, esperando um pacote, e ele sentiu um ciúme irracional por ela receber um pacote — de quem? Um rival, provavelmente um homem. Ela era bonita demais para o pacote não ser de um homem. E caso o pacote tivesse sido mandado pela mãe ou pela irmã, isso significava que ela não era uma enjeitada encontrada por Gordon, mas sim a parente amada de alguém, e a conexão que imaginou que poderia ter com ela seria obscurecida pela lealdade dela a outras pessoas, que ele não conhecia e que estavam envolvidas na vida dela.

PFNC era a sigla de Penitenciária Feminina do Norte da Califórnia, mas os guardas diziam que era Putaria ou Ficar No Cargo, o que dava a impressão de que esses guardas enfrentavam o dilema de manter o emprego ou fazer sexo fácil com as prisioneiras. Nessa fantasia, o guarda puxava uma alavanca ao bater o ponto e apareciam ou três cifrões ou três cerejas enfileiradas. E se aparecessem as cerejas, dependia de cada um ter a força de caráter, o bom senso para resistir.

"Você tem muito autocontrole, taí uma coisa que eu posso falar sobre você", o pai de Gordon disse ao pegar o jovem Gordon na Biblioteca Pública de Martinez, que era maior do que a biblioteca minúscula da cidadezinha perto do Estreito de Carquinez onde Gordon cresceu. O pai era metalúrgico e achava que qualquer um capaz de ficar sentado olhando pequenos símbolos numa página durante o dia todo devia estar negando outros impulsos. Mas para Gordon ler era o impulso. Aquilo tornava o mundo maior. No Ensino Médio ele se apaixonou por Dostoiévski, uma literatura que combinava com o seu ceticismo sombrio. Dostoiévski não era a crença em algo e sim a vida suja e mundana pela qual os seres humanos vagavam, brigavam, se corrompiam e matavam. Por outro lado, Dostoiévski era cristão, e aqueles que brigavam e vagavam em seus romances podiam estar perdidos, mas Deus não estava. Dostoiévski era algo vasto — do tamanho do universo —, um universo que tinha ordem, mas não a ordem imutável e artificial dos gregos. Era um reino estilhaçado de tentativas caóticas, e Gordon sabia que estava pisando no território da verdade quando lia aquilo.

Seu pai já havia morrido, e Gordon finalmente tinha o tipo de emprego que ele aprovaria — sindicalizado, com benefícios.

Gordon jamais teve a intenção de trabalhar num presídio. Experimentou uma resignação atrás da outra, tentativas de continuar na faculdade, a aprovação nas provas orais na segunda tentativa, a chegada à metade do caminho — a titulação de mestre em literatura de língua inglesa. Mas a dissertação que tinha planejado escrever sobre Thoreau — a imagem de Thoreau de uma estação de muda espiritual, de um novo homem, o fatídico conceito de um Adão americano — era uma ideia de que Gordon gostava por sua perigosa arrogância, e quem é que não quer mudar sua vida? Renascer sem amarras e sem pecados? O trabalho como um todo foi uma fonte esmagadora de estresse. Ele e o orientador não se acertavam. Quanto mais ele avançava na direção desejada pelo orientador, menos se sentia capaz de encontrar um mínimo de paixão por seu tema. Se sentia preso a um compromisso impossível. Estava endividado e prestes a perder o posto de professor. Gordon precisava de um emprego. E encontrou um cargo de professor adjunto numa faculdade comunitária em Oakland. O emprego mal cobria as despesas e não sobrava tempo para ele dedicar à dissertação. Talvez essa fosse a parte boa. Estava livre para não trabalhar naquilo. Mas o trabalho de adjunto era intermitente. Falido e em certa medida desesperado, se inscreveu para uma vaga de docente anunciada pelo Departamento Penitenciário da Califórnia. Fez a entrevista. Queriam contratá-lo para dar aula em período integral, e de uma hora para outra a preocupação com dinheiro sumiu. Seu amigo Alex defendeu a dissertação sobre Melville e entrou no mercado de trabalho como americanista, embora Alex falasse horrores dos americanistas, dizendo que eram um bando de sentimentaloides. Alex teve uma recepção de boas-vindas, deu entrevistas, apresentou sua pesquisa. As pessoas o consideravam um garoto prodígio, embora tivesse a mesma idade de Gordon e dos outros colegas. Alex parecia ter uns dezoito anos, eis o motivo. Alex sabia como se comportar perto de gente poderosa, encontrava a exata medida de ironia e deferência. Havia pessoas no departamento que apadrinharam Alex, ajudaram-no a trilhar seu caminho. Gente que nunca mostrou muito interesse por Gordon. Gordon se esforçou para continuar amigo de Alex. Não era invejoso, foi isso que disse para si.

Antes que percebesse, os dias de docência na PFNC passaram a ser organizados de acordo com a possibilidade que ele tinha de ver a moça que lhe inspirava fantasias. Ela desviava o olhar quando Gordon olhava. Ele ensaiava falar com ela.

    Quando Gordon descobriu que ela trabalhava no treinamento de cosmetologia, a incerteza de seus dias acabou. Havia um salão de beleza na cosmetologia onde os funcionários podiam cortar o cabelo por doze dólares. Ele se inscreveu e deu um jeito de ir lá quando ela estava. No grande dia, sentou-se, e ela, bem perto, colocou um avental nele. O toque dos dedos dela em seu couro cabeludo fixaram as costas dele na cadeira de barbeiro, disparando em seus nervos uma reação em cadeia.

    Podia ser o caso, naquele dia na cadeira de barbeiro, de ele estar hipersensível ao toque, já que estava sozinho havia meses. A pontinha do pente, quando a moça foi repartir seu cabelo, provocou uma onda de formigamento que lhe percorreu a cabeça e o pescoço. Ele era um diagrama elétrico que se acendia. O toque do pente daquela moça produziu ao mesmo tempo um desejo incrível e algo como um desejo realizado.

    "Seu cabelo é bonito", a moça disse. O cabelo dele era absolutamente normal e comum. Liso e castanho.

    Gordon achava estranho como às vezes a beleza era magnificente e em outras não era nada e não o comovia. A pele dela era ruim, mas a pele ruim a deixava ainda mais bonita, mais real. Ela usava o tênis doado pelo Estado, o "chiclete", como as moças chamavam, um tênis que significava que você era indigente, porque se tivesse um mínimo de dinheiro ia comprar um tênis de marca pelo correio. Ela parecia não notar ou nem ligar que não tivesse qualquer adorno saído de catálogos que indicassem privilégio, que não tinha qualquer ajuda do mundo externo. No sonho que Gordon Hauser alimentava, a roupa azul-estatal parecia quase roupa hospitalar, usada por enfermeiras, nada a ver com a prisão: o uniforme de alguém que cuida dos outros, e ela de fato cuidou. Cortou o cabelo dele, tocou na cabeça dele com o pente.

Tinha mais uma coisa. Era negra, mas falava com Gordon como uma branca. Ela ficava no dormitório especial e não desgrudava da Bíblia. Talvez a associação da leitura da Bíblia a um gosto por livros tivesse sido um engano, talvez não.

Gordon começou a cortar o cabelo toda semana. Um dia o porco do chefe de segurança do pátio passou por ele em seu carrinho de golfe quando Gordon estava se dirigindo à cosmetologia.

"O senhor anda indo bastante lá, hein, sr. Hauser? O senhor não cortou o cabelo na *semana passada*?"

O chefe de segurança do pátio e os outros funcionários, muitos deles gordos demais para andar, faziam Gordon se lembrar dos gêmeos obesos do *Livro Guinness dos Recordes*, gêmeos com chapéus de caubóis que iam de ciclomotor do quarto para a cozinha.

Gordon olhou para o chefe de segurança com um ligeiro desprezo, e depois, além dele, para a mulher que ele tinha ido ver, varrendo cabelos que estavam no chão perto da última cadeira de barbeiro da escola de cosmetologia, a cadeira onde ia sentar, na qual ela logo iria tocar na sua cabeça.

Gordos demais para andar, a maioria deles levava o almoço em marmitas que tinham o tamanho de uma mala de viagem. Recipientes com alças dobráveis e rodinhas, grandes demais para erguer e transportar. Desde quando o chefe de segurança tinha alguma coisa a ver com a frequência com que Gordon pagava doze dólares para ter a cabeça tocada por aquela mulher? Ele não tinha nada a ver com isso.

Gordon disse ao chefe de segurança que achava que seu cabelo devia crescer muito rápido. O chefe de segurança pareceu satisfeito por ter incomodado o professor o bastante a ponto de deixá-lo um pouco nervoso.

O chefe de segurança se afastou em seu carrinho de golfe, a bunda enorme parecendo uma letra B deitada dentro da calça militar.

Mesmo gente como o pai do Gordon, que tinha poucos livros, possuía um exemplar do *Livro Guinness dos Recordes*. Na biblioteca da prisão havia vários exemplares. Era uma bíblia para os incultos de Deus.

Associar a magreza da sua amada ao conhecimento porque os funcionários gordos da prisão eram burros só ocorreu a Gordon muito depois. Na verdade, ele nunca sentiu de fato que isso fosse verdade. Foi uma soma de fatores que provocou sua paixão: seu próprio esnobismo, seu alheamento à cultura militar local, uma atração física pela moça. Tudo isso fez surgir um sentimento nele, uma espécie de esperança centrada nela, a promessa de algo, porém não foi isso que realmente aconteceu.

Houve uma namorada, chamava Simone, professora na faculdade comunitária onde ele trabalhou como adjunto. Ela era bonita e muito inteligente e não falava muito. A maioria das pessoas falava para preencher o silêncio sem saber o quanto isso lhes seria nocivo. Simone falava apenas quando tinha algo a dizer, mas ele acabou o namoro e talvez não existisse um motivo. Talvez ela gostasse mais dele do que ele quisesse. Ele entendia que algumas pessoas queriam ser desejadas mais do que desejar, mas ele não conseguia ser assim. Bastava uma mulher olhar para ele com uma expressão carente e ele já queria puxar o carro. De vez em quando sentia saudades de Simone, mas toda vez, depois de desejar se encontrar com ela, ele ficava aliviado por não precisar lidar com ela. Se ela pudesse aparecer só em certos momentos — quando ele estava com tesão ou quando precisava de alguém para conversar —, a coisa ia funcionar, mas as pessoas não eram assim. Há horas que se deve ouvir o outro expressar sentimentos sobre um assunto que não parece importante, e você balança a cabeça e finge que aquilo tem importância. Você precisa mascarar sua própria ambivalência e fingir estar apaixonado cem por cento do tempo, e ele preferia nadar num lago de fogo no inferno.

A moça reconhecia a intimidade que havia entre eles como se soubesse o motivo da frequência com que ele cortava o cabelo. Mas não dava nenhuma bandeira. Outras mulheres chamavam Gordon de gato, tentavam flertar. Essa não. Ela cortava o cabelo dele e evitava seu olhar. Respondia às perguntas dele com timidez, lacônica. Nada na linguagem corporal dela sugeria que estivessem flertando. Isso tornava a coisa toda segura. Tudo ficava limitado à sensação do pente em seu couro cabeludo. À respiração silenciosa dela. Ao som lento e cheio de texturas das tesouras abrindo e fechando nos cabelos molhados. Aos dedos dela espanando fiapos de cabelos dos ombros dele.

Apesar da obsessão por essa moça, ele às vezes queria abandonar o trabalho na prisão, mas mudanças eram coisas vagas. Um homem pode dizer todo dia que quer mudar de vida, que vai mudar, e todos os dias a queixa se torna meramente parte da vida que ele já está vivendo, e o desejo de mudança, na verdade, é um tipo de impotência que permite à vida não transformada continuar, porque pelo menos o sujeito sabe desaprovar aquele modo de vida, o que lhe diz que nem tudo está perdido.

Numa noite, enquanto ele guardava papéis na bolsa de livros, ela entrou em sua sala de aula vazia com autorização para participar das atividades. Não era aluna dele. Depois de entrar, fechou a porta. A sala tinha uma pequena escotilha de observação, mas Gordon sabia que nenhum guarda passaria por ali nos próximos dez ou quinze minutos.

Ele queria poder dizer que não aconteceu nada. Até porque aconteceu tão pouco, e ele achou que foi injustiçado. Depois de fechar a porta, ela se aproximou dele. Os lábios deles se tocaram. Sim, ele beijou a mulher, e não foi só. As mãos dele roçaram a parte da frente da camiseta dela e depois roçaram de leve entre as pernas dela, para ver como ela responderia, e a resposta foi a correta, foi a resposta de quem está interessada, e você pode chamar aquilo de pensar, escolher, continuar, mas Gordon não chegou a tanto. Aquilo não era pensar. Eles ficaram agarrados um ao outro, nada sério, completamente vestidos, por um minuto, talvez menos, e então chegou a hora da contagem da noite e ela precisou voltar à unidade dela.

Ela apresentou a queixa 602 contra ele, alegando que foi agarrada. Essa bela mulher tinha armado. O motivo, ele entendeu depois, era alguma coisa complicada que tinha a ver com a namorada dela, uma aluna dele. Era a palavra de Gordon contra a dela. A Unidade de Serviços Investigativos entrou em contato com ele, fez perguntas e não descobriu nada ilícito, mas achou que ele corria o risco de criar excesso de intimidade com a presidiária. Aconselharam que fosse transferido para outra unidade. Eles o mandaram Central Valley abaixo como se chutassem uma latinha na rua. Foi transferido para a Penitenciária Feminina de Stanville, onde ninguém, ninguém mesmo, queria trabalhar.

5

Você pode querer associar meu destino à noite que encontrei Kurt Kennedy esperando por mim, mas eu o associo ao julgamento, ao juiz, ao promotor, ao meu defensor público.

Eis o que me lembro do dia que conheci meu advogado: ter sido levada a um elevador que fedia a suor humano se ionizando em aço inoxidável. A iluminação forte e melancólica do painel aceso. Sons de tribunal. Chinelos onde se lia Comarca de Los Angeles em cada pé.

Quando chegou a hora, os oficiais de justiça me acompanharam por um corredor. Eles andavam e eu arrastava as pernas presas por ferros até a extensa caixa de vidro no departamento trinta — era lá que os presos sob custódia se encontravam com o juiz. Fui levada à sala de instrução, onde havia uma abertura no nível do rosto para que os acusados pudessem falar com seus advogados. Dava para ver a sala de audiência inteira. Minha mãe estava lá. Eu era a filha dela e a filha dela era inocente. A presença dela me deu uma esperança infantil. Quando ela me viu, deu um aceno infeliz. Um meirinho se aproximou dela e disse algo. Era proibido acenar, provavelmente.

Avisos na sala de audiências diziam Proibido descansar nos bancos. Proibido mascar chicletes. Proibido dormir. Proibido comer. Proibido usar telefones celulares. Proibido trazer crianças menores de dez anos a não ser quando convocadas pelo Estado como testemunhas. Em todas as salas de audiência a que compareci enquanto meu caso tramitava pelo sistema, tentei não ler os avisos. É preciso transmitir a imagem de alguém mortalmente arrependido sempre que alguém olha para você, um jurado ou um parente da vítima, o juiz. A todo momento você deve dar a impressão de que não consegue conviver com a ideia de que fez o que fez. Você não pode parecer entediado nem faminto nem cansado. A única impressão que você pode passar é de alguém irremediavelmente culpado, e só assim você poderá parecer um pouco menos culpado.

Corri os olhos para tentar adivinhar qual dos advogados que estavam no banco diante do juiz seria o meu.

Meu caso vinha na sequência da causa do sujeito sentado ao meu lado, um homem que o tribunal chamava de Johnson, Johnson versus o Povo. Eu estava ansiosa pra conhecer meu advogado, mas como ele ou ela não apareceu, fiquei observando este Johnson em sua tentativa de se comunicar com o seu advogado, um sujeito velho com o cabelo grisalho escorrendo pelas costas.

"Minha mãe é chefe", Johnson disse num discurso ensaiado. Seu rosto estava amarrado com arames e ele mal conseguia abrir a boca. Fazia sons guturais como alguém amordaçado.

"Sr. Johnson, sua mãe é chefe?" O velho advogado falava com um tom de falso espanto. "Em qual repartição?"

"Não é a minha mãe. A mãe da minha namorada. É uma agência de fiança."

"A sua namorada trabalha numa agência de fiança? Então talvez ela não seja chefe, sr. Johnson?"

"A mãe dela é a dona da agência."

"A sua sogra é dona de uma agência de fianças? Como chama?"

"Yolanda's"

"Onde fica, sr. Johnson?"

"Tem em todo lugar."

"Então ela trabalha numa filial?"

"Ela é a dona. Eu disse para o senhor. YO-LAN-DA."

O promotor do caso de Johnson se levantou e ficou de frente para a juíza. Ele brilhava como se tivesse sido lavado por uma máquina de alta pressão.

Daquele dia em diante, em todas as ocasiões que fui forçada a permanecer num tribunal, os promotores eram sempre as pessoas que mais pareciam competentes na sala de audiência. Eram bonitos e magros e arrumados e organizados, com roupas sob medida e pastas de couro caras. Já os defensores públicos eram identificados pelos problemas de postura, os ternos mal cortados e os sapatos gastos. As mulheres usavam cabelo curto, com corte feio e prático. Os homens tinham cabelo comprido de vários estilos ou nenhum, e todos eram culpados por escolher gravatas que excediam o limite de largura. Botões de camisa pendentes, prestes a cair. Os promotores pareciam republicanos ricos e descansados, enquanto os defensores públicos eram benfeitores que trabalhavam demais e chegavam ao tribunal esbaforidos, atrasados, derrubando papéis que já tinham marcas de solas de sapato por terem sido derrubados em outras ocasiões. Tive a impressão de que eu, Johnson, todo mundo ali que dependia de advogados pagos pelo Estado estávamos ferrados, completamente ferrados.

Johnson disse ao advogado que precisava do remédio para pressão alta. Ele estava sem os remédios psiquiátricos. Precisava de analgésicos. Tinha dores crônicas por causa de um ferimento por tiro. Johnson ergueu a camisa e mostrou para o advogado. Não consegui ver o peito dele. O advogado recuou.

"Meu Deus, sr. Johnson. É surpreendente que o senhor esteja vivo. E o que aconteceu com a sua boca?"

O velho advogado gritava, como se Johnson tivesse problemas auditivos, enquanto eu observava, tensa e alerta por ser a próxima.

"É um aparelho. Fratura na mandíbula. Eu sou um cidadão de bem. Tenho uma filha."

O advogado perguntou quando ela nasceu.
"Em 1980."
"Sr. Johnson, acredito que esse seja o ano em que *o senhor* nasceu."
O acusado, este Johnson, tinha vinte e um anos. Ferimentos a bala. Pressão alta. Dor crônica. Parecia ter quarenta e oito. Fiquei observando os fatos da vida dele serem expostos como se fossem bolsos de uma calça sendo virados do avesso.
"O.k., o.k.", Johnson disse. "Eles me doparam. Desculpe. Espera..."
Vi o cara erguer a perna e enrolar a barra da calça com as mãos acorrentadas. O aniversário da filha estava tatuado na batata da perna. Ele leu a data lentamente como se estivesse tentando decifrar uma placa comemorativa.
"A juíza não gosta de pessoas que assaltam casas, sr. Johnson."
"Diga pra ela que peço desculpa", Johnson falou arrastando as palavras com sua mandíbula presa por arames.

Em seu próprio ambiente, eu queria acreditar que Johnson podia se sentir perfeitamente em casa, alguém que estava sempre por cima, não importava o que fizesse. Estar por cima significava lidar com a vida. Fazer isso bem. Ser alguém que inspira respeito. Alguém amado pelas mulheres e temido pelos inimigos, e agora apartado daquilo que o fazia brilhar. Fosse como fosse, Johnson era um ser humano completo mesmo sem lembrar quando a filha nasceu.
Depois de imergir neste novo mundo de Johnson, eu soube por que ele parecia tão apagado na sala de instrução: os cretinos lhe haviam aplicado uma injeção de clorpromazina. Quando certo tipo de preso ia ser transportado para o tribunal, uma dose aplicada sem a permissão do sujeito tornava o trabalho dos guardas mais fácil. Babando e baratinado por causa de um remédio que deixava o cérebro amortecido, esse acusado não passava uma boa impressão para o juiz nem para os defensores públicos, que falavam com ele como se ele fosse uma criança de três anos.

Quando a sessão de Johnson acabou, os meirinhos calçaram suas luvas azuis de borracha para acompanhá-lo. Ele tinha dificuldade para andar com as correntes nas pernas. Quando o trouxeram, os meirinhos o mantiveram o mais longe possível de si. Vai devagar, um deles disse. Saltaram para longe quando Johnson tropeçou. Ele caiu com a mandíbula quebrada bem ali. Ninguém ajudou. O macacão que ele usava era marrom, o que significava que estava em tratamento médico. Uma pulseira oficial indicava que tinha feridas não cicatrizadas. Podia espalhar infecção por bactérias ou algo pior. Resistência. Depressão. Dislexia. HIV. Degradação mental. Um azar dos diabos.

Eu era a próxima, mas não acontecia nada. A juíza tinha saído da sala. Fiquei sentada por uns vinte minutos, com um oficial de justiça atrás de mim, sem que nenhum advogado me chamasse, sentindo a tristeza da minha mãe, incapaz de olhar nos olhos dela porque seria mais difícil ainda. Inspecionei a águia no topo do mastro da bandeira na sala. A águia pairava no mastro de madeira como se tivesse capturado a bandeira americana. Eu já tinha visto bandeiras enormes tremulando, no topo de mastros altíssimos. Revendedoras de carros têm esse tipo de bandeira. Às vezes também tem em algum McDonald's, bandeiras imensas que tremulam em nome do comércio e proclamam "Estados Unidos da América". Aqui nesta sala de audiência as bandeiras ficam murchas e imóveis, pegando pó. Uma bandeira precisa de vento, pensei, bem quando a juíza chamou meu nome e disse o número do meu processo, e depois repetiu meu nome e o número do processo.

Me disseram que ia encontrar meu advogado pela primeira vez na sala de instrução. Fiquei de pé quando o meirinho mandou, mas não apareceu advogado nenhum.

O advogado de Johnson, com o longo cabelo grisalho, veio mancando até mim. O que *ele* quer, pensei.

"Srta. Hall? Romy Hall? Eu sou seu defensor público."

* * *

Dá pra simpatizar com o advogado de Johnson, se você precisar, mas eu não preciso. Ele era bem-intencionado. Mas era um velhinho incompetente e cansado. Graças à defesa dele peguei duas prisões perpétuas e a história sórdida de Kurt Kennedy e da obsessão dele por mim foi considerada inadmissível no processo.

Kennedy estava com uma ideia fixa. Decidiu que a missão da sua vida era ficar do lado de fora do meu apartamento. Na garagem onde eu estacionava meu carro. Armar emboscadas pra mim nos corredores lotados do mercadinho da esquina de casa. Me seguir a pé e de moto. Só de ouvir o motor daquela moto, que fazia um gemido agudo, eu tremia. Ele tinha o hábito de me ligar trinta vezes seguidas. Mudei de número. Conseguiu o número novo. Ia ao Mars Club ou já estava lá quando eu chegava; pedi pro Dart botar ele pra fora e ele se negou. É um bom cliente, Dart disse. Eu era dispensável. Homens que gastavam dinheiro não. Kennedy me caçava sem trégua. Mas o promotor convenceu a juíza de que o comportamento da vítima era irrelevante. Não ficou estabelecida uma ameaça iminente na noite em questão e por isso o júri nunca soube dela, nenhum detalhe sequer. Foi a juíza que não permitiu a apresentação das provas, mas pra mim a culpa era do advogado. Achei que ele era culpado porque na minha opinião ele devia me ajudar e tive a sensação de que não fez nada.

"Por que não posso depor e explicar?", perguntei. "Porque você vai ser destruída pelas perguntas do promotor", ele respondeu. "Não posso deixar você fazer isso com você mesma. Nenhum advogado competente deixaria você depor."

Quando perguntei de novo, ele disparou um questionário. Como eu ganhava a vida. Meu relacionamento com Kennedy e com outros clientes. Minha decisão de pegar um instrumento pesado. O fato — o fato, insistiu — de eu ter batido num sujeito sentado numa cadeira, um sujeito que não conseguia andar sem duas bengalas. Tentei responder. Ele acabou com as minhas respostas e as transformou em perguntas, e eu tentei responder às perguntas novas, mas tive dificuldade. Quando fez mais uma pergunta, gritei para que parasse.

"Você não vai depor", ele disse.

O que aquelas doze pessoas sabiam era que uma moça de caráter moral duvidoso — uma stripper — tinha matado um cidadão íntegro, um veterano da Guerra do Vietnã que tinha sido ferido e ficara incapacitado para sempre. Como tinha uma criança presente, eles acrescentaram uma acusação de risco à infância. Pouco importava que a criança fosse o meu filho e que quem estava colocando o menino em risco fosse o Kurt Kennedy.

O advogado de Johnson tentou me convencer a fazer um acordo. Eu me neguei. Sabia como o sistema funcionava, pelo menos tinha uma noção. A maior parte dos casos nunca ia a julgamento porque os promotores assustavam os réus para que eles fizessem um acordo, e os advogados incentivavam seus clientes a optar por esse caminho pela simples questão de não quererem perder o caso. A minha situação era diferente. Havia circunstâncias. Qualquer um que estivesse lá e soubesse da história teria entendido o que aconteceu, e o motivo, embora ninguém tenha estado lá e ninguém tenha entendido.

O que eu não percebi na época era que a maioria das pessoas aceitava acordos porque não queria passar a vida na cadeia.

Eu jamais pensei nele como meu advogado. Ele sempre foi o advogado do Johnson, mesmo que eu nunca tenha conhecido o Johnson ou nunca tenha pensado sobre o que aconteceu com ele; ele era só mais um corpo sendo espremido pelo sistema, um Johnson entre milhares. Mesmo assim, eu gostava do Johnson. A mãe da namorada dele era cartorária e qualquer um que duvide disso que vá pro inferno.

No tribunal, o advogado do Johnson ficava dizendo o tempo todo, "Desconsidere isso", quando ele estava na metade da frase, "Desconsidere isso". Pode ser que fosse normal. Eu não sabia. Mas toda vez que ele fazia isso, meu coração ficava apertado.

O júri não ficou sabendo o que o Kurt fez comigo, a perseguição incansável, ficar me esperando, me seguindo, me ligando, depois me ligando de novo, aparecendo de surpresa. Nada disso podia ser mencionado no tribunal. O que os jurados ficaram sabendo foi que houve uso de uma chave de roda (Prova da Promotoria nº 89). Que a vítima estava sentada numa cadeira de plástico ao receber o primeiro golpe (Prova da Promotoria nº 74) e que seus gritos de socorro foram ouvidos (Testemunha nº 17, Clemencia Solar).

Quantas autópsias o senhor realizou, o promotor perguntou ao legista, sua primeira testemunha.
"Mais de cinco mil, senhor."
"Quantas com traumatismo craniano?"
"Centenas, acredito."
O legista localizou e apontou nas fotos dois ferimentos fatais. A causa declarada da morte foi traumatismo craniocerebral severo. O legista observou que o sr. Kennedy parecia ter vomitado sangue em abundância na varanda da ré.
"Quantos golpes foram dados na cabeça do sr. Kennedy?", o promotor perguntou.
"Pelo menos quatro. Talvez cinco."
O sr. Kennedy deve ter sentido uma dor intensa ao sofrer esses ferimentos, não?"
"Ah, sim."
"Existem outros ferimentos nos braços e nas mãos dele que são típicos de quando a pessoa tenta se defender?"
"Sim, correto."

"Não é verdade que é preciso menos força para fraturar o crânio de uma pessoa de cinquenta e poucos anos do que para fazer o mesmo com alguém mais jovem?" Essa pergunta foi feita pelo advogado do Johnson, quando chegou a vez dele de interrogar o legista.
"Imagino que sim, mas..."
"Objeção. Hipotético."
"Mantido."

O promotor chamou uma das minhas vizinhas como testemunha. Clemencia Solar diria qualquer coisa para aparecer, como afirmar que ouviu o Kurt pedindo socorro. Era uma mentirosa. Uma testemunha da defesa, um sujeito chamado Coronado, morava uma casa depois da de Clemencia. Ele e eu nunca tínhamos conversado. Ele só falava espanhol e eu só falava inglês. Lembro de ter visto o cara trabalhando em carros. Uma vez, vazou na rua um tanque inteiro de gasolina de um carro que era dele, e um outro vizinho brigou com ele. Ele disse para a polícia que viu Kurt Kennedy chegar de moto, estacionar e esperar. Ouviu uma discussão e tinha certeza de que o que aconteceu em seguida foi autodefesa. Esse era o plano. O advogado do Johnson entrevistou o cara e ele era agradável. Ia depor.
"O sr. Coronado tem mandados de prisão na comarca de San Bernardino", disse o promotor para a juíza. "Ele foi pego várias vezes dirigindo alcoolizado ao longo dos anos e fez tratamento compulsório."
Um intérprete traduziu para a testemunha, minha testemunha, meu vizinho, o sr. Coronado, que virou para a juíza e falou. A intérprete traduziu.
"Meritíssima, quero resolver isso agora mesmo. Estou pronto para resolver isso. Faço o que for preciso."
A juíza e um funcionário do tribunal conversaram em voz alta sobre o mandado do sujeito e sobre qual tribunal poderia aceitar que ele se entregasse sem agendamento.

"Senhor, seus problemas legais são na comarca de San Bernardino. O senhor precisa ir até lá. Hoje é sexta e eles não aceitam que as pessoas apareçam sem marcar hora na sexta. Vá até lá na segunda pela manhã."

O sujeito falou de novo, parecendo não ter assimilado o que a intérprete lhe disse.

"Meritíssima, eu estou pronto. Vou pagar as multas e cumprir minha pena. Quero resolver isso agora mesmo. Estou pronto, meritíssima. Quero resolver isso."

Essa era a nossa testemunha. Um homem que queria me ajudar mas não podia.

No dia das alegações finais, o advogado do Johnson parecia bêbado. Gritava com os jurados e batia o pé no chão. Falava com eles como se eles, os jurados, tivessem feito algo errado. Os jurados não queriam nada com ele, nem comigo. Preencheram um formulário e entregaram para a juíza. O formulário tem dois quadradinhos. O presidente do júri marcou um deles.

6

Crianças devem ser supervisionadas, ficar em silêncio e se comportar, senão seus responsáveis deverão retirá-las da área de visita

Detentas não podem manipular cartões das máquinas de venda de comida

As máquinas de venda de comida não aceitam dinheiro. É necessário comprar um cartão pré-pago no Atendimento ao Visitante

Os cartões custam cinco dólares. Dois dólares e cinquenta centavos serão devolvidos *caso seu cartão esteja em condição reutilizável*

Detentas não podem ficar a menos de um metro da máquina de venda de comida

Um abraço curto é aceitável no início da visita, assim como um abraço muito breve ao final da visita. Não deve haver contato corporal prolongado ou a visita será encerrada

Ficar de mãos dadas é considerado contato prolongado e não será tolerado

Proibido fazer *high five*

Proibido ficar com as mãos debaixo da mesa durante a visita. Visitantes e detentas devem manter as mãos o tempo todo onde os guardas consigam vê-las

Proibido ficar com as mãos nos bolsos

Proibido gritar

Proibido falar em voz alta

Proibido discutir
Proibido fazer brincadeiras violentas
Proibido rir alto
Chorar o menos possível

7

A estrada até a prisão de Stanville é estreita. Ela atravessa montanhas visíveis do pátio principal nos dias de pouca neblina. No inverno, o topo das montanhas fica coberto de branco. A neve fica muito longe. Nunca neva no fundo do vale onde fica Stanville. Conseguimos ver aqueles picos de neve através das camadas de ar seco e quente do vale. Para nós, a neve é tão remota quanto nossa casa.

Apenas as pessoas que deveriam estar a caminho de Stanville é que estão nessa estrada. Na manhã que chegamos, só tinha a gente. A estrada era ladeada por campos de amendoeiras. Eu não saberia o que aquelas árvores davam, nem ligaria a mínima pra isso, mas Laura Lipp tinha acordado e estava falando de novo, e disse que o que eles vendem como amêndoas não são amêndoas de verdade, são sementes de frutas venenosas, sabe?, e que um dos filhos dela quase morreu comendo aquilo.

"Você já abriu um caroço de pêssego?", Laura Lipp disse. "É dali que tiram isso. Não são amêndoas de verdade. É a parte venenosa do pêssego. Um vizinho uma vez deu aquilo para o meu menino sem me perguntar e se não fossem os socorristas ele teria morrido."

"*Você* matou o menino", uma mulher atrás da gente disse.

Senti uma onda à minha volta, gente murmurando revoltada.

Mulheres brancas vão para a prisão por dois crimes: matar bebês ou dirigir bêbadas. Claro que elas cometem muito mais crimes, mas esses são os estereótipos que ajudam a colocar uma ordem entre as mulheres, as raças.

"Elas não sabem o que aconteceu", Laura Lipp disse. "Sobre ele e sobre o que ele fez comigo... comigo e com o bebê. Nenhuma de vocês tem o direito de me julgar. Vocês não sabem de nada. Assim como eu não sei nada sobre vocês."

Ela se virou para mim como se eu fosse a única pessoa com quem era possível falar de maneira razoável.

"Você sabe quem é Medeia?"

"Não", eu disse. "Dá pra ficar quieta? Não te conheço e não quero falar com você."

"Você quer que eu fique quieta, mas eu só vou parar de falar quando tiver terminado, só depois. Eu fui pra faculdade, diferente de vocês. O marido da Medeia abandonou ela, e foi isso que aconteceu comigo. Ele tirou tudo dela, inclusive os filhos. Ela precisava fazer ele sofrer. Pra ele entender o sofrimento *dela*. Está escrito na história. É real. Você não pode fazer isso com alguém e não sofrer. Ele acabou com a vida dela, e aí ela encontrou um jeito de fazer o mesmo com ele. Esse é o meu único consolo. É muito, muito, muito pequeno. É tão pequeno que eu nem consigo enxergar na maior parte das vezes."

Meus olhos estavam fechados. Eu tinha virado para o outro lado. Estava presa a ela, queria estar em qualquer outro lugar. Imaginei uma mulher no lobby de um hotel, catando sujeiras de um tapete vermelho feio pra ver se era crack. Pegando uma migalha, a cabeça de um fósforo, fiapos de tapete. Inspecionando o troço entre os dedos, cheirando, lambendo, largando. Pegando outra migalha, inspecionando do mesmo modo. Ela começa a chorar, essa mulher, enquanto prossegue sua busca, sua busca interminável. É uma das coisas mais tristes que já vi. Continuei visualizando aquilo, embora não quisesse, enquanto Laura Lipp seguia falando sem parar.

A mulher que procurava crack no tapete era Eva, percebi. Bloqueio certas coisas. Todo mundo faz isso. É saudável. Mas ao tentar bloquear as palavras que saíam da boca de Laura Lipp sem querer acabei pensando em algo ruim. Eva começou a usar cocaína cedo. Primeiro fumando, depois injetando, e no fim o crack era suficiente e era o que ela queria. Estava esquálida, tinha perdido um dente numa briga, mancava por causa de um acidente de carro. Mas ainda era a Eva e eu amava ela.

Quando você vê holofotes ainda mais altos que os de um estádio, você está na prisão.

Eles apressavam a gente pra sair do ônibus, duas por vez, gritando, Rápido, Vamos. Eu tentava não tropeçar. Conan, na minha frente, se movia sem problemas. O andar dele não era afetado pelas correias. Não sei como ele fazia isso. Praticamente flutuava. Arrastava os pés num sincopado suave. Era um andar que pertencia às ruas de Compton ou ao estacionamento do fórum de Inglewood, ao salão de carros de Pomona, não a uma fila de mulheres acorrentadas que se dirigiam à entrada da prisão.

Os funcionários que nos cumprimentaram estavam irritados. Especialmente as mulheres. Foi uma recepção rude e agressiva, mas que pelo menos fez Laura Lipp calar a boca. A única que recebeu um tratamento gentil foi a mulher gorda que tinha caído do banco do ônibus. Deixaram que ela ficasse deitada enquanto nós, mulheres em melhores condições e conscientes, éramos empurradas pelo corredor do ônibus. A mulher parecia dormir pacificamente quando passei por ela. Última passageira, foi retirada do veículo numa maca por médicos que a declararam morta e a deitaram no chão da recepção com uma lona sobre o rosto.

O restante de nós fez fila pra desinfecção e pra receber as batas. A tenente se chamava Jones, uma mulher em formato de cabine de caminhão que, como vim a saber, em parte tinha aquele formato por causa do colete à prova de facadas. Os coletes fazem os homens parecer bombados e deixam as mulheres parecendo engradados.

A gente se lambuzou de loção Lindane pra matar lêndeas e tudo o mais. Aquilo é um veneno; eu tinha usado duas vezes depois de pegar sarna no Mars Club e nas duas vezes comecei a menstruar horas depois. Mandaram a menina, aquela de quinze anos que parecia estar grávida de oito meses, passar. Eu disse pra ela não fazer isso. A gente estava perto uma da outra nos chuveiros. Obrigaram a menina a passar, e ela chorou enquanto aplicava o Lindane. Se fosse oficialmente declarada grávida podia ser dispensada de certos procedimentos, mas isso precisava estar no cartão que cada presa recebe pra colocar em sua cama, e até então nenhuma de nós tinha esse cartão. Ela ia ter que esperar como todas as outras para fazer o exame médico e depois esperar toda a papelada necessária para o exame de gravidez, que ela devia fazer, mesmo que quase desse pra ver o bebê chutar. Uma hora ia acabar recebendo um cartão de GRÁVIDA do DPC, Departamento Penitenciário da Califórnia, com roupas estatais que proclamavam isso em enormes letras de fôrma nas costas da camiseta e da capa de chuva de propriedade estatal. Não teria direito a comida extra, exames pré-natais, vitaminas, assistência. A única coisa que ia ganhar era um beliche inferior e tempo extra pra levantar quando o alarme soasse no pátio. Era por isso que a jaqueta dizia GRÁVIDA. Era tipo SWAT. Significava NÃO ATIRE (EU SOU LENTA).

A seguir vinha a revista íntima, a que eu já estava acostumada na custódia. As guardas gritavam para abrirmos bem as pernas, principalmente as mulheres com mais pelos pubianos. Jogavam a luz da lanterna na gente enquanto a gente se inclinava. Algumas meninas choravam. Fernandez, que gritou pra menina grávida calar a boca quando a gente entrou no ônibus, estava gritando de novo com as meninas que choravam com a revista íntima. Ela era conhecida de todas as policiais. "Fernandez, você voltou", elas diziam, e ou ela era amistosa e fazia uma piadinha, ou mandava a pessoa se foder. As outras meninas pareciam ter medo dela.

Entregaram batas de bolinhas de tamanho único e chinelos de lona que vinham em três tamanhos. Até o Conan, grande e corpulento, com barba no queixo, foi obrigado a usar uma bata. Ele jogou os ombros para trás pra mostrar aos guardas que a bata era curta demais.

"Eu preciso de uma calça e de uma camiseta. Não posso usar isso. Não tá certo, sargenta."

Ele continuava erguendo os braços. "É muito apertada nos ombros."

Jones disse: "O que pretende fazer vestindo essa roupa desse jeito, senhora, reger uma orquestra? Cala a boca e abaixa os braços".

As batas me fizeram pensar na expressão "macaco de circo". Nenhuma mulher devia ser comparada a um macaco nem ser forçada a usar as roupas que entregam pra gente. E o mesmo vale para o Conan. O chinelo era bom. Me fazia lembrar a pantufa que a gente usava quando criança, que dava pra comprar na lojinha das Forças Armadas na Market Street. Era lá que eu comprava meus uniformes de educação física também. Mais tarde, já adulta, eu passava pela loja a caminho do Mars Club. Os dois lugares ficavam perto da esquina onde o empresário que entrou na Mercedes me prometeu dinheiro pro táxi numa noite chuvosa. San Francisco era assim, uma cidade em que todas as camadas da minha história se comprimiam num único plano. Entre a lojinha das Forças Armadas e o Mars Club ficava o Fascination, onde Eva e eu passamos muitas horas na adolescência enquanto ela flertava com o caixa, antes que o Fascination perdesse ela para o Tenderloin, mais ao norte, em meio a hotéis barulhentos e sujos, as pérolas do colar da vida vazia dela, ainda mais vazia que a minha.

A última vez que vi a Eva foi no casamento de outra amiga, uma ex-prostituta que largou as drogas, encontrou um cara que também estava na reabilitação e entrou, junto com ele, para a Igreja de Cristo. Todas nós fomos ao casamento sem álcool, todas as pessoas sorrindo como se estivessem numa emissora de tevê cristã. Fizeram alguma coisa com a nossa amiga. Dava pra ver no rosto dela. Ela chorava aos soluços no altar. Pra mim estava claro que tinha havido um acordo, um pacto. Ela foi derrotada e agora eles tinham domínio moral sobre ela. Estava bonita como um arranjo de flores artificiais numa casa funerária. Outra menina do Sunset District presente no casamento ficou falando o tempo todo do namorado e dizendo que ele não pôde ir com ela porque um cara do clube dele tinha morrido naquela manhã. Clube dele. Naquele dia teve um grande funeral para um cara dos Hells Angels. Ela queria contar vantagem, mas queria dar a impressão de estar sendo discreta. Ficava falando como ganhava bem como garçonete no Pier 39. Disse, como se de algum modo soubesse como eu ganhava a vida, "Ganho meu dinheiro num trabalho *respeitável*". O Pier 39 é um lixo.

Eva apareceu lá pela metade da cerimônia. Entrou com um latino. Tinham cara de quem não dormia havia uns três dias. O rosto dela estava coberto por uma base de um tom muito claro para a pele dela. Ela ficou de óculos escuros mesmo lá dentro. Virou pra falar comigo com a maquiagem semiderretida.

"Romy, que porra é essa que tá acontecendo aqui?"

Era a pergunta certa, Eva tinha razão.

O latino provavelmente era o traficante dela. Ela disse namorado, mas essa distinção não importa. Um ano antes Eva andou saindo com um cara que no começo era cliente. Ele se tornou um cliente fixo e depois não queria mais que ela tivesse outros. Passou a financiar o consumo de drogas dela para que ela não precisasse trabalhar nas ruas. Uma noite esse cara estava do lado de fora do Mars Club esperando pra falar comigo. Procurava Eva. Estava aflito. Disse que tinha gastado oitenta mil dólares comprando cocaína pra ela durante aquele ano e agora ela tinha dado no pé. O que ele esperava? Não duvidei do amor dele, nem que ele não soubesse que jamais conseguiria uma mulher como Eva, tão linda e tão livre, sem pagar por isso, e sem que ela fosse, antes de mais nada e acima de tudo, uma viciada que precisasse de algo dele. "Fique longe de mim", eu disse, e deixei o cara plantado na entrada do clube.

O nome dele era Henry, o cliente obcecado por Eva. Ele passou a aparecer praticamente em todo lugar que eu ia, torcendo pra eu ir encontrar Eva e para que ele pudesse armar uma emboscada pra ela. Mas eu não tinha falado com a Eva, não sabia onde ela estava, e ela não era o tipo de pessoa que dá pra você falar pelo telefone. Eu tinha uns dez números dela e nenhum funcionava. Mais tarde me esqueci completamente do Henry e daquela história, porque logo eu tinha meu próprio obcecado no meu pé, Kurt Kennedy. Henry na verdade não estava me perseguindo, perseguia Eva. Ele só me incomodava ou andava atrás de mim pra saber onde ela estava. Eva sumiu pra escapar dele. Quando penso no Henry ou no Kurt, me dá um nó na garganta.

Estávamos acorrentadas a um banco num corredor, esperando que nos chamassem pra uma entrevista numa pequena sala de concreto, perguntas sobre uso de drogas, histórico sexual, saúde mental e se pertencíamos ou não a alguma gangue ou se tínhamos inimigas cumprindo pena atualmente em Stanville. Depois de várias horas nessa função, deram um colchonete para cada uma e o Manual do DPC para Infratores, além de um Guia do Manual do DPC para Infratores com mais quarenta páginas. Conan perguntou em voz alta se a gente também ia receber um Guia do Guia do Manual.

"Deixar de informar a violação de uma regra", Conan disse numa voz nasal, "também é uma violação das regras. Deixar de informar que alguém deixou de informar uma violação das regras também é uma violação das regras."

Jones disse, "Nem seis horas na prisão, London, e você acaba de conseguir sua primeira 115".

Achei que ela estava sendo sarcástica, mas ela foi até o posto policial e começou a anotar a ocorrência.

"London", alguém disse, "*London.*"

Algumas das meninas gargalharam e deram risadinhas achando engraçado que Conan estivesse levando uma ocorrência. Você podia achar que todas nós ficaríamos do mesmo lado. Mesmo nosso grupinho do ônibus, com sessenta pessoas, podia ter facilmente dominado as duas guardas, sequestrado o veículo e ido para o México. Mas não existia cooperação. Só gente ávida por ver os outros comerem da banda podre que elas comeram.

Na custódia também tinha sido assim. Quando cheguei, perdi de cara meu copo de isopor. Parece bobagem, mas era o único copo que iam me dar. Eu não sabia, e as outras mulheres não me avisaram. Riram quando me viram catar uma latinha de refrigerante no lixo. Bebi água naquilo ao longo dos dezoito meses seguintes. A custódia é a incubadora perfeita para imitar as atitudes dos policiais, mas há policiais em todo tipo de ambiente. Nos bastidores do Mars Club as mulheres criticavam umas às outras por não terem adereços chiques ou por não apresentarem uma coreografia elaborada. Quem se importa — o objetivo do trabalho é ganhar dinheiro, não gastar com fantasias —, mas mesmo assim algumas mulheres no camarim queriam que houvesse uma série de normas para o strip. Achavam que você tinha que fazer um show bacana e comprar adereços caros porque era mais digno e profissional, mostrava respeito pelo padrão que elas queriam manter. Mas a maior parte de nós trabalhava naquele ambiente porque éramos o tipo de gente que não acredita em padrões nem jamais tentou manter algo desse gênero. Você não precisa acreditar em nada pra trabalhar no Mars Club. As russas, quando começaram a dançar no Mars Club, trouxeram um novo tipo de rispidez pós-soviética, uma revigorante falta de consideração por adereços e glamour, por tudo que não estivesse diretamente relacionado ao lucro. A maioria batia punheta para os homens da plateia, o que reduzia bastante nossa atividade.

Os clientes mais sórdidos vestiam calças esportivas finas e escorregadias para intensificar o contato, mas muitos eram menos experientes ou mais cavalheirescos. Alguns nem queriam uma mulher sentada no colo, só alguém ao lado deles pra conversar. Eu preferia o tipo que usava calças esportivas. Quase não havia trabalho envolvido. Nada de sorrisos, nada de personalidade falsa, nenhuma cumplicidade simulada. Eles mexiam seu corpo pra lá e pra cá do jeito que queriam e você não precisava se esforçar, e por vinte dólares a música. Mas depois que as russas invadiram nossa casa noturna, todos os homens começaram a exigir punheta a vinte dólares por música. As russas rebaixaram nossos preços. Tiraram o dinheiro de todas as carteiras.

Nos reunimos na área comum da unidade onde ficaríamos alojadas esperando que indicassem a cama de cada uma. Era um prédio grande e cinza com duas fileiras de celas. Tudo era ou de concreto bruto ou pintado num tom rosa sujo. As mulheres nas celas grudaram o rosto na estreita janela de vidro de cada porta para olhar pra gente. Uma delas gritou que a gente parecia um bando de vermes feios. Ei, verme! Ei, sua burra! Vem limpar meu cu. Aproveita que está aí embaixo e chupa a minha boceta. Ela ficou gritando até um guarda bater na porta dela com o cassetete.

Laura Lipp sentou ao meu lado. Tentei mudar de lugar, mas Jones me mandou ficar onde eu estava.

"Você fica onde eu mandar. Isso aqui não é dança das cadeiras."

"Do lado da assassina de bebês", Fernandez disse alto.
"Vocês duas parecem as Gêmeas Bobbsey", Fernandez disse. Quem são as Gêmeas Bobbsey? Ninguém parecia saber. Ela quis dizer que nós duas éramos parecidas, porque brancas, e eu ia ter que fazer alguma coisa. Me separar de Laura Lipp.

"Quantas de vocês são disléxicas?", Jones perguntou pro nosso grupo de sessenta mulheres.

Todo mundo levantou a mão, menos eu.

Jones fez uma contagem e não notou que eu não tinha erguido a mão. Por mim tudo bem. Depois descobri que a Lei dos Americanos com Deficiências era muitas vezes a única barreira que impedia que cometessem todo tipo de abuso contra a gente. Laura Lipp aproveitou esse momento para tentar aprofundar nosso vínculo.

"Na verdade eu não sou disléxica, mas assim eles te dão mais tempo para preencher os formulários. Você gosta de ler?"

Desviei os olhos pro outro lado. Tentei olhar nos olhos de outra pessoa, mas ninguém olhava pra mim. "Se você um dia chegar ao dormitório especial, as meninas lá compartilham livros, embora a maioria leia lixo."

Jones começou decifrando em voz alta para nós os avisos na área de convivência, já que todas éramos disléxicas ou supostamente analfabetas. Todos os avisos começavam do mesmo jeito.

Senhoras, informem aos funcionários se tiverem infecção bacteriana.

Senhoras, sem reclamações.

Senhoras, sair da área permitida resulta automaticamente numa 115.

O aviso sobre tiros de alerta era mais seco. PROIBIDO DAR TIROS DE ALERTA NESTA ÁREA.

O relógio na parede tinha um fundo vermelho em formato de cunha que ia desde cinco minutos antes da hora cheia até cinco minutos depois da hora cheia. Jones explicou que aquilo era para as mulheres que não sabiam ver as horas. Você só precisa saber, ela disse, que quando o ponteiro grande estiver no fundo vermelho, as portas estarão destrancadas.

Tudo na prisão é pensado para a mulher a quem se destina a cunha pintada de vermelho no mostrador do relógio, a imbecil. Nunca encontrei essa mulher. Muitas que conheci na prisão não sabiam ler e algumas não sabiam ver as horas, mas isso não significava que essas pessoas não fossem perspicazes e criaturas superiores que poriam muito intelectual no chinelo. As pessoas na prisão são espertas pra cacete. Você nunca vai encontrar os imbecis para quem as regras e os avisos foram feitos.

Jones leu o Guia do Manual e depois o próprio Manual. Tinha regra pra tudo, aparência e pensamentos e cartas e linguagem, alimentação e comportamento e horários, ferramentas e implementos e uso. Muitas instruções sobre pessoas que não deviam ser tocadas (ninguém) ou em que parte do corpo (nenhuma), e certamente não seria permitida qualquer fornicação, como Jones enfatizou, dizendo a palavra lentamente como um pastor tarado.

"O que é fornicação mesmo?", Conan perguntou. "É só trepar, certo?"

As mulheres começaram a cabecear de sono; a gente tinha passado a noite na estrada e todo mundo estava exausto. Jones não tirou os olhos do livro, não interrompeu sua recitação mecânica. Também cochilei, mas acordei com alguém gritando.

A menina grávida apertava a barriga e berrava. Jones olhou de relance para ela, lambeu o indicador e virou uma página do Manual, continuando a leitura. Tinha que ler as oitenta páginas do Guia e o Guia do Guia toda semana às sextas-feiras quando chegava o novo ônibus, e por isso conhecia o livro muito bem, conseguia ler rápido pra ter um intervalo maior. A garota grávida interrompeu a leitura da Jones entrando em trabalho de parto.

Eu disse que as mulheres gostam de botar lenha na fogueira da desgraça das outras presas, mas nem sempre isso é verdade. Algumas de nós ajudaram naquele dia. Jones mandou todo mundo sentar e esperar a ajuda médica. Fernandez ignorou as ordens dela e foi ajudar a garota, aquela com quem ela gritou no ônibus. Fiz o mesmo. Era minha chance de me separar de Laura Lipp. E eu não conseguia ficar olhando aquela menina indefesa sofrer sozinha. Ela gritava de dor. Fernandez segurou uma das mãos dela, eu segurei a outra. Conan impediu que Jones e os outros guardas chegassem perto da gente. Quando espirraram spray de pimenta no Conan ele só ficou mais puto. Jogou Jones no chão. Um alarme disparou. Continuei falando com a menina. Disse pra ela respirar. Ela dizia "não" várias vezes seguidas, como se não quisesse ter um bebê, como se pudesse impedir o futuro se fundindo ao agora. Apareceu um monte de policiais na nossa unidade. Quatro atacaram Conan.

Você vai ficar bem, eu dizia pra menina. Não era verdade, já que ela estava na prisão, mas consolei como pude, até que mais policiais entraram e me arrancaram de perto dela e me puseram na contenção. Eles não estavam ajudando a menina em trabalho de parto; ela estava sozinha e berrando de dor.

Fernandez, assim como Conan, foi corajosa. Jogaram spray de pimenta nela e ela nem pareceu notar. Continuou resistindo até receber um choque de Taser e ser enfiada numa jaula.

Também fui jogada numa jaula. As jaulas não são grandes o suficiente e tive que ficar com o queixo encostado no peito. Virei o peru que tinha visto na estrada. Conan praticamente transbordava pra fora daquilo. Conan numa jaula era ainda pior que Conan de bata. Ele encheu a jaula, olhos furiosos e músculos agitados. Nós três íamos para a solitária.

Meu primeiro dia na prisão e eu já tinha estragado minha audiência com o conselho penitenciário, dali a trinta e sete anos.

A assistência médica chegou tarde demais para transferir a menina; o trabalho de parto estava adiantado. Ela teve o bebê ali mesmo. O choro da criança ecoou pela sala de concreto, um guincho cortante de existência.

Um nascimento devia ser motivo de alegria. Esse foi um nascimento solitário. A mãe estava nas mãos do Estado, e o bebê também, e os dois tinham esse único laço com a burocracia. Os funcionários da prisão pareciam achar divertido ver um bebê na área de recepção das detentas. Não estava previsto. O bebê era um contrabando.

Jones ficou sacudindo a cabeça, como se um nascimento na unidade dela fosse mais um exemplo, mais uma prova da nossa incompetência de viver em sociedade. Os médicos deitaram a menina numa maca. Ela pediu pra segurar o bebê, mas o pedido foi ignorado pelos médicos, e um deles segurava o recém-nascido longe do seu corpo, como se fosse um saco de lixo prestes a vazar.

Jackson nasceu no Hospital Geral de San Francisco, onde eles são obrigados a te aceitar mesmo que você não tenha plano de saúde. A enfermeira botou o bebê no meu peito e ele olhou pra mim, uma criatura úmida e selvagem que tinha se arrastado por um pântano, todo olhos, olhos arregalados, e o choro dele não era histérico, não era um lamento, era uma pergunta sincera: Você está aqui? Você está aqui pra ficar comigo?

Eu também estava chorando e fiquei respondendo. Eu estou aqui, estou aqui. Uma enfermeira limpou o bebê e o acomodou numa caixa de plástico limpa e durante a noite toda várias enfermeiras e atendentes entraram e saíram, dando picadas no bebê, cutucando, incomodando. Eu estava lá, como prometi, mas não tinha como protegê-lo.

O pai do Jackson era um porteiro do Crazy Horse, uma casa noturna que ficava na mesma rua do Mars Club e onde eu também trabalhava de vez em quando. Ele saiu com os amigos na noite que seu filho nasceu, em vez de ficar comigo naquela sala de recuperação horrorosa que dividi com mais uma mulher também sem companhia e que assistiu tevê a noite toda. Toda vez que o pai do Jackson aparecia no meu apartamento, nos dias e semanas depois do parto, eu gritava que ele era um parasita, coisa que ele era mesmo, e aí ele parou de me visitar. Eu não queria que ele ficasse por perto, mas quando soube que morreu de overdose eu não conseguia olhar para o pobre do Jackson sem me sentir podre. Ele tinha perdido o fracassado do pai. Agora o menino só podia contar com uma pessoa. Ele balançava a cabecinha sobre o pescoço, os grandes olhos úmidos azuis olhando pra mim com um espanto míope, o cabelo uma coroa de fiapos em posição militar de sentido, e não sabia que tinha perdido o pai. Só sabia que podia contar comigo. Ele podia contar comigo.

Na época eu morava na região das avenidas. Quando Jackson tinha três meses o proprietário vendeu o prédio onde eu morava. A nova gestão despejou todos os inquilinos pra aumentar o valor do aluguel. A cidade estava mudando. O preço dos aluguéis estava alto. As opções eram morar com a minha mãe, que nunca me ofereceu essa possibilidade, provavelmente porque a gente tinha brigado e ela estava cansada de mim, ou me mudar para Tenderloin, onde ainda dava pra pagar uma quitinete, desde que se tolerasse a atmosfera daqueles prédios. Me mudei pra Taylor Street. Território da Eva, na minha cabeça. Voltei pro Mars Club e paguei pra minha nova vizinha cuidar do Jackson. Minha vizinha tinha uma menina de três anos e estava numa situação parecida. Sem dinheiro, criando a filha sozinha. Ela ficava bastante tempo com o Jackson, principalmente depois que comecei a sair com Jimmy Darling.

Nós três ficamos suspensas nas nossas jaulas de peru enquanto Jones ameaçava as outras presas a sentar e a ouvir o resto das instruções. Todas estavam agitadas. Tinha gente chorando. Jones mandou todo mundo calar a boca e lembrou que elas tinham feito escolhas, que Sanchez, que era como ela chamava a menina que teve o bebê, fez escolhas muito ruins, e que devia ter pensado no futuro do bebê antes de cometer um crime.

Jones chamou as porteiras, duas moças brancas melancólicas com trancinhas afro na cabeça e de pele detonada, para limpar o chão depois do parto. Era impossível saber se elas estavam tristes por causa da situação ou se aquela tristeza era normal e permanente.

As porteiras melancólicas esguicharam produtos de limpeza do Estado e jogaram jatos de água com mangueiras. Um pequeno córrego espumoso encheu os ralos.

O guincho do bebê ficou na minha cabeça enquanto eu estava na jaula, já muito depois que a mãe da criança tinha saído dali. Eles não tinham pressa em lidar com a gente. Incapacitadas, enjauladas, podiam deixar a gente esperando, olhando pras paredes de tom rosa sujo enquanto alguém preenchia devagar, devagar a papelada da nossa transferência da recepção para a solitária, que era ainda pior do que a prisão normal.

Infelizmente para aquela criancinha, ela era uma menina.

8

FAVOR FORNECER HISTÓRICO DE EMPREGO
DOS ÚLTIMOS CINCO ANOS

FAVOR FORNECER INFORMAÇÕES
COMPLETAS E DETALHADAS

Na seção do formulário referente a empregos, a suspeita declarou ter experiência como funcionária. A responsável explicou que isso não bastava.

Na transcrição da entrevista do suspeito com os detetives de homicídios, quando questionado sobre o tipo de trabalho que fazia em geral, o suspeito respondeu: "Reciclagem".
Controle de Qualidade, ela escreveu no campo trabalho.
Sou funcionário, ele disse, mas parecia incapaz de especificar de que tipo.

Reciclagem.
Equipe de manutenção.
Varejo.
Atacado.
Distribuição de panfletos.
Distribuição de galpão.
Loja de um e noventa e nove.
Um e noventa e nove.

Galpão de distribuição.
Walmart.
Ele disse que panfletava.
Ele tinha escrito reciclagem.
Os dois trabalhavam com uma equipe que panfletava.
Ele entregava jornais gratuitos, mas não sempre.
Ele trabalhava num galpão de distribuição.
Ela escreveu controle de qualidade.
Ele disse que trabalhava meio período ajudando um amigo a limpar lojinhas de um e noventa e nove depois do expediente.
Caixa.
Desempregado.
Sem emprego atualmente.
CQ, que ela explicou que era controle de qualidade.
Descarregador de caminhão.
Empacotador.
Ele explicou que desempacotava mercadorias que vinham em caixas grandes num galpão de distribuição.
Quando questionada sobre o que fazia para viver, a suspeita disse que trabalhava.
Reciclagem, ele tinha escrito.
Levava recicláveis para um centro de coleta, ele explicou.
Reciclagem.
Reciclagem.
Reciclagem.
Reciclagem.
Coleta, ele disse.
Coletor foi o que ela escreveu.

A suspeita disse que sua principal fonte de renda vinha da coleta de garrafas e latas.

9

Quando você dá um Google na cidade de Stanville, aparecem caras: fotos de presidiários. Depois das fotos de presidiários, uma reportagem dizendo que Stanville tem a maior porcentagem de trabalhadores que recebem salário mínimo no estado. A água de Stanville é contaminada. O ar é poluído. Os estabelecimentos antigos estão, em sua maioria, fechados com tábuas nas portas e janelas. Há lojas de um e noventa e nove, postos de gasolina que vendem bebidas e lavanderias que funcionam com moedinhas. Gente que não tem carro anda pela rua principal na hora mais quente do dia, quando está quarenta e cinco graus lá fora. Andam pela sarjeta, empurrando carrinhos de supermercado vazios, rompendo o silêncio da zona morta do início da noite com o chacoalhar metálico dos carrinhos. Não existem calçadas.

Stanville virou sinônimo de sua prisão. Assim como Corcoran, e Chino, Delano e Chowchilla e Avenal, Susanville e San Quentin, dezenas de cidades que abrigam penitenciárias e que compartilham o nome com elas, de sul a norte do estado.

Gordon Hauser alugou uma casa sem visitá-la previamente, uma cabana acima da montanha de Stanville, no sopé da serra a oeste. A cabana tinha um cômodo com fogão a lenha. Ia ser o ano Thoreau dele, ele escreveu para seu amigo Alex, mandando o link da imobiliária.

Seu ano Kaczynski, Alex respondeu, depois de ver as fotos da cabana.

Verdade, os dois viveram em cabanas de um cômodo só, Gordon respondeu. *Mas não vejo muita conexão entre eles.*
Reverência à natureza, autossuficiência. K. inclusive era leitor do Walden, Alex escreveu. *Está na lista de livros da cabana dele. Além de R.W.B. Lewis, seu ídolo.*
Você não está meio que simplificando demais?
Sim. Mas além disso: os dois morreram virgens.
O Kaczynski não morreu, Alex, Gordon respondeu.
Você entendeu.
Mas o Thoreau estava preocupado com trens, Gordon respondeu. *O Ted K. viveu na era da bomba atômica. Ele viveu a destruição tecnológica do mundo.*
Confesso que é uma diferença importante, claro. Não dá pra tirar os dois dos contextos históricos. Além disso o Thoreau teria produzido uma carta-bomba profundamente inadequada. O ato inflamado de resistência dele foi não comprar um capacho de boas-vindas pra cabana dele.

Tomando uma cerveja de despedida na Shattuck Avenue, Alex deu a Gordon, meio brincando, uma coletânea de textos do Ted Kaczynski. Gordon tinha passado os olhos pelo manifesto. Todo mundo tinha. Quando novo, o sujeito ficou um tempinho em Berkeley dando aula.

Eles brindaram à partida de Gordon. "À minha nova vida agreste", Gordon disse.

"Não é aí que o pessoal de Oxford te dá um pé na bunda?"
"Eles só te mandam passar um tempo no campo."

Gordon saiu do centro de Oakland no fim da tarde e dirigiu rumo leste e sul. Atravessando uma imensidão escura e plana de grandes fazendas agrícolas ao longo da Highway 99, um cheiro de fertilizante sintético queimado entrando no carro pelas saídas de ar, mesmo quando punha o ar para recircular, e ele começou a ver uma saída da rodovia de uma cor laranja brilhante, um imenso halo cercado pela escuridão. Uma fonte de luz misteriosa, como se houvesse uma grande fábrica em meio aos campos na escuridão da noite. Eram elas, ele sabia: as mulheres, três mil delas. Assim como na PFNC, era um lugar em que a noite não podia existir porque a segurança funcionava vinte e quatro horas por dia, sete dias por semana.

Ele se hospedou num Holiday Inn. Pela manhã se encontraria com os administradores da propriedade, pegaria as chaves da casa nova. Queria perguntar pra moça atrás do balcão do hotel se ela conhecia alguém que trabalhava na penitenciária de Stanville. Mas não perguntou. Perguntou se tinha algum problema beber a água da torneira. "Por acaso não sou o tipo de pessoa que toma água da torneira?", a moça disse, numa cadência ascendente. Ele perguntou se ela podia recomendar um lugar para comer.

"Bom, você é fã de camarão frito?" Aparentemente, esse também era um tipo de gente.

A água na montanha perto da cabana de Gordon era contaminada. A culpa não era da agricultura. Havia uma reserva natural de urânio, por isso era preciso tomar água mineral. Ele gostou da cabana. Cheiro de pinheiro recém-plantado. O lugar tinha uma lógica na sua compacidade. Chegava a ser confortável. A casa ficava sobre palafitas, numa colina íngreme com uns poucos vizinhos, e tinha uma vista imensa para o vale.

Gordon tinha que comparecer ao novo emprego em uma semana. Passou os dias desempacotando seus poucos pertences e rachando madeira. Saía para andar. À noite punha lenha no fogão e lia.

Ted Kaczynski, Gordon ficou sabendo, comia principalmente coelhos. Esquilos, segundo Ted, não gostam de mau tempo. Os diários de Ted descreviam principalmente o modo como ele vivia e o que via acontecer na natureza ao redor, e

Gordon percebeu que compará-lo a Thoreau não era tão grosseiro quanto suspeitou de início. Mas Ted jamais teria escrito isso: *Por meio de nossa própria inocência readquirida discernimos a inocência de nossos vizinhos.*

Todos os novos vizinhos de Gordon eram brancos, cristãos e conservadores. Gente que fazia reparo em caminhões e em motos e que presumia coisas sobre Gordon que ele não se esforçava em desmentir, porque sabia que essas conjecturas podiam ser úteis caso precisasse da ajuda deles. Nevava por lá. As estradas ficavam fechadas, interrompendo o acesso a suprimentos. Árvores caíam e cortavam o fornecimento de energia. No verão e no outono os incêndios se espalhavam. Gordon não gostava do barulho cheio de energia do motor de dois tempos das motos, que ecoava pelo vale nos fins de semana, mas a vida no campo era assim: não um mundo puro e irrestrito de vida selvagem nativa e canto de pássaros, mas pessoas do campo que desmatavam as árvores de suas propriedades com motosserras e no lugar delas botavam um pavimento ou grama sintética, pessoas que abriam trilhas em meio à mata para fazer motocross e correr com motos de neve. Gordon evitava julgar. Essa gente sabia muito mais do que ele sobre a vida na montanha. Como sobreviver ao inverno e aos incêndios florestais e a avalanches de lama causadas pelas chuvas da primavera. O jeito certo de armazenar madeira, como o vizinho abaixo da colina de Gordon demonstrou pacientemente, depois que os dois fardos de lenha dele foram jogados na entrada da casa por um sujeito chamado Beaver, que tinha perdido a maior parte dos dedos. Gordon aprendeu a rachar lenha. Parte um do processo de adaptação rural.

O sujeito que morava mais adiante e que ajudou Gordon a armazenar lenha tinha uma esposa ou namorada. Gordon não tinha conhecido a mulher, mas ouviu os dois discutindo. As vozes ecoavam colina acima.

Uma noite, naqueles primeiros dias de sua nova vida nas montanhas, Gordon foi acordado por algo que pensou ser o grito de uma mulher saído da escuridão profunda. Tateou em busca da lanterna. Tinha certeza que era a mulher do vizinho. A casa dele ficava uns trezentos metros colina abaixo. Ele ouviu outro grito. Um guincho assustado. Dessa vez, mais perto. Parecia alguém com problemas.

Ele saiu no deque de cueca. Não tinha nenhuma luz acesa na casa do vizinho. Gordon ficou ali por um bom tempo, mas não ouviu mais nada. Decidiu investigar. Vestiu-se e desceu a colina na direção de onde tinha vindo o grito. Ficou na estrada tentando ouvir algo.

Não era noite de lua e os olhos dele não se adaptavam à escuridão. Ele não via quase nada, só esboços muito vagos das copas dos pinheiros mais altos contra o céu.

O modo como as estrelas cintilavam intermitentemente, ficando mais brilhantes, depois mais indistintas e depois mais brilhantes de novo, lembrava-lhe faróis de carros. Um carro à noite se movendo por uma estrada ladeada por árvores, luzes brilhando intermitentes. Mas as estrelas eram maravilhosas e os faróis podiam ser sinistros. As estrelas eram a natureza. Os carros eram a desconhecida intenção humana.

O ar fazia as árvores sibilarem e farfalharem, e ele ficou pensando se era o vento que fazia as estrelas cintilarem, um vento lá longe que tinha uma continuidade com este vento daqui.

Ele ouviu de novo o grito da mulher, agora mais longe.

Ele falou. "Tem alguém aí? Você está bem?"

Ficou de pé no frio e esperou. Só ouviu o vento.

Subiu a colina e voltou para a cama. Tentou dormir e não conseguiu.

10

Lá fora andando no frio cortante vi um porco-espinho em uma árvore e atirei nele. Inicialmente parecia estar morto, mas depois percebi que ele continuava respirando. Por causa do pelo denso e dos espinhos, eu não conseguia ver onde ficava a parte do cérebro em sua cabeça. Encostei a arma no ponto que imaginei ser o certo e disparei. Foi difícil limpar o bicho porque a pele não desgrudava direito da carne e eu precisava tomar cuidado com os espinhos. Ele tinha muitas tênias na barriga, por isso, depois de limpar a carne, lavei bem as mãos e a faca numa solução forte de Lysol. Naturalmente vou cozinhar bem a carne.

Hoje de manhã fui andar na neve por umas duas horas. Quando voltei fervi o resto do meu porco-espinho (coração, fígado, rins, umas gorduras e um grande coágulo de sangue tirado do peito). Comi os rins e parte do fígado, que eram deliciosos. Também comi parte do coágulo de sangue, e o gosto até que era bom, mas a textura seca não me agradou.

Depois do primeiro degelo, explosões de dinamite começaram a se ouvir por toda extensão da colina. Ocasionalmente audíveis da minha cabana. A Exxon fazendo exploração sísmica em busca de petróleo. Dois helicópteros sobrevoam as colinas, baixam uma coisa com dinamite em cabos que explodem no solo. Instrumentos medem as vibrações. No fim da primavera fui acampar, torcendo para atirar num helicóptero na área a leste da montanha de Crater. Acabou sendo mais difícil do que eu imaginava, porque um helicóptero está sempre em movimento. Só uma vez eu quase consegui. Dois tiros rápidos, enquanto o helicóptero atravessava um vão entre duas árvores. Errei os dois. Quando voltei para o acampamento, chorei, em parte pela frustração de ter errado. Mas principalmente de tristeza pelo que está acontecendo aqui nesta região. É tão bonito. Mas se encontrarem petróleo, desastre.

11

"O.k., dá descarga!" Sammy Fernandez estava me ensinando a passar coisas pela privada. Você enfia um fio no cano para mandar coisas para cima ou para baixo. Burritos. Bolinhos. Cigarros. Maria Louca em embalagem de shampoo.

Sammy e eu íamos dividir uma cela na solitária pelos próximos noventa dias, punição que recebemos por resistir às ordens dos guardas. Estávamos numa cela de um metro e oitenta por três e trinta com uma latrina e duas camas de concreto com colchonetes de plástico. Falávamos uma com a outra e nos revezávamos na pequena janela da porta para espiar o corredor, também conhecido como Rua Principal, onde, com sorte, dava pra ver outra pessoa da solitária sendo levada para o chuveiro algemada com dois guardas atrás, que é o protocolo da solitária. Nós ficávamos confinadas vinte e quatro horas por dia, tirando as duas vezes por semana pra ir até o chuveiro e uma vez por semana quando tínhamos direito a uma hora de banho de sol numa cela externa.

As condenadas à pena de morte ficavam abaixo da gente, no mesmo prédio. Os policiais chamavam essas presas de "Classe A". Eles dizem isso umas cinquenta vezes por dia e provavelmente a administração da penitenciária achou que seria ruim para a moral da equipe ficar dizendo "condenadas à morte" o tempo todo.

No andar abaixo do nosso estava uma velha amiga da Sammy, Betty LaFrance, e o nosso encanamento dava na cela dela. Betty LaFrance, como as outras no corredor da morte, tinha acesso à cantina e ao contrabando. A gente tinha acesso a Betty, pela latrina e pela saída de ar, e ainda bem, porque não era com qualquer um que a Betty falava, muito menos contrabandeava burritos ou bebida que ela destilava na própria cela. Ela e a Sammy estiveram na mesma cadeia anos antes, quando Betty estava sendo julgada.

"É a minha filha *chicana*? Sammy?", ela gritou pra gente pela saída de ar na primeira noite. Betty tinha seus bebês negros e suas filhas *chicanas*, e Sammy era a preferida.

Betty trabalhou como modelo de pernas para a marca de lingerie Hanes Her Way. "As pernas dela estão seguradas em milhões. O pé dela tem aquela curva embaixo tipo o da Barbie, só que é de verdade." Sammy disse que Betty tinha sapatos com salto agulha na cela do corredor da morte. Ela pagou centenas de dólares para um policial contrabandear um par, só para poder calçar de vez em quando e admirar as próprias pernas.

Centenas. Milhões. Não dá pra acreditar em tudo o que as pessoas dizem. Mas o que elas dizem é tudo o que você tem.

Fosse ou não modelo de pernas, a Maria Louca da Betty, como toda Maria Louca, parecia vômito e tinha cheiro de vômito. O cheiro nojento da Maria Louca é tão peculiar que quem destila joga talco de bebê na cela pra disfarçar.

"Este aqui é o melhor goró de Stanville, mas você tem que decantar duas vezes, meu bem", Betty gritou pra nós pela saída de ar. "Não esquece de decantar. A bebida precisa respirar."

Ela fazia a bebida do jeito normal, botando suco num saco plástico e misturando sachês de ketchup no lugar do açúcar. Uma meia cheia de pão ficava no saco por vários dias para causar a fermentação.

Em seguida Betty enviou uma taça de vinho, daquelas de plástico com haste de atarraxar.

"Como ela conseguiu esta taça?"

"Do jeito de sempre", Sammy disse. "No cofre ou na canoa."

As mulheres contrabandeavam heroína, tabaco e celulares que as visitas levavam dentro da vagina ou do ânus. Betty contrabandeava taças de plástico.

Sammy e eu ficamos passando a Maria Louca de uma pra outra, e ela me contou que a Betty encomendou o assassinato do marido pra ficar com o seguro de vida dele. Você não comenta sobre os crimes dos outros. Mas Betty era diferente. O corredor da morte era diferente. Elas eram as celebridades de Stanville, e fofocar sobre celebridades faz parte.

O assassino de aluguel que matou o marido da Betty era amante dela, mas Betty, enquanto esperava o dinheiro chegar, ficou com medo que o sujeito estivesse se voltando contra ela, e então encomendou a morte dele a um policial corrupto que ela conheceu num bar em Simi Valley. Ia mandar matar o segundo matador — o policial corrupto que matou o primeiro assassino — quando foi presa. Ela ficou com medo que ele caguetasse ou que ameaçasse fazer isso para chantageá-la. Eles estavam em Las Vegas, fazendo a festa com o dinheiro do seguro. Ela perguntou a um segurança do cassino El Cortez se ele mataria o policial em troca de propina.

"Meu bem, NÃO foi no El Cortez", Betty gritou pela saída de ar. "Foi no Caesars Palace. E, francamente, se você vai contar a minha história e não sabe a diferença entre o Caesars e o El Cortez, tem muito mais coisa que talvez você não saiba. O El Cortez é pra motoristas de limusine de folga e para filipinos. Nada contra. Devia ter contratado um deles pra me livrar do Doc enquanto era tempo."

Doc era o policial corrupto, Sammy disse.

"Ele tentou umas cinco vezes receber a recompensa que ofereceram por mim. E pensar que uma mulher no corredor da morte deveria ter paz. Que te deixariam em paz."

Entre as provas que levaram à condenação de Betty havia uma foto dela nua deitada debaixo de uma pilha de dinheiro.

A foto foi tirada por Doc, o policial corrupto, logo depois que ela recebeu o dinheiro do seguro de vida do marido. Betty adorava dinheiro, Sammy disse, e chegou a dormir na cadeia com um travesseiro recheado de notas. Ela pediu para Sammy cuidar do travesseiro enquanto ia ao tribunal. Sammy disse que se sentiu uma rainha, só de pensar que uma pessoa de classe como Betty LaFrance confiou a ela seu travesseiro cheio de dinheiro.

Betty e Doc foram presos em Las Vegas. Sammy conhecia a história toda, mas qualquer plateia nova pra Betty valia a repetição. Ela contou pela saída de ar sobre a custódia de Nevada, onde ficou detida antes de ser extraditada para a Califórnia. Disse que lá todas as mulheres — todas as garotas de lá — trabalhavam. Todas as mulheres da cadeia da comarca de Las Vegas tinham que contar cartas de baralho e colocar na ordem certa para que fossem usadas nos cassinos. Elas eram obrigadas a fazer isso, ela disse, e os dedos dela ficaram horrivelmente rachados.

A essa altura a gente já estava ficando meio chumbada com o goró.

"Ela chegou a te mostrar essa foto, dela com o dinheiro?" Eu queria ver.

Ela não tinha mostrado, mas Sammy disse que Betty tinha lá embaixo um arquivo enorme sobre ela, todas as reportagens que saíram nos jornais, a transcrição do julgamento, tudo. O caso dela foi importante, teve grande repercussão, disse Sammy. Betty contratando vários assassinos, o policial implicado em vários outros casos, escândalo de grandes proporções no Departamento de Polícia de Los Angeles. Sammy gritou pra Betty perguntando se a gente podia ver a foto. Tudo o que eu queria naquele estado de bebedeira, a minha esperança e o meu desejo era ver essa foto da pessoa que eu conhecia pela voz que ouvia pela saída de ar, uma mulher coberta de dinheiro. Mas, na verdade, eu queria ver qualquer coisa que não fosse a parede de concreto da nossa cela minúscula.

Betty se recusou a mandar a foto pela latrina. Ficou com medo de estragar. Dá para enrolar no plástico de um jeito que a água não entra. A gente manda sanduíche de sorvete da cantina pela privada, envolto em absorventes femininos para proteger, depois enrolado em plástico. Ela estava se fazendo de difícil. Sammy perguntou para McKinnley, o sargento que estava na escala noturna da ala das solitárias, se ele podia pegar um livro da Betty que queria ler. Todo mundo chamava ele de Paizão. "Preciso terminar o livro, Paizão", Sammy disse. "Li tudo, só faltou o último capítulo da última vez que estive aqui." Se ele topasse, Betty podia colocar a foto no meio das páginas.

"Não tenho permissão de passar coisas de uma cela pra outra, Fernandez. Se te pegarem com alguma coisa que não é sua você vai passar mais tempo aqui. Você sabe disso. Não gosto de ver as minhas meninas sofrendo aqui atrás. Melhor seguir as regras, Fernandez, e logo você sai da solitária."

"Paizão", Sammy disse, "quem me dera você fosse meu pai. Minha vida podia ter sido bem diferente."

"Fernandez", disse o sargento McKinnley, "tenho certeza que teu pai fez o melhor que pôde."

Ouvimos as botas dele caminhando pelo corredor.

"Eu nem conheci o meu pai!", Sammy disse pra ele pela abertura usada para passar a comida. "Nem a minha mãe conheceu o meu pai! Ela nem sabe quem era!"

Betty ouviu a gente rir e foi aí que mudou de ideia. Tinha deixado de ser o centro das atenções e aceitou mandar a foto pela latrina.

Depois de tirar umas trinta camadas de plástico, Sammy abriu uma folha de jornal com uma reportagem que trazia a foto incriminadora. Eu tinha imaginado uma imagem de um nu clássico com um biquíni de centenas de notas de cem dólares, as longas pernas bronzeadas seguradas em milhões.

A imagem mostrava uma mulher deitada numa cama, rígida como um cadáver, com uma avalanche enorme de dinheiro esmagando seu corpo, só a cabeça aparecendo. Era como se um caminhão de brita tivesse derramado toneladas de carga na cama em cima da mulher, fazendo uma sepultura de dinheiro.

Nenhuma de nós disse uma palavra. Sammy dobrou a imagem, reembrulhou e devolveu pelo cano.

Nosso banho de sol semanal no pátio não era exatamente no pátio, era no pátio da solitária. Uma pequena área de concreto cercada de arame farpado. Mas dava pra ver o Conan lá fora, no seu pedacinho de concreto cercado de arame farpado, que ficava ao lado do nosso. Conan fazia flexões e conversava comigo sobre carros. Isso começou quando Conan perguntou de onde eu era.

"Frisco, é?", ele disse, "onde faziam aqueles carros com eixo estendido nos anos 90. Pokers. Cara, vocês têm que se explicar por aquilo."

Dizer "Frisco" é tão imbecil e errado quanto um eixo estendido, mas o Conan tinha razão. Foi como se um dia eu acordasse e todos os vizinhos do meu quarteirão tivessem colocado eixos estendidos nos carros, pras rodas ficarem pra fora da carroceria dos dois lados. Agora isso era uma lembrança distante, uma coisa meio brega. Isso foi antes de me mudar para a Zona Oeste, quando a cidade foi invadida e eu só consegui pagar aluguel em Tenderloin. Os eixos estendidos eram um assunto tão importante quanto qualquer outro tema das nossas conversas: a vida que a gente conhecia.

Conan e eu relembramos as rodas gigantescas, as rodas que ficavam estáticas enquanto o carro se movimentava, as rodas *spinners*. Kits de néon para o chassi. Carburadores Holley e Hemis. Picapes e SUVs populares. O Chevrolet Intruder. O Dodge Rendition.

O Intruder, Conan e eu concordamos, parecia ter sido projetado pra colocarem em outro lugar.

"Estão lançando um Nissan novo chamado Cube", Conan disse. "Só dá pra comprar no Japão. Mas quem quer um carro quadrado. Um cubo. Taí um conceito aerodinâmico. A Nissan fabrica umas picapes que dá pra serrar o catalisador em três minutos. Não consigo passar por uma sem roubar o silenciador. Eu devia processar a fábrica por me obrigar a praticar crimes."

A gente riu do Smart. Pra mim aquele carro parecia uma capa de pé de móvel. Um troço vertical rombudo que ficava rodando por aí.

"Que carro você tinha?", Conan me perguntou.

"Um Impala 63", eu disse.

"Cacete."

"Aí sim", Sammy disse. "Essa é a minha garota."

Mas no momento que eu falei a graça acabou. Eu não tinha mais carro.

"Sabe, o que eu odeio é quando alguém coloca cano de escape sem silenciador num Escalade", Conan disse, enquanto eu tentava voltar pra conversa, ouvir, não ligar pra nada. "Foda-se o Escalade. Aquilo parece de plástico, um troço barato. Mas eu ia curtir um El Dorado. Os anos 70 foram o fim dos carros americanos bacanas. A gente fazia picapes neste país. Agora a gente faz *truck nuts*, aqueles escrotos de plástico, e pendura na picape."

"Aquelas coisas horrorosas balançando na estrada a cento e trinta por hora? Não sabia que chamava assim."

A ideia de que um homem quisesse exibir uma reprodução dos escrotos — a parte mais frágil do corpo masculino — na traseira de uma picape, eu disse que aquilo não fazia sentido e Conan concordou.

"Que barato o sujeito sente pendurando aquilo no para-choque traseiro? Se eu fosse homem, ia rebocar um trailer grandão com uma Harley dentro", Conan disse. "Ou ia andar na Harley mesmo."

"Ouvi você se gabando pro McKinnley que você *realmente* anda de Harley", eu disse.

"É isso que estou falando. Se eu fosse homem seria como sou hoje. Só que não estaria preso."

Sammy contou que teve um Trans Am aos quinze anos. Ganhou do Smokey, que era ao mesmo tempo seu traficante e namorado.

"Eu conheço um Smokey", Conan disse.

Eu também conhecia, não pessoalmente. O Smokey que eu conhecia era o Smokey Yunick, o projetista da NASCAR. O Smokey Yunick era uma das ligações entre mim e o Jimmy Darling. Smokey Yunick burlava todas as inovações que implementavam na NASCAR, mas na verdade todo mundo agia assim. Além disso, quando era um jovem piloto, ele corria com um dos braços descansando sobre a porta, pra fora da janela. Smokey Yunick era muito arrogante. Mas Smokey Yunick estava morto. Eu estava presa. Jimmy estava sei lá onde. Com alguma outra mulher, óbvio, e quem quer que fosse essa outra mulher ela me fazia lembrar o que eu não era. O que eu não era mais.

Conan disse: "Não é do Smokey de Bell Gardens que você está falando, é?".

Sim, era, Sammy disse.

"Smokey era teu *namorado*? Eu sou de Bell Gardens, e a Smokey que eu conheço é mulher."

"Eu não sabia quando a gente se conheceu", Sammy disse. "Aquele cara sexy usando, como é que chama aquilo, aquelas conchinhas brancas no pescoço, aparece e a gente estava se divertindo — ele trouxe uma garrafa de PCP — e a próxima cena que lembro é estar num motel em Whittier, dois dias depois."

"Colar havaiano", o sargento McKinnley disse pelo alto-falante. Ele estava na sala de controle, atrás de um vidro unidirecional, ouvindo nossa conversa com microfones de longo alcance.

"Acordo sem lembrar como fui parar lá. Estou cheia de chupões, e essa pessoa, Smokey, está dormindo do meu lado. Tipo, sem roupa. Dou uma olhada debaixo do lençol e ele era igualzinho a mim lá embaixo. Fiquei chocada. A gente ficou junto dois anos depois disso."

Smokey sabia fazer ligação direta em qualquer veículo. "Ele roubava um carro, a gente se divertia com ele, apagava as digitais e deixava por aí." Uma vez as duas brigaram e Sammy estava tentando comprar heroína no quiosque de hambúrguer em Compton. Smokey apareceu acelerando um caminhão de betoneira com um barulho absurdamente alto, o misturador lá atrás girando a toda velocidade. Sammy gritou no meio daquele ruído todo pedindo que Smokey desligasse o motor. "Eu não ia conseguir comprar nada com um caminhão de betoneira do meu lado, aí comecei a andar, pra deixar ela e aquele troço barulhento pra trás, e Smokey dirigia aquilo na mesma velocidade que eu andava. Nenhum traficante ia vender nada pra mim no meio de uma cena como aquela. Fiquei gritando desliga isso aí, como é que chama esse troço, esse aí que gira, e ela: 'Eu não sei desligar'. Ela só sabia ligar e dirigir. A gente ficou gritando uma com a outra até que finalmente entrei pra gente poder brigar no particular. A gente ficou dirigindo por aí na betoneira e começou a se acertar. Eu já não estava mais puta. O dono do caminhão tinha deixado a marmita dele no banco. Abri achando que ia tomar suco e comer sanduíche, qualquer coisa assim, e dentro da marmita estava a carteira do cara. Smokey e eu começamos a brigar tudo de novo. Ela teve essa ideia maluca de que a carteira era dela só porque fez a ligação direta no caminhão. Nada a ver. Lamento. Peguei a grana e saí. Nosso relacionamento tinha um monte de cenas dramáticas tipo essa. Ideias diferentes sobre as coisas."

Quando o presídio entrava em regime de confinamento a gente ficava sem banho de sol. Às vezes isso acontecia por causa da neblina. Às vezes por falta de funcionários. Na minha terceira semana, foi porque uma prisioneira de segurança mínima fugiu pelo campo de amendoeiras. Você precisa estar a sessenta dias do fim da sentença pra conseguir um emprego no pomar, que fica do lado de fora da penitenciária. A detenta que tomou essa decisão estragou tudo. Betty ficou sabendo pela tevê e anunciou a notícia pra nós pelo encanamento. Capturaram a menina na casa da mãe dela. A garota tinha ido direto pra casa. Sammy me disse que nunca ninguém conseguiu fugir de Stanville.

"Angel Marie Janicki, uma mulher que pegou prisão perpétua, quase conseguiu. Chegou perto. Bem pertinho."

Ela deixou as roupas escondidas no pátio, um macacão de mecânico e um boné de beisebol, para se disfarçar de um dos terceirizados que trabalhavam no presídio. Alguém conseguiu um alicate de corte pra ela. Num dia de neblina densa como leite, ela começou a trabalhar num local que não dava para ver da torre de sentinela, no pátio principal. Um guarda que estava saindo da penitenciária avistou um vulto perto da estrada e achou suspeito. As estradas que passavam ao lado da prisão não eram para seres humanos. Eram destinadas a veículos não tripulados e a veículos que iam para a prisão. Minutos depois ela foi pega. Agora Stanville tem cerca eletrificada. Eletricizada, como a Sammy diz. "Se encostar você frita até a carne chiar."

"E se esconder no baú de um caminhão de serviço?", perguntei.

"Você acha que eles não checam? Fazem busca em tudo que é veículo."

"Embaixo, então. Se amarrar no chassi."

"Eles têm espelhos com rodinhas. Vistoriam debaixo de cada veículo. A não ser que você tenha um amante com um helicóptero que atire nos sentinelas e aterrize no pátio, você não vai sair daqui. Ou talvez se você fingir uma emergência médica grave e for levada para o hospital em Stanville, e tiver toda uma equipe esperando para te tirar de lá com granadas e fuzis *e* um helicóptero, e eles também tiverem um passaporte novo, dinheiro, tudo o que você precisar, tudo pronto e planejado."

* * *

Na quinta semana no pátio de concreto da solitária, Conan contou pra gente como foi classificado como homem.

"Eu estava numa delegacia em algum lugar do vale, me puseram com os caras e eu sabia como enganar eles. Você nunca corrige os tiras, porque o erro deles pode dar certo pra você. Você espera, vê como a coisa vai andando, vê se vai conseguir alguma vantagem da cagada deles. Depois de passar metade da noite lá, me levaram pra outra delegacia. Tinha tanta gente na triagem quando cheguei, e a não ser que você fosse um K-10, eles estavam praticamente te empurrando pra frente. Eu estava com um isqueiro e eles nem viram. Só jogaram a luz duma lanterna na minha bunda e disseram próximo. Me entrevistaram e perguntaram se eu era gay. Eu disse que sim: sempre fale a verdade quando puder. Me perguntaram que casa eu frequentava, o que tinha no andar de cima, e eu vou adivinhando, mas respondendo certo. Como é o nome do leão de chácara, o guarda pergunta. Rick, eu digo. Tem certeza? Ele pergunta. Tenho, digo, mas chutei errado, e o tira diz, Cai fora daqui. Só viado de verdade vai pro dormitório gay. Nada de zumba pra você, meu chapa. Os policiais ficavam dizendo isso pra mim. Nada de zumba pra você. Até parece que eu ia ser preso só pra fazer aula de zumba na Cadeia Central de Los Angeles. Eu nem sei o que é zumba. Me deram a roupa azul-escura normal em vez da roupa azul-bebê, e me colocaram junto com o resto dos caras. Deu tudo certo. Eu tinha um colega de cela bacana, um cara chamado Chester. Ajudei ele a tirar um pedaço da grade de ventilação que ficava em cima do chuveiro porque eu era a pessoa mais alta daquele andar, e em troca ele me ajudava. A cadeia masculina é melhor em muitos sentidos. A comida é melhor. Os equipamentos de ginástica são melhores. A biblioteca é ótima. Tem mais telefones, a pressão da água é mais forte..."

"Você tomou banho e ninguém percebeu que você não era homem?", perguntei.

"A cadeia masculina estava lotadaça", Conan disse. "Todo mundo tinha que ficar pronto pra caso começasse uma briga ou uma rebelião. O pessoal tomava banho de cueca e bota de borracha.

"Suge Knight estava lá na mesma época que eu. Os guardas disseram que ele tinha oitenta mil dólares na conta dele da cadeia. Isso dá um monte de miojo. Um monte de desodorante."

O que o Chester queria com a ventilação?, perguntei.

"Ele estava fazendo uma lança", Conan disse. "Essa era a novidade por lá, uma lança feita de Bíblias enroladas."

O que ele ia fazer com isso?, perguntei.

"Não sei. O que os outros fazem não é da sua conta. Cara, você não ia durar um minuto numa cadeia masculina fazendo perguntas nada a ver tipo essa."

Da Cadeia Central, Conan foi transferido para a Penitenciária Estadual de Wasco. Em Wasco, ao tirar toda a roupa para uma revista no trabalho, descobriram que ele era biologicamente mulher. Foi reencaminhado ao ônibus, deu entrada na delegacia feminina e foi levado pra Stanville.

Um dia McKinnley gritou pela porta que minha preparação para os exames de conclusão do Ensino Médio seria naquela tarde.

"Quando os funcionários voltarem do almoço, não quero gracinha, Hall."

Eu não tinha me inscrito para o curso, que é a única educação continuada que oferecem em Stanville. Eu tinha terminado o Ensino Médio. Não era má aluna quando me esforçava. Pensei no que o Conan disse. Você não corrige. O erro deles pode dar certo pra você.

Naquela tarde me tiraram da cela. A sensação de ser acorrentada e ir arrastando os pés pelo corredor depois de semanas de confinamento era de liberdade. Me botaram numa gaiola no administrativo da solitária e me deixaram esperando, ouvindo a gagueira e os tinidos das máquinas de esgoto do corredor da morte.

"Estude direitinho, Hall. Mostre que todo mundo te subestimou. Mostre pro mundo que você não é tão ruim."

McKinnley entrou no corredor com suas botas enormes.

Se eu tivesse entendido o quanto os guardas detestavam os funcionários civis, talvez tivesse sido mais legal com G. Hauser, que era o nome no crachá pendurado na camisa do instrutor do supletivo. O cara sentou numa cadeira perto da minha gaiola com uma pilha de testes. Ele tinha mais ou menos a minha idade ou talvez um pouco mais, um bigodinho não irônico, e usava um tênis feio de corrida.

"Vamos começar com uma coisa simples." Ele leu a primeira pergunta da prova de matemática. "Quatro mais três é igual a (a) oito, (b) sete, (c) nenhuma das alternativas?"

"Você só pode estar de brincadeira."

"O resultado é (a) oito, (b) sete, ou (c) nenhuma das alternativas? Às vezes ajuda usar os dedos, se você precisar contar."

"Sete", eu disse. "Acho que a gente pode passar pra algo mais desafiador."

Ele virou as páginas. "Muito bem, que tal um problema com as palavras. Se tem cinco crianças e duas mães e um primo indo ao cinema, de quantos ingressos eles vão precisar? (a) sete, (b) oito, (c) nenhuma das alternativas?"

"Que filme eles vão ver?"

"Esta é a beleza da matemática, tanto faz. Você pode fazer a conta sem saber dos detalhes."

"É difícil pra mim imaginar essas pessoas sem ver quem elas são, sem saber que filme elas vão ver."

Ele balançou a cabeça, como se minha resposta fosse razoável, como se não fosse um problema.

"Talvez a gente tenha se adiantado um pouco. Que tal se a gente inventar uma pergunta?", ele disse. "Ou então, vamos pegar a pergunta e simplificar."

Esse cara tinha a paciência de um verdadeiro idiota.

"São três adultos e cinco crianças. De quantos ingressos eles precisam?"

Não havia sarcasmo na voz dele. G. Hauser estava tão determinado a trabalhar com sei-lá-quem-ele-achava-que-eu-fosse que eu não conseguia entrar na dele.

"Se o cinema deixa as crianças entrarem de graça, como posso saber de quantos ingressos eles precisam? E, dependendo do tipo de gente que eles forem, de qual cinema é... eles moram no gueto ou são tipo você? Porque pode ser que eles deixem um dos adultos, tipo esse primo, entrar pela porta lateral de emergência, depois de comprar dois ingressos."

Vi o carpete manchado do cinema perto do aeroporto de Oakland, o primo entrando pela saída de emergência em vez de pagar. O cinema provavelmente nem existe mais, como todos os outros que eu conhecia. O Strand no Mercado, onde eu e Eva tomávamos vinho Ripple com adultos quando a gente era criança. O Serra, em Daly City, que passou *Rocky Horror*. O Surf, na praia, fui lá com a minha mãe quando era mais nova para ver um filme estrelado pela atriz que tem o mesmo nome que eu. O filme ficava mostrando o mesmo acidente de carro em trechos de câmera lenta. Acho que fiz perguntas demais, porque uma hora finalmente minha mãe me tirou da poltrona e disse que a gente ia embora. Estraguei o filme pra ela.

"São certinhos", G. Hauser disse. "Como eu."

"Todas as crianças precisam de ingressos?"

Ele fez que sim com a cabeça.

"A resposta é oito."

"Excelente", ele disse.

"Você acaba de dar parabéns para uma mulher de vinte e nove anos por somar três mais cinco."

"Eu tenho que começar de algum lugar."

"O que te faz imaginar que eu não sei contar?"

"Tem mulheres aqui que não foram alfabetizadas em matemática. Que têm problemas com contas. Posso te dar um teste prático de conclusão do Ensino Médio, e se você tiver confiança vai passar, vou marcar uma data para você fazer a prova."

"Não preciso de teste nenhum", eu disse. "Estou aqui porque me chamaram."

"Você pode achar que não precisa de um diploma, mas no futuro, quando estiver para sair, vai ficar feliz de ter um."

"Eu não vou sair", eu disse.

Ele começou com uma lenga-lenga calma e quase robótica sobre gente que não tem data pra sair da cadeia e sobre os vários programas pra detentas com penas longas em que eu poderia me inscrever com o diploma do Ensino Médio. Não contei que eu tinha um diploma do Ensino Médio. Disse que ia pensar e me levaram de volta pra cela.

Jimmy Darling gostava de fazer exercícios de matemática com Jackson, só por diversão. Começou com uma aula numa mesa de piquenique no sítio em Valencia, sobre como as pessoas começaram a contar. Jimmy desenhou um círculo num pedaço de papel. "Aqui tem um estábulo onde um homem deixa os animais dele", Jimmy disse. Ele desenhou três círculos para representar os animais. "Que tipo de animais?", Jackson perguntou. Acho que nós dois gostávamos de informações irrelevantes. "Ovelhas, pode ser?", Jimmy disse. "O fazendeiro tem três ovelhas, cada uma com um nome: Sally, Tim e Joe. Toda manhã o fazendeiro solta as ovelhas no pasto. À tarde ele pastoreia os animais de volta para o curral. Como são só três, é fácil lembrar o nome delas e confirmar que Sally, Tim e Joe voltaram em segurança para passar a noite no estábulo, onde não vão ser comidas pelos lobos.

"Mas digamos que o fazendeiro tenha dez ovelhas, em vez de três. Se ele der um nome para cada uma, vai precisar lembrar de dez nomes quando elas voltarem. Ele tem que reconhecer dez ovelhas. Cada nome para uma ovelha específica. Se a Sally é a ovelha prenha, então ele reconhece o barrigão e risca o nome dela quando ela volta do pasto. Mas digamos que o fazendeiro tenha trinta ovelhas. Não dá pra dar um nome pra todas elas, certo? Aí ele arranja uma cesta e bota dentro dela algumas pedras, cada pedra representando uma ovelha, nem mais nem menos. Ele tira uma pedra da cesta pra cada animal que sai do estábulo pela manhã. À medida que cada um volta à tarde, ele põe uma pedra de novo na cesta. Quando todas as pedras estiverem dentro da cesta, ele sabe que todas as ovelhas estão em segurança em casa. As ovelhas não precisam mais de nomes. O fazendeiro só precisa saber quantas ovelhas são." Ele explicou pro Jackson que os números começaram com a contagem e que a contagem começou com os nomes. Era como a prisão, de um nome para um número. Só que meu número era mais parecido com um nome do que a pedra que representava o animal, porque a pedra podia representar qualquer animal, e o meu número só servia para mim. Mas a gente também era contada todo dia. A contagem era a contagem total do número de pessoas na prisão, e não seguia o número individual de cada presa. Então nós éramos as duas coisas: animais que não pastavam, e indivíduos que não podiam ser confundidos.

Quando nos escoltavam para a hora semanal de banho de sol no pátio, dava pra ver a área com grades do corredor da morte. Então Sammy gritou da passarela.

"Candy Peña, te amo! Betty LaFrance, te amo!"

Candy olhou para cima. O rosto dela esboçou um sorriso triste com covinhas. Elas estavam lá embaixo nas suas máquinas de costura, costurando um saco de juta, depois girando o tecido noventa graus, mais uma costura, girando o material de novo para uma terceira costura antes de jogar a peça numa pilha. Eu não vi a Betty, que frequentemente se recusava a trabalhar e perdia seus privilégios.

Elas costuravam sacos de areia no corredor da morte. Mais nada. Havia seis máquinas e elas costuravam sacos de areia para controle de enchentes. Se você vir uma pilha de sacos de areia na lateral de uma estrada da Califórnia, eles foram tocados pelas mãos das nossas celebridades.

O pagamento é de cinco centavos por hora, menos cinquenta e cinco por cento de restituição, e o trabalho é repetitivo e não oferece a satisfação de fazer uma única coisa completa sequer. Os sacos não ficam completos. Ainda precisam ser enchidos.

Quem termina o trabalho? Meu palpite é que são os homens. Os homens enchem o saco de areia e fecham a parte de cima.

Outras vezes, enquanto a gente tomava banho, elas ficavam nos dois telefones lá embaixo no corredor da morte ou na fila dos telefones. Falando com jornalistas e advogados, Sammy explicou. As mulheres do corredor da morte manipulavam a imprensa e se comunicavam o tempo todo com o mundo exterior. Conheciam todo tipo de gente por serem quem eram. Incentivavam as pessoas a ligar, sugerindo que podiam dar entrevistas ou permitir visitas, promessas que não pretendiam manter. Não estavam interessadas em dar entrevistas. Estavam interessadas em ter alguém para ligar, alguém que quisesse algo delas — era uma sensação boa ter alguém interessado em você. Era um jogo pra conseguir atenção. Um jogo que não era um jogo porque aquilo era a única coisa que elas tinham.

Na solitária a gente não tinha permissão para se corresponder nem para usar o telefone. Mesmo assim, me achava sortuda em comparação às mulheres do andar de baixo que conversavam com o *Fresno Bee*. Minha mãe iria me visitar na prisão com Jackson assim que eu tivesse permissão pra receber visitas, depois que tivesse cumprido meu período na solitária e fosse transferida — transportada — para a população carcerária comum. Ela ia pôr dinheiro na minha conta para que eu pudesse comprar o que precisasse, café e pasta de dentes e selos, para sobreviver. Sammy sempre me dizia como era importante ter alguém lá fora, mas não contei que eu tinha quem me ajudasse. Nem que tinha sido condenada a duas prisões perpétuas mais seis anos. Isso não dizia respeito a ninguém. Assim como no camarim do Mars Club você não dizia seu nome verdadeiro. Não oferece informações. Você não fala de si porque não tem nada a ganhar com isso.

Sammy estava na solitária na noite que Candy Peña recebeu os documentos da execução dela. Candy precisava escolher qual método preferia e assinar o formulário. Sammy ouviu Candy Peña chorar ao ler o papel que oferecia gás ou injeção. "A gente apagou as luzes em protesto", Sammy disse, "e todo mundo na solitária se recusou a receber a bandeja do jantar. Isso obriga os funcionários a preencher uma papelada enorme. Eles têm que preencher um formulário para cada pessoa que se recusa a receber a bandeja e acender as luzes de segurança. Candy ficou gritando sem parar. Todo mundo na solitária e no corredor da morte estava chorando. Até os guardas estavam chorando. Teve uma senhora deficiente que aceitou a bandeja, mas acho que ela não entendeu o que estava acontecendo. Candy escolheu injeção letal."

Candy Peña tinha esfaqueado uma menininha. Estava doida de metanfetamina e PCP quando aconteceu. Ela rezava todo dia, toda hora, a todo instante, no altar que montou na sua cela no corredor da morte, rezava pela menininha. Ela chorou e assinou os papéis e, mesmo Sammy sendo meio mandona, de vez em quando ela era humana e sentiu pena da Candy. Você vai para a solitária e não para de ter sentimentos. Você ouve uma mulher chorar e aquilo é real. Não é um tribunal, onde te fazem todas as perguntas pertinentes e erradas, exigindo e exigindo detalhes, para encontrar contradições e estabelecer se houve dolo. O silêncio da cela é onde a verdadeira pergunta perdura na mente de uma mulher. A única pergunta verdadeira, impossível de responder. O porquê de você ter feito. O como. Não o como da prática, o outro. Como você pôde fazer uma coisa dessas. Como você pôde.

O crime da Sammy foi ter molhado a cama. Ela me contou tudo sobre isso. Sei que eu disse que a gente não conta informações pessoais na prisão, mas a Sammy me contou tudo.
"Quando eu tinha quatro anos a gente morava num trailer e não tinha eletricidade porque minha mãe era uma viciada e gastava tudo o que caía na mão dela com droga. De noite eu mijava na cama pra esquentar. Fiquei com um vermelhão nas pernas. Um vizinho viu minhas pernas e chamou o Conselho Tutelar."
O Conselho Tutelar levou Sammy embora. Ela ficava entrando e saindo de abrigos e acabou num educandário, onde aprendeu a brigar. "Você aprende a fazer muita coisa que vai ser útil na prisão." Aos doze ela saiu do educandário, voltou a morar com a mãe e se prostituía para sustentar o vício da mãe. Os homens gostavam da companhia de meninas. O primeiro a bancar Sammy foi um cara chamado Maldonado, que fazia empréstimos para presos pagarem suas fianças. Ela também acabou se viciando em drogas, foi presa, pegou um telefone dos Narcóticos Anônimos, um telefone da Terra do Nunca, como ela chamava, e desde então vinha entrando e saindo da prisão, acusada de tráfico. A mãe dela tinha morrido fazia muito tempo. Muita gente que conheceu no educandário agora estava aqui em Stanville. A rede dela era extensa. Era uma vida de conexões na cadeia.

Sammy tinha conseguido liberdade condicional seis meses antes. O tempo dela fora da prisão foi breve. Estava aflita pra voltar e pegar as coisas dela. Sammy tinha uma tevê, um ventilador pessoal, um rabo-quente para esquentar água. Reebok, amiga dela, ficou com a máscara de dormir. "Tem uns porquinhos estampados nela", Sammy disse, "e eu quero de volta." Tinha dado coisas com a condição de que as pessoas devolvessem caso ela voltasse. Sabia que seus períodos fora da prisão eram só isso, não eram partidas, eram férias.

Mas ela não esperava voltar tão rápido. Quando saiu, Sammy tinha um novo marido, um cara que ela conheceu por correspondência. Tudo começou com uma carta que ele escreveu, mas não pra Sammy. Ele escreveu a carta pra outra mulher de Stanville, e aquela mulher usou a carta como moeda, algo que ela podia vender pra outra presa que quisesse se corresponder com alguém. Com certeza alguém pagaria pra começar a trocar cartas com esse cara. Antes de chegar na Sammy, a carta foi lida por tantas mulheres que as páginas começavam a rasgar onde o papel tinha sido dobrado e redobrado. A carta e seu autor, Keath das Quantas — nunca entendi o sobrenome dele — tinham potencial, e por isso a mulher que recebeu a carta ficava aumentando o preço. Quando chegou na Sammy ela já estava pedindo mais de cinquenta dólares. Quem pagasse mais ia ficar com o envelope que trazia o endereço do cara. Sammy me disse que assim que começou a ler percebeu que a carta valia mais de cinquenta dólares, bem mais.

"Ele escrevia igual a um aluno de quarto ano", ela disse séria, como se estivesse tentando sugerir que uma coisa dessas denotava um valor imenso.

"Até o nome dele estava escrito errado", disse. "K-e-a-t-h? Quem é o idiota que escreve assim?"

Era só ler a carta e o nome grafado errado pra ver que Keath estava pedindo pra ser otário.

A mulher que estava vendendo a carta usou a foto de uma miss para se apresentar ao cara. As pessoas usavam fotos que tinham achado ou negociado, a filha de alguém, a prima de alguém, alguém. Não elas mesmas. Era essencial ter financiadores — gente que te mandasse dinheiro pra dentro da cadeia. Um jeito de conseguir financiadores era encontrar homens que escrevessem pra você. Keath escreveu achando que sua carta chegaria a uma miss, mas a destinatária era apenas uma mulher que usou aquela foto. Era uma presa mais velha que teve um câncer na garganta e que tinha uma laringe mecânica. Ela segurou a caixa com a bateria perto do pescoço para negociar com a Sammy, que ofereceu seu CD player como pagamento. A mulher entregou o envelope com o endereço de Keath.

Sammy escreveu ao Keath e se apresentou, disse que sentiu uma conexão instantânea ao ler a carta dele. Começou um flerte. Ela ia pegar condicional em poucos meses e não precisava do financiador típico, e sim de alguém que pudesse levá-la para casa. Um apartamento, estabilidade financeira e emprego com renda comprovada ou a comissão de julgamento da condicional nunca deixaria que ela saísse. Sammy podia ficar no apartamento de um ex-namorado chamado Rodney em Compton, mas o Rodney batia nela, Sammy me contou, e ela estava cansada disso. Keath parecia ser a solução.

Keath disse que tinha servido na Força Aérea, pilotado aviões e que tinha uma boa pensão como militar. Quando foi à prisão pela primeira vez, ele pediu Sammy em casamento. Era um branquelo alto, grandalhão, pálido e vesgo. Ela disse sim, mas não conseguiu deixar que ele a beijasse na sala de visita. Como todas nós, ela havia feito todo tipo de trabalho sexual, mas não conseguia deixar que esse homem inocente desse um beijinho na sua bochecha. Disse que tinha perdido seus privilégios e que não podia nem abraçar nem beijar. Keath acreditou. "Ah, nossa, não quero te criar problemas", ele disse, "por que a gente então não aperta a mão, só?" Ela pegou liberdade condicional. Eles se casaram num cartório perto de Stanville, em Hanford, uma cidadezinha agrícola deserta onde o pai do Keath vendia peças de trator. A família dele arranjou um apartamento para os dois e comprou só coisas azuis para a casa, porque Sammy disse que era a sua cor favorita. Cortinas azuis, sofá azul, vasilhas azuis pra micro-ondas. Ela não tinha uma cor favorita. Só dizia coisas que achava que o Keath gostaria de ouvir. Disse azul porque essa era a cor da roupa que estava vestindo naquele dia na sala de visita, assim como todas as outras presas na sala de visita.

Lá estava ela, uma menina mexicana da Estrada Courts na Zona Leste de Los Angeles, morando numa cidadezinha do Central Valley com um marido branco e banal que, ela descobriu, nunca pilotou aviões, nunca serviu na Força Aérea, e que na verdade passava o dia todo assistindo corrida de carro na tevê. Ele disse que ia para Daytona, falava sem parar sobre Daytona. Uma vez por mês ele preenchia formulários do programa de renda mínima da seguridade social com a mão esquerda, para o governo achar que ele era burro, ainda mais burro do que já era. A família interiorana grande e pálida dele não sabia nada sobre a Sammy e não perguntou onde Keath e ela se conheceram. Ele levou Sammy para um piquenique na Interestadual-5. Era uma reunião de gente que gostava de fingir que estava combatendo na Guerra Civil. Tinha cabanas de madeira onde mulheres com roupa de época faziam biscoitos. Keath queria que a Sammy ficasse com as outras mulheres. A única coisa que a Sammy já tinha cozinhado era comida improvisada de prisão. Sabia fazer um cheesecake de cadeia usando Sprite e creme sem lactose, ou fazer tamales a partir de Doritos da cantina que eram ensopados em água e amassados com a mão para se transformar em massa. Ficou ali sem jeito, arrependida por não ter ido de manga comprida pra esconder as tatuagens da prisão. "Que bronzeado lindo você tem", uma das mulheres brancas disse para Sammy enquanto fazia a massa branca do biscoito. Os homens disparavam canhões. Um deles tocava corneta. Keath era um capitão de mentirinha num exército de mentirinha e ganhou uma espada de verdade naquele dia. Ele precisava se livrar daquilo, Sammy explicou no longo caminho de volta para Hanford. Ela estava no nível quatro da condicional: nada de armas de fogo e nada de armas brancas acima de vinte e cinco centímetros, ou ela voltava direto pra prisão. "Ah, droga." Keath bufou e fez beicinho que nem criança. Que nem um Keath das Quantas que vive um sonho. Casa com uma latina de Stanville, leva a mulher a um piquenique onde as pessoas brancas admiram o bronzeado dela.

Mas depois daquilo Keath nunca mais levou Sammy a lugar nenhum. Ele mesmo só saía de casa uma noite por semana, aos domingos, quando trabalhava como segurança voluntário na Cruz Vermelha. Ele achava aquilo uma grande coisa. Sempre levava uma pasta junto e dizia que ali havia documentos importantes que ele precisava estudar para a próxima corrida de Daytona. Não era uma pasta de verdade. Era uma caixa vazia de jogo de gamão. Uma vez a Sammy abriu e a caixa estava cheia de barras de chocolate.

Sammy não tinha dinheiro, não tinha carro, estava trancada num apartamento com um cabeça de bagre imbecil perto de um estábulo. Keath passava os dias girando para a esquerda e para a direita numa cadeira, como se estivesse no autódromo que sua tevê mostrava. Ele usava uma camiseta brilhante da corrida de Daytona escrito PENNZOIL no ombro. Sammy começou a pedir dinheiro pra ele. Relutante, ele dava um pouco pra ela. Ela andava até a loja de um e noventa e nove, comprava uma garrafa de licor de malte, que bebia enquanto conversava com os funcionários das fazendas que moravam nas cabanas atrás do estacionamento. Uma noite ela chegou em casa bêbada. Keath estava girando em sua cadeira enquanto os carros iam pra lá e pra cá na pista da tevê. Sammy não aguentava mais. Pegou um cinzeiro de vidro pesado e bateu com aquilo na cabeça dele, depois saiu correndo.

Ela era uma fugitiva que não tinha para onde ir. Num entroncamento ferroviário ela ouviu uma sirene à distância. Sammy se escondeu atrás de uma caixa de luz, esperando o som desaparecer, e depois foi seguindo os trilhos. Chegou à rodovia e ficou parada no acostamento da pista Norte-Sul até conseguir uma carona.

Sammy conhecia a periferia, tinha sobrevivido ali várias vezes nos períodos entre as prisões, e foi para lá que decidiu ir. Era um lugar em que você podia desaparecer, desde que tomasse cuidado. Ela conseguiu evitar ser presa por vários meses, mas acabou sendo flagrada numa batida. Keath tinha feito um boletim de ocorrência, mas eles jamais se divorciaram, e até onde Sammy sabia, ela continuava casada com aquele idiota caipirão que morava ali perto.

Na nossa hora semanal ao ar livre na gaiola com piso de concreto, vi o professor do supletivo pela fresta do arame farpado. Ele estava indo em direção ao bloco das solitárias. Gritei um oi. Ele respondeu de volta através do arame farpado. "Pensou mais um pouco se quer continuar a estudar para os exames?"

Eu disse que não tinha pensado.

"Avise o pessoal da administração se quiser fazer o teste. As questões foram fáceis para você, e esse é um indicador bem bom. Apesar de que eu não avaliei a sua leitura."

Eu sei ler, eu disse. E terminei o Ensino Médio.

Ele acenou com a cabeça. "Eu não fazia ideia."

"Eu podia ter ido pra faculdade. Fui aprovada em Berkeley." Eu não era de mentir muito antes de ser presa. O instinto de mentir para os funcionários e para os guardas é automático. Eles ferram com você, você ferra com eles.

"Caramba, sério mesmo? Eu me formei lá."

Contei uma história sobre como fiquei triste de não poder fazer a matrícula porque meu pai estava doente e por isso eu precisava cuidar dele. "Eu realmente sinto falta de ler", eu disse. "Adoro ler livros." Não era mentira.

"Eu gostaria de arranjar coisas pra você ler, se você quiser. E agora que sei que está num nível mais avançado, não vou trazer livros didáticos de supletivo, prometo. O que você gosta de ler?"

"*O que você gosta de ler?*", a Sammy disse, imitando o jeito dele, depois que ele foi embora. "Esse fulano tem a maior cara de otário. Pode ser o teu Keath." Sammy fez um gesto de quem está jogando uma linha de pesca. "Vai devagar, faz tudo direitinho, e você estará com o Keath II na mão."

Fingi estar interessada em fisgar o instrutor do supletivo, mas por pura pena da Sammy, que precisava enxergar todo mundo como uma vítima em potencial, quando vítima queria dizer salvador.

Os perus que eu vi do ônibus da prisão, na manhã seguinte da Noite da Corrente, com as penas arrancadas pelo vento e rodopiando nas pistas dos carros, não estavam vindo para Stanville.

O Dia de Ação de Graças marcou o fim do meu primeiro mês na solitária. Passaram a nossa refeição comemorativa pela portinhola. Olhei minha bandeja. Lá estava uma coxa grande e carnuda. Extraordinariamente grande. Nunca tinha visto uma coxa tão grande.

"Aqui todo ano é assim", Sammy disse.

"Como assim?"

"Pedaços de ave gigantes no Dia de Ação de Graças. Tem gente que diz que é carne de ema."

Emas são aves grandes, feias e agressivas que chegam a dois metros de altura quando esticam o pescoço. O cara que morava no rancho ao lado de onde Jimmy Darling ficava criava emas. Às vezes elas entravam na propriedade e ficavam vagando à toa. Eram como as pessoas, violentas e imprevisíveis, com cérebros do tamanho de uma noz.

Depois de servir a refeição nojenta, McKinnley deixou que a gente ficasse no trecho gradeado de concreto, um privilégio especial por causa do feriado. Estava congelante. O céu parecia de um branco sem vida, como aqueles antigos eletrodomésticos de cozinha. O vento soprava poeira nos nossos olhos enquanto a gente ficava sentada no chão, esperando pra ver os funcionários ou os guardas zanzando do outro lado do arame farpado. Esse era o tipo de coisa empolgante que a gente passava os dias esperando. Uma enfermeira passou correndo. Depois, mais duas. Conan gritou, "Salvem uma vida!". O modo como gritou fez com que a missão delas parecesse menos urgente. Fez parecer uma brincadeira. A vida não importava muito. Era uma coisa pro Conan ter o que gritar enquanto via os peitos das enfermeiras sacolejando pra cima e pra baixo.

Eu estava com fome. Não tinha comido a minha ema. Sammy também não tinha comido a dela.

"Se eu não estivesse trancada na solitária podia vender aquela coxa", Sammy disse. "As negras comem aquilo com farofa pronta e milho enlatado. Vi uma negra roubar uma coxa de ema no ano passado. Ficou com uma queimadura na parte de dentro da coxa."

"Por que você tem que ser tão racista?", Conan disse. "As negras isso. As negras aquilo. Só porque a gente domina essa prisão."

"A gente podia dominar este lugar", Sammy disse, se referindo às latinas, "se a maioria de nós não estivesse dopada."

"Mas é uma boa ideia, fazer negócio com alguém que tenha uma coxa sobrando e misturar com milho e farofa", Conan disse. "Talvez acrescentar um pouco de queijo de nachos, pôr uma pimenta em conserva. Aquela coxa não era brincadeira. Coisa séria aquilo. Não era nenhuma porção Mortimer."

Mortimer supostamente era uma mulher de Stanville que processou a penitenciária. Por causa dela, eles precisavam servir exatamente mil e quatrocentas calorias por dia pra nós, para que a gente não processasse a administração por ter engordado, como aconteceu com a Mortimer. A porção Mortimer não tem comida suficiente. Mas em vez de pôr a culpa na penitenciária, os funcionários diziam que a gente devia botar a culpa na Mortimer, que arruinou tudo para as outras presas ao preencher um formulário de reclamação 602 que se transformou num processo judicial ordinário. Tinha um monte de regras desse tipo, sempre associadas ao nome de uma detenta. Pra pegar um remédio, você ficava parada na caixa Armstrong. A caixa Armstrong é um quadrado vermelho pintado no chão em torno do balcão da farmácia. A ideia é dar privacidade. Se você não fosse chamada no guichê, se estivesse simplesmente andando pelo corredor e o seu pé pisasse na linha vermelha da caixa, você levava uma 115 graças a uma paranoica chamada Armstrong.

A gente detestava presas que estragavam as coisas para as outras, mas essas pessoas provavelmente nem existiam. Sammy me contou onde os formulários de reclamação 602 iam parar: num triturador de papel na sala do assistente da procuradoria. Duvido que uma presa pudesse fazer história, ter seu nome associado a uma nova regra, sendo que era impossível até protocolar uma reclamação.

Dizem que as festas de fim de ano são deprimentes na cadeia. Verdade. É que você não consegue deixar de pensar na vida que já teve ou que não teve. As festas são uma ideia de como a vida deveria ser.

Meu último Dia de Ação de Graças no mundo livre eu desperdicei. Trabalhei de dia no Mars Club. Os homens não tiram folga dos seus vícios. As festas são uma época agitada, porque eles precisam fugir de suas vidas reais para suas vidas verdadeiramente reais com a gente, as fantasias deles.

Ninguém me obrigou a passar o Dia de Ação de Graças no Mars Club. Eu não estava tão desesperada assim por dinheiro naquele dia. Por que não fiz alguma coisa com o Jackson? Deixei a vizinha cuidando dele. Ela e umas amigas prepararam a comida. A meninada se divertiu. Fiquei com o Kurt Kennedy num clube escuro. A essa altura já tinha me acostumado à ideia de ter um cliente fixo. Meu instinto era evitar esse tipo de coisa, mas aquilo acabou se revelando uma espécie de garantia, o que era uma novidade. Ele aparecia no meu turno. Me escolhia automaticamente. Eu não tinha que ficar olhando em volta e circulando, esperando que alguém decidisse em sua hora de almoço, em seu feudo sombrio, o Mars Club, que eu era a pessoa que ele queria pagar para ter uma companhia.

Eles conseguem o que querem ou veem alguma coisa melhor, outra mulher, e te mandam embora. Com um cliente fixo, esse momento não chega. Eu era a escolha de alguém antes mesmo de entrar em cena, antes que ele chegasse. A escolha do Kennedy. No intervalo de algumas horas ele me pagava centenas de dólares. Ele só queria fingir que eu era a namorada dele.

Você é a minha garota, certo? A pele áspera, seca, da mão dele na minha coxa. A voz rouca. Era ele quem falava mais. Tinha levado um tiro na perna enquanto trabalhava, e era por isso que mancava. Dizia que era detetive ou algo assim, mas depois ele contou que isso não era bem verdade e falou por um tempão sobre seu trabalho real e eu não estava prestando atenção e não dava a mínima pro que ele fazia, nem me importava se ele estava mentindo ou contando a verdade. Tinha se aposentado por invalidez e tinha muito tempo livre. Queria me levar pra passear no barco dele. Odeio barcos, mas não disse. Claro. Parece superdivertido. Você não tem ideia de como sai caro pagar pra atracar naquele porto. Não tenho ideia mesmo. São vinte mil dólares por ano, ele me disse, me dando mais uma nota de vinte. Aham. Você gosta de apanhar? Eu queria bater em você. Me deu mais vinte. Às vezes as notas eram novas e quebradiças, lisas, e eu ficava com vontade de conferir para ter certeza se aquilo era real. Dinheiro é dinheiro. O grande neutralizador: isto é trabalho e isto é pagamento. Eu queria deixar sua bunda vermelha. Ah, meu deus, deixar vermelha de brilhar. Batendo devagarinho com a mão áspera dele. A leveza do tapa dele: ele estava perdido em pensamentos. Se é que dava pra chamar aquilo de pensamentos. Não haveria nenhuma sessão de sadomasoquismo. Não havia necessidade. Eu era sua máquina de realidade virtual, forçando minha bunda contra sua calça para esvaziar a sua carteira. Quando a carteira ficava vazia, ou ele ia ao caixa eletrônico na entrada do Mars Club pegar mais ou não ia, mas quando não ia ele voltava no dia seguinte.

Poucos dias depois do Dia de Ação de Graças, o sargento McKinnley disse que tinha uma mensagem pra mim na sala da administração.

Andei, algemada, com McKinnley e mais um policial atrás de mim.

Na sala da administração, encontrei a tenente Jones.

"Uma parente sua morreu", Jones disse.

"Parente?"

"A sua mãe, é o que diz aqui."

São três mil mulheres em Stanville. Acontece o tempo todo de darem informação errada pra você, que você é HIV positivo quando na verdade não é. Ou te entregam a correspondência de outra pessoa. Eu tinha certeza que Jones estava enganada. Ou ela estava me atazanando porque era o trabalho dela, atazanar.

Eu disse que não acreditava nela.

"Gretchen Becker, diz aqui. Morreu num acidente de carro domingo passado, dia 30 de novembro."

"Não", eu disse. "Não. Não pode ser verdade."

"Ela e uma criança deram entrada no Hospital Geral de San Francisco", Jones leu mecanicamente. "Criança com ferimentos sem risco de vida."

"É o meu filho", eu disse. "Ele só tem sete anos. Ele não tem mais ninguém. Preciso ir pra lá."

"Você precisa *ir pra lá*? Você tem duas penas de duração indeterminada, Hall. Você não vai a lugar nenhum."

"É o meu filho. Ele está no hospital, eu..."

"Hall, se você queria ser mãe de alguém, devia ter pensado nisso antes."

Avancei na direção do papel que estava nas mãos dela. Eu tinha que ver aquilo.

McKinnley me agarrou. Tentei me livrar dele. Eu precisava ver o jornal.

McKinnley me derrubou no chão. Fui imobilizada gentilmente por sua bota grande no meu ombro, me impedindo de levantar. Sabia que McKinnley não queria me machucar. Dava pra sentir. Mas Jones era tenente, superior a ele. A bota dele me apertou. A bota dele disse, Sua mãe morreu. Minha mãe tinha morrido. Era só eu e isso, essa guerra.

"Me deixa ver o jornal", eu disse. "Por favor."

Eu não estava calma, é verdade. Quando disse por favor, gritei. Por favor. Por favor. Me dá aqui. Me dá a porra do jornal.

"Antes eu tinha pena de vocês, suas vadias", Jones disse. "Mas se você quer ser mãe, você não vai parar na cadeia. Simples assim."

Tentei levantar. Tinha mais policiais em cima de mim. Mordi a mão de alguém, não sei de quem. Pressionaram minha cabeça contra o chão. Forcei pra virar de lado e cuspi. Cuspi no McKinnley e levei uma pancada com o cassetete na nuca. Um alarme soou. O barulho do alarme berrava nos meus ouvidos, e a única coisa que eu conseguia fazer era me debater. "É a minha família! É o meu filho! É o meu filho!"

Tentei levantar a cabeça, fiz um movimento pra cima, chutei até prenderem meus pés no chão, até que todo o meu corpo estivesse preso no chão.

II

12

Doc foi um dos primeiros corruptos entre os detetives da Divisão Rampart do Departamento de Polícia de Los Angeles. Ele já estava se arriscando, na versão dele, muito antes que a categoria ficasse com uma reputação ruim. Nesse sentido, Doc se via como alguém à frente de seu tempo. Ele cumpria uma sentença de prisão perpétua sem chance de liberdade condicional no Seguro, o pavilhão de segurança máxima, em New Folsom.

A ala do Seguro tinha degraus de concreto que funcionavam como assentos e um amplo palco onde os dramas da ala de convivência se desenrolavam diante de portas automáticas, todas azuis, cada uma com uma pequena janela para monitoramento. A cela de Doc tinha dois metros e meio por três, como a de todos os outros presos, e como todos os outros presos ele dividia o espaço. Você não escolhe quem vai dividir a cela com você. E no Seguro de New Folsom há cem por cento de chance de a pessoa que cair na sua cela ser um estuprador de crianças, um X-9 ou um transexual, já que foi para abrigar essas pessoas que o pavilhão foi construído. Um companheiro de cela transexual — Doc encararia isso sem problemas. Ele não se incomodava com homens com peitinho. Ele tinha ficado com alguns, não de frente ou algo do tipo, na maioria das vezes ele acariciara e explorara por trás — uma experiência que, como tudo na vida, fez sentido no momento. Os transexuais da unidade dele jogavam uma versão afeminada de *softball*, e Doc gostava de ver as partidas tanto quanto qualquer outro sujeito macho de verdade. Todos eles gostavam. Quem não gostaria, sendo um hétero trancado pro resto da vida com um bando de homens? De repente eis essas criaturas com bunda grande e peitos de verdade balançando sob as roupas de malha estatais enquanto correm de uma base para outra e dão pulinhos, de um jeito desamparado e bonitinho quando vão rebater, ou correndo atrás de uma bola que vem na direção delas e que elas nunca pegam. Eram divertidas e estúpidas e descoordenadas e cheiravam bem, exatamente como as mulheres e, como as mulheres, tinham cérebros do tamanho de uma ervilha e falavam com uma voz suave e estridente.

    Ele dividiria um beliche com alguém assim sem problemas. Mas calhou dele cair com um cara nojento que estuprou a própria filha. O camarada dizia que era uma *enteada*, até que Doc exigiu ver a papelada do novo companheiro de cela, um costume obrigatório nas alas do Seguro. Beleza, todo mundo tem um passado. Doc falava abertamente que ele mesmo tinha sido estuprado, na infância, pelo pai adotivo. Ele não provocava o companheiro. Isso aqui é uma prisão. Ninguém é amigo. Você não precisa lidar com o sentimento dos outros. Você cria regras para a cela e um evita atrapalhar o outro. As regras de Doc eram basicamente protocolos de limpeza. Vários caras no Seguro de New Folsom tinham protocolos de limpeza. O concreto da área comum brilhava como vidro de tanto ser encerado e reencerado; eram camadas e camadas de limpeza e brilho e perfeição. O cheiro do desinfetante do Pavilhão 64 na unidade de Doc era irresistível. Mais do que um cheiro onipresente, era uma sensação totalizadora, um aroma que era um meio de respirar, pensar, ser. Doc, que trabalhava como porteiro do bloco, tinha acesso ao desinfetante. Ele tinha um suprimento pessoal de Pavilhão 64. Podia ter usado como perfume, mas Doc tinha dinheiro na conta e usava perfume de verdade, e nada daquelas merdas tipo Old Spice. Perfume de marca, de um italiano que ele nunca lembra quem é. Mas aí ele lembra: Cesare Paciotti. Sempre leva um tempo pra ele lembrar esse nome. O Pavilhão 64 era só para manter seus pertences pessoais sem pó e sem sujeira, o que era o mesmo que dizer as coisas que ele contrabandeou. Qualquer objeto que for encontrado em sua cela, se eles fizerem uma batida ou uma vistoria, e que você não tiver comprado e não tiver a nota para provar, é confiscado. Qualquer coisa que esteja na sua cela e que não seja explicitamente permitida pelo DPC, o Departamento Penitenciário da Califórnia, é contrabando. Desculpe, o Departamento Penitenciário e de *Reabilitação* da Califórnia, uma palavra que eles acrescentaram recentemente. Mas não existe nenhum programa novo. Só existe essa letra que não quer dizer porra nenhuma — R.

Doc está deitado na cama repassando seus arquivos para encontrar uma boa imagem. Pornografia é proibido. Eles não têm internet, claro. Você guarda material pra punheta na memória. Doc repassa uma a uma as imagens acumuladas. Ele passa por cima da memória da última mulher com quem transou, Betty LaFrance, a responsável por ele estar ali. Se concentra no período antes de ser jogado na fogueira.
 Ele se vê dirigindo devagar pelas ruas num carro de polícia sem identificação. Se conseguir se concentrar em sua vida antiga, é capaz de bolar um bom enredo.
 Lá está aquela garçonete de narizinho arrebitado. Aquele bar em Eagle Rock que ele gostava de ir, um lugar chamado Toppers.
 Policiais à paisana entram num bar.
 Ele nunca lembra de como termina a piada.
 Policiais à paisana entram num bar. Nada mais. Aquilo não vai a lugar nenhum.
 Lá estava a noite em que a garçonete do Toppers ficou tão bêbada e chapada que nem se ofendeu quando Doc enfiou uma

nota de dois dólares canadenses — que valiam menos ainda que dois dólares americanos, na lateral da calcinha dela. Hahaha. Por que uma garçonete estava só de calcinha? Era parte do mistério do Toppers. Ele resolveu o mistério, levou a garçonete para o carro sem identificação. Tirou a calcinha dela e colocou a mão na virilha dela. A moça tinha usado depilador ou cera e estava lisinha como uma criança, o que era inaceitável para Doc, protetor e defensor das crianças. A sensação da xereca depilada assustou Doc e ele foi obrigado a tirar a mão dali; ele tinha esquecido essa parte quando selecionou a pasta em seu arquivo mental. Ele atirou uma nota de vinte dólares amassada nela e disse pra ela sair do carro. Agora sua mente se arrasta pelo território de homens maus e crianças inocentes em vez de evocar alguma imagem de um striptease sexy ou de uma mulher implorando pra chupar o pau dele; ele sonha pintar a paisagem com uma Uzi. Pintar toda aquela imensa paisagem de molestadores de crianças.

Uzis. Teve aquela menina com um shorts minúsculo cor-de-rosa que apagou o professor em Las Vegas. Todo mundo viu a notícia em sua tevê pessoal, dezenas de milhares de homens em todo o estado, como o Doc, cumprindo pena perpétua sem chance de condicional, deitados com fonezinhos de ouvido baratos ligados a suas máquinas do mundo, torcendo pra conseguir assistir ao momento que essa menina com shorts cor de chiclete atira num adulto com uma Uzi. Os noticiários mostram a menina dando um tiro, depois uma pausa, e o professor incentivando a garota com um "É isso aí!". Tipo, *Maravilha, essa menina é boa*. E aí ela volta a disparar, mas o noticiário corta antes dela balear o cara. Jamais chegam a mostrar, mas todo mundo no Seguro fica olhando aquela parte, esperando que uma hora eles passem o resto. Como se, à força de ver aquele trecho, a cada repetição eles criassem a possibilidade de que o material editado pudesse, nem que essa probabilidade fosse pequena, por algum acaso tecnológico, alguma falha no universo, ir direto ao ponto que não deveria ser mostrado, o momento que ela reduz o cérebro do professor à carne e a estilhaços.

Doc se afasta disso lentamente. Ele pode ter qualquer coisa que quiser. É importante lembrar disso quando você está percorrendo seu arquivo. Mas às vezes o excesso de opções é uma tirania.

A tirania da escolha, não é isso exatamente que as pessoas imaginam ser o problema número um na prisão. E no entanto neste momento Doc não consegue se fixar numa imagem. Seu companheiro de cela só vai entrar quando a porta abrir no horário programado e ele queria usar esse tempo de maneira produtiva.

De volta à época que ainda era detetive, andando com o carro devagar sem ser reconhecido, até cometer seu erro numa noite amena. Doc tinha se transformado num grande conhecedor dos bares de Los Angeles em que a prostituição acontecia abertamente e de maneira natural. O Polished Knob na Wilshire em Koreatown, um restaurante temático medieval com uma masmorra no porão. O Bobby London na Beverly com a Western, que só atendia coreanos e policiais, mas policiais apenas como propina, e Doc era o único policial, e tecnicamente não era propina, era extorsão.

O policial entra num bordel.

Essa era outra que ele nunca conseguia lembrar.

Tinha o Las Brisas num trecho largo e vazio do Sunset Boulevard perto do Dodger Stadium, onde os carros passavam a cento e dez. Dava pra transar com a garçonete do Las Brisas no depósito, e ela era delicada e tinha uma sensualidade maternal. Cheirava a tamales de carne e a Fabuloso, um óleo com uma fragrância floral que, pensando bem, não era muito diferente do cheiro do Pavilhão 64. As visitas dele ao Las Brisas começavam com abraços apertados em que ele esfregava sua virilha na virilha de várias mulheres que se prostituíam lá, mas sempre terminavam no depósito com a garçonete que cheirava a Pavilhão 64. Ela punha um pouquinho de óleo na mão e untava Doc e a si mesma e então eles transavam de pé, Doc entrando e saindo com o óleo escorregadio e prendendo o corpo dela contra uma pilha de engradados de cerveja. A moça era generosa e sempre parecia feliz, como se o orgasmo de Doc fosse o orgulho dela, ele era o seu meninão trazendo uma dúzia de rosas vermelhas com caule longo ao lambuzar de esperma toda a parte interna de suas coxas.

Doc respira fundo, mas baixinho porque a porta abriu: vai permanecer destrancada pelos próximos dez minutos, com timer automático. O colega de cela volta, senta na parte de baixo do beliche.

Rosas vermelhas. Havia rosas vermelhas do lado de fora dos portões de Old Folsom, onde ele cumpriu pena pela primeira vez. Ele viu as flores pela janela fechada e gradeada do ônibus, flores pesadas e de um tamanho exagerado, e ele tinha certeza de estar sentindo o cheiro delas, tanto fazia se o cheiro no ônibus fosse de sabão em pó e suor. Ele cheirou aquelas grandes rosas cabisbaixas. Eram o aroma da liberdade de alguém. O mundo livre de velhinhas com óculos gatinho e blusinhas de abotoar. Velhinhas com pianos de armário que não tocam e fotos dos netos que não visitam. Maridos mortos com o cabelo cortado à escovinha típico da época anterior aos direitos civis. As orelhas grandes, vincadas, flácidas, dos aposentados. Homens com nomes como Floyd. Ou Lloyd. Os maridos mortos daquelas velhinhas com sua liberdade bordada e suas rosas perfeitas no portão. Velhinhas que sacodem a cabeça como se dissessem não o tempo todo, um tique da idade ou dos remédios. Velhinhas que expressavam desaprovação o tempo todo, como as mulheres da família dele, que não o amavam e o entregaram para a adoção.

Na época não existia a ala do Seguro, quando ele chegou pela primeira vez em Old Folsom. Claro que já havia gente que precisava de proteção especial, mas não tinha uma unidade dedicada a dar custódia segura a uma população carcerária de caguetas e policiais. Doc não saía muito. Ele tinha recebido uma carta ameaçadora que obviamente era de algum modo de Betty LaFrance, embora ela não pudesse escrever para ele, uma carta escrita com letras de fôrma psicóticas de um tal Fred Fudge anunciando que os presos da ala dele logo ficariam sabendo que ele não passava de um tira corrupto. Esse era o lance dela. Vem me foder, seu policial corrupto. E ele caiu nessa. Ele foi ingênuo. Foi a matraca de Betty que entregou os dois, e ele tinha certeza que ela continuava falando pra todo mundo. Ele ficava deitado na cela sonhando em fugir. Os muros de Old Folsom eram molares de granito gigantes que mais penetravam no solo do que ficavam expostos, construídos por presos de outros tempos, que faziam Doc sentir ressentimento e inveja: o trabalho deles o mantinha preso e, além disso, eles tinham algo pra fazer, um projeto de verdade. O rio American fazia a divisa da prisão na parte de trás, corredeiras fervilhantes com uma torre de vigia sobre elas.

"Folsom Prison Blues" foi uma música popular na juventude de Doc. Doc tinha um sentimento ambivalente em relação à canção por causa de Vic, seu pai adotivo, que adorava a música e era um sádico com o jovem Doc. Mais tarde, já adulto e com uma espingarda presa ao chão da viatura, um homem com armas e distintivos que já não podia mais ser saco de pancadas de Vic, Doc ouviu a música de novo. Foi no jukebox da Toppers, e a parte sobre atirar num cara em Reno só pra ver o sujeito morrer era uma verdade que Doc conhecia melhor que a maioria, porque, para ser sincero, ele tinha atirado em algumas pessoas exatamente por esse motivo, embora nunca em Reno.

Johnny Cash era viciado em cocaína, outra coisa que ele e Doc tinham em comum. O cantor tinha vincos no rosto, aquela aparência macilenta e tensa de esforço que se vê num atleta de pista que pula um obstáculo, mas no caso dele era de se drogar a noite toda.

O único vício de Vic era espancar e estuprar o pequeno Doc. Fora isso ele era um cara que trabalhava como avaliador para uma firma de seguros, fumava exatos seis cigarros por dia e de vez em quando tomava um copo de Lancers. Vic monitorava obsessivamente o jardim para ter certeza de que Doc tinha varrido até a última folha.

Na infância, Doc viu Johnny Cash na tevê fazendo o famoso show no refeitório de Old Folsom, o mesmo refeitório onde Doc mais tarde comia quando tinha coragem de ir sem receio de ser esfaqueado. Houve uma rebelião no refeitório no segundo mês que Doc estava em Old Folsom. Alguém recebeu uma fatia de bolo que não era grande o suficiente e duzentos e sessenta homens explodiram em fúria. Os guardas, em menor número, saíram correndo. Doc se enfiou debaixo de uma das mesas e ficou olhando o chão receber utensílios, sangue e pedaços de comida. As bandejas de metal foram usadas como instrumentos para esmagar cabeças, praticamente tinham sido feitas para aquilo. Os guardas voltaram mas ficaram no perímetro, o estreito corredor que um vidro temperado separava do refeitório. Usavam equipamento de contenção de rebeliões. Jogaram uma bomba de gás lacrimogêneo no refeitório. Alguém, um preso, pegou a bomba e arremessou de volta para fora. A granada começou a vomitar o gás naquele pequeno corredor cheio de policiais com ostensivos trajes de contenção de rebelião, dando gritos estridentes e se empurrando para passar e se afastar do gás que sufocava. Os prisioneiros urravam, mesmo quando o gás começou a vazar pelo vidro e a entrar de novo no refeitório os fazendo chorar também. Lágrimas de gás lacrimogêneo.

O que o Doc gostava na garçonete do Las Brisas era a sensação de aceitação radical que ela oferecia. Às vezes ejacular lambuzando a pessoa toda é um jeito daquela pessoa comunicar a você que te aceita completa e inteiramente como você é.

E tinha o velhinho que ficava sentado no bar do Las Brisas e que piscava pro Doc quando ele saía do depósito, e não, ele não era um cafetão, era só um velho mexicano com um rosto bronzeado de relógio de sol que gostava de ficar bebericando sua Tecate e piscar para os homens, e a piscada dele dizia fico feliz de ver o que estou vendo e de saber o que sei.

Um cara vai encontrar uma desconhecida. Essa, Doc sabia, era a piada do encontro com uma desconhecida.

Um cara chamado Richard vai encontrar uma desconhecida chamada Linda. Eles combinam tudo por telefone. Essa Linda diz, "Me encontre perto da máquina de refrigerante". O tal Richard vai até a máquina de refrigerante e espera.

Uma mulher nova vai andando até ele. "Você é o Richard?", ela pergunta.

Ele diz que sim.

Ela dá uma boa olhada para ele. Diz: "Eu *não* sou a Linda".

Doc foi casado com uma búlgara. Um arranjo temporário, era assim que ele pensava no seu casamento, em retrospecto. Ele jamais soube justificar ou entender a razão por ter casado. Hoje treparia com ela se tivesse oportunidade. Ele se imagina levantando a camisola da Sears que comprou pra ela muito tempo atrás e enfiando o pau nela e se remexendo lá dentro. Sexo era algo tão simples que ele não entendia por que as pessoas cismavam. Ele gostava de trepar. Nunca teve problemas nesse departamento. A moça búlgara ficava mortalmente quieta enquanto eles transavam, o que por um tempo ele achou meio bizarro. Ela não chegava nem a respirar de maneira diferente quando ele metia nela e atingia seu ponto crítico, prestes a explodir e despejar sua neve no ventre dela. Doc pensa nisso agora, enquanto o companheiro de cela se vira na parte debaixo do beliche. Ele não pensa por que ela ficava tão quieta. Quanto a isso ele não dá a mínima. Ele se lembra da sensação de meter nela.

É muito triste perceber como passa a ser normal se masturbar em plena luz do dia, tendo o companheiro de cela bem embaixo de você no beliche, Doc quase nem precisa te explicar isso.

Às vezes, no meio da noite, Doc acha que consegue ouvir o pavilhão inteiro batendo punheta. Um coro baixinho de ritmos úmidos. Que nojo, você provavelmente está pensando. Doc gostaria de te lembrar que essas pessoas são seres humanos. Há sangue correndo para o pênis deles independente de estarem encarcerados, e quando um pênis humano está intumescido e não há a possibilidade iminente de sexo, o macho humano instintivamente irá envolver seu membro intumescido com o punho e fazer um movimento pra cima e pra baixo.

O que faz Doc pensar naquela piada.

É a única piada que ele sempre consegue lembrar inteira. Todas as piadas que vão e vêm — um cavalo entra num bar. Quantos latinos você precisa para — Para quê? Ele não lembra nem a pergunta.

Em todos esses anos, só uma piada ficou inteira na sua memória.

Um cara e a mulher estão tendo problemas conjugais. Eles não transam, eis o problema. Então vão a um desses, como é o nome, terapeutas sexuais. O terapeuta diz que aparentemente eles não são bons em comunicar suas necessidades. O cara e a mulher concordam que é constrangedor falar sobre sexo. O terapeuta sugere que eles construam uma linguagem de dicas corporais, um jeito de fazer com que o outro saiba o que eles querem. A mulher diz: "Tá bom, meu amor, que tal isso: se você estiver a fim, dê duas batidinhas na minha barriga. E se você *não* estiver no clima", ela diz, "dê uma batidinha só". O marido diz: "Parece bom, querida. Uma batidinha, estou dizendo que hoje não; duas batidinhas, vamos começar a festa. E deixa eu dizer qual é o seu código: se você quiser transar, esfregue meu pau uma vez. Se não estiver a fim, esfregue cem vezes".

Os caras de Rampart chamavam a búlgara do Doc de noiva-enviada-pelo-correio, mas quem está de fora nunca entende um casal nem por que aquelas duas pessoas estão juntas. Ele tinha vinte e três anos, um novato recém-saído da Academia de Polícia. Ela pediu informações para ele na rua. Ele gostou das covinhas nas bochechas e do modo como ela mal conseguia falar inglês. Ele deu carona até o lugar pra onde ela ia e pegou o número dela. Parecia uma órfã num imenso país desconhecido. Doc a adotou, por um tempo, e ela era boa na cozinha e na faxina. Mas ficava muitas vezes de mau humor, e ele percebeu que gente quietinha consegue controlar você de um jeito tão eficiente quanto as pessoas que falam muito. Só que fazem isso de uma maneira diferente. Ele se cansou do mau humor e da choradeira e acabou com aquilo.

Ele estava divorciado aos vinte e sete e pretendia nunca mais casar. Ele gostava de mulheres e teve algumas. Não amou nenhuma. Não tinha amado a noiva-enviada-pelo-correio. Dez anos depois do divórcio, conheceu Betty LaFrance e se apaixonou. Se apaixonou mesmo, por essa mulher que não era boa nem na cozinha nem na faxina, e que fazia uma barulheira quando eles trepavam, se bem que talvez fosse teatro, e que diferença faz? Em que sentido essa diferença importaria? O objetivo era gozar.

Pode soar estranho, mas ele sente falta da Betty, mesmo adorando a ideia dela ser assassinada. Ele tentou, mas parecia impossível. Agora ela está no corredor da morte e não tem como chegar até ela porque as mulheres são burras demais pra cometer atos inspirados de violência carcerária. Numa cadeia masculina você consegue contratar alguém pra matar qualquer preso. Tem gente que faz isso por um miojo. Matam por um sabonete

Irish Springs (o cheiro é bom, faz uma boa espuma espasmódica). Mas as únicas mulheres que têm como chegar perto da Betty são as outras píssicas infelizes no corredor da morte, que provavelmente ficam deitadas resmungando e chorando, enquanto os homens demonstram habilidades como enfiar a dobradiça de um armário num ponto fatal do peito ou embutir uma lâmina num cabo de escova de dentes para poder detonar o rosto de alguém.

Betty, por outro lado, era uma mina que topava tudo, ao contrário da maioria das minas. Em certo sentido, era por isso que Doc gostava dela. Se ele precisasse contratar alguém prum trabalho desse tipo, Betty seria a única mulher que faria o serviço, mas como o alvo era ela, essa opção não existia.

Betty aporrinhava o Doc dizendo que seus problemas com as mulheres eram por causa da mãe dele. Mas o que Betty sabia sobre a mãe dele? Nem o Doc sabia muita coisa, já que morou com ela só até os cinco anos. Ele se lembra de perguntar qual era o trabalho dela porque ela sempre o levava para a casa de homens desconhecidos e o deixava sentado no sofá sozinho por um tempo que parecia uma eternidade. "Favores", ela dizia ao menino. "Eu faço favores."

Betty falava que queria um filho dele, mas o útero dela estava avariado. Ou pode ser que o pau dele estivesse avariado. Quer dizer, o pau funcionava direito na hora de trepar, mas ela não engravidava nem com ele mirando dentro dela várias vezes em nome de um possível Doc Júnior. (Em geral Doc preferia ejacular no corpo ou, idealmente, no rosto.)

Um cavalo entra num bar.

Um cavalo entra num bar e o garçom diz: "Por que a cara emburrada?".

Esfregue cem vezes. A piada nunca perdia a graça para Doc, mesmo que às vezes você preferisse se esfregar sozinho. Na prisão você não tem muito como escolher a mão, só a sua, a não ser que você queira que outro homem agarre seu pau. Uma vez Doc bateu punheta pra outro cara na prisão e, se você não for gay e nunca tiver feito isso, cara, você vai ter uma surpresa. Para um hétero, o pau ereto de outro homem parece a raiz de um vegetal. As mulheres estão acostumadas, e todo homem sabe qual é a sensação de tocar no próprio pau, mas o seu pau, você não sente *ele*, você faz *ele* sentir. Quando Doc tocou no membro de outro homem, meio parecido com o dele, mas que não era o dele, aquilo lhe deu uma consciência biológica do corpo que confundiu seu cérebro. Ele tirou a mão e não foi até o final. Era uma daquelas travestis que jogavam *softball*. Uma latina bonita e delicada, e ele queria que ela implorasse e choramingasse e jogasse a cabeça pra trás como uma mulher de verdade talvez fizesse. Seria algo diferente num lugar onde quase não há variação de um dia pro outro, mas aí a moça estava com uma puta ereção dentro da calça, e ele não gosta de pensar nisso, mas às vezes pensa, pra lembrar de não fazer de novo.

O único pênis que ele toca é o dele mesmo. Como agora. A maioria dos homens se masturba quase todo dia. Depois você enxuga os resquícios, os indícios, e todo mundo sabe, e ninguém sabe, e a verdade é, na verdade, não se ouve esse tipo de atividade numa escala coletiva ou em coro no pavilhão do Doc. A masturbação é uma coisa que Doc simplesmente presume, e é assim que muitos tipos de conhecimento funcionam: você não fica à espera de indícios empíricos. Nesse caso você nem quer saber desses indícios. Você sabe. Você simplesmente sabe.

Betty tinha um jeito de desafiar Doc a ser um cuzão. Gostava de gente depreciadamente obscena e tinha uma predileção especial por policiais. Ela e Doc bebiam bastante, usavam bastante coca. Betty gostava de comer cocaína. Ele nunca conheceu outra pessoa que fizesse isso, comer cocaína; já ele preferia a eficiência de injetar.

Muito louco de cocaína e apaixonado, ele cometeu a burrice de garantir que era o policial mais corrupto que existia. A relação deles era assim. Era o tipo de coisa que eles conversavam na cama. Coisas idiotas que as pessoas dizem umas pras outras na cama, sobre seus vários abusos de poder, coisas que fizeram e ficaram impunes, pessoas que mataram.

Betty, ao se deparar com a pena de morte, contou tudo que o Doc disse pra ela. Ele foi condenado pelo assassinato do assassino de aluguel contratado originalmente por Betty, e por outro assassinato encomendado em que ele tinha se envolvido anos antes, do gerente de uma casa noturna. Mas ele tinha matado mais duas pessoas, embora não tenham conseguido condená-lo nesses casos por falta de provas. Uma era um cara que não faz falta pra ninguém. O cretino tinha acabado de estuprar o filho de cinco anos. Um vizinho, indignado com o abuso, ligou pra polícia. Doc foi o primeiro policial a chegar, o cara nem tinha fechado o zíper da calça. O garoto chorando, ânus sangrando. Doc disse pro suspeito relaxar, e assim que o cara baixou as mãos ele começou a atirar.

A piada sobre Linda e Richard na verdade aconteceu com Doc. Era uma história dele. Mas quando ele contava, as pessoas sempre achavam que ele estava de brincadeira. Ele estava no Ensino Médio quando aconteceu. Foi uma experiência única, mas a adolescência toda dele, a vida de Richard Lyn Richards, vulgo Doc, podia ser resumida naquele momento que uma menina chamada Linda o humilhou na máquina de refrigerante na Magnolia Street em Burbank. A história da vida dele cabia na cabeça de um alfinete. Eu não sou a Linda.

Floyd e Lloyd eram pessoas de verdade. Irmãos que casaram com as duas tias-avós de Doc. Uma das poucas lembranças que Doc tinha daquelas velhinhas antipáticas e dos seus irmãos-maridos era uma piada que ele às vezes tentava contar. Floyd estava com um pêssego e dava uma mordida. Ele se virava para o Lloyd e dizia, "Este pêssego tem gosto de boceta. Incrível". O suco escorria pelo queixo do Floyd. Ele passava o pêssego para o Lloyd, que também dava uma mordida, mas cuspia na grama. "Tem gosto de merda", Lloyd dizia. Floyd dizia que Lloyd tinha que girar o pêssego, que ele tinha mordido o lado errado. Doc se atrapalha. A piada precisa ser contada como um episódio, mas não é um episódio real que ele tenha testemunhado na infância. Floyd e Lloyd, seus tios por afinidade, jamais falavam um com o outro. Nunca falavam nada com ninguém. Eram homens que ficavam deitados vendo tevê, fazendo mulheres e crianças se sentirem assustadas e em crise só por existirem. Além disso, tinha outra coisa, e todo mundo sabe disso, não é sobre a família trágica de Doc, é universal: pêssegos são uma delícia, são realmente deliciosos e não têm, ele repete, *não têm* gosto de merda.

13

Minha companheira de cela Romy foi transferida, mas eu não sabia pra onde. Paizão se recusava a me contar. "Cuida da tua vida, Fernandez", ele ficava repetindo.

Agora eu estava sozinha. Outra mulher da ala da solitária dizia que mandaram a Romy pro monitoramento de suicídio. Não acreditei nela. A solitária é uma imensa fábrica de boatos de gente trancafiada e gritando atrás da porta. Paizão não fazia favores pra mim. Eu não conseguia nem livros pra ler. Ele só dizia, "Nada de passar coisas, Fernandez. Não mesmo". Provavelmente estava tentando ser promovido.

Teve um ano que li oito romances da Danielle Steel na solitária. Ela escreveu um romance de cadeia que é muito foda. Todo mundo estava lendo. A gente rasgou o livro em pedaços pra ir passando por baixo da porta da cela, e todo mundo só falava naquilo. Correu a penitenciária como rastilho de pólvora. Nunca me ocorreu que era estranho mulheres na prisão quererem ler sobre outras mulheres na prisão. Você quer ler sobre um mundo que você conhece, não só sobre os mundos que você não conhece.

Eu não tinha nada pra fazer e ninguém pra conversar. Estava cansada da Betty LaFrance gritando pela saída de ar. Eu tinha dezoito anos quando conheci a Betty, e ela me impressionou pra cacete. Era rica e chamava todo mundo de "querido". Ensinava modos pras mulheres na cadeia. Mas isso foi há décadas e você enjoa das pessoas. Eu sempre vou amar Betty porque ela é parte da minha história, e é doidona e esquisita demais pra você não gostar dela. Mas às vezes você quer que ela sossegue.

Ela ficava gritando o tempo todo pela saída do ar sobre suas últimas estratégias. Disse que finalmente ia se vingar do tira com cara de rato. Eu disse pra ela ficar quieta. Mas ela não consegue. Betty é assim. Começou a falar sobre a Bíblia. Quando eu era novinha e burra, Betty me convenceu que na verdade o Livro de Daniel é sobre alienígenas chegando na Terra. Me assustou pra caralho. Dessa vez ficou falando sobre juízes. "Ei, Sammy. O que é mais doce do que mel e mais forte que um leão?" Ela ficou repetindo a pergunta pela saída de ar. "Mais doce que o mel e mais forte que um leão?"

Eu não sabia do que ela estava falando. Ela é melhor quando fala só sobre dinheiro ou sobre as pernas dela, seguradas em milhões.

"O leão é executado por Sansão", ela disse. "Sansão abre o corpo do leão e tem uma abelha lá dentro. As abelhas fazem *mel*, entendeu?" Disse "mel" como se aquilo fosse a chave pro seu enigma, e agora eu supostamente devia entender tudo. Como se mel fosse uma espécie de código.

"Tem mel na carcaça. Mel doce", ela disse. "Mas você não consegue o mel a não ser que mate o leão. Primeiro, você tem que matar o leão. Mandei matar o cara. Botei ele numa sinuca."

Ela começou a falar sobre a guerra, mas eu tinha dado um gelo nela.

"Você pelo menos sabe que a gente está em guerra?", perguntou, depois que parei de responder.

"Sei", eu disse. Mas não sabia muito. Na tranca da cadeia não tem noticiário na tevê. Perigoso demais ou algo assim. Eles passam reprises de *Friends*. Todo mundo na cadeia adora *Friends*. Os personagens são praticamente nossos colegas de beliche.

"Tem soldados americanos no Iraque", Betty gritou, "protegendo a *sua* liberdade."

"Eles que fiquem com a minha liberdade", respondi. "É uma merda."

Quando eu estava na custódia, alguém do meu andar ficou sabendo por um parente que a gente tinha invadido o Iraque. Fiquei perguntando se sabiam onde era aquilo, e nenhuma detenta sabia. Mesmo as pessoas com mais instrução não sabiam. É tipo aqueles lugares que só passam a existir quando a gente bombardeia.

Betty começou a atazanar o guarda do andar de baixo. Dava pra ouvir pela saída de ar Betty pedindo pra ele rezar com ela pelos soldados.

As conversas com Romy me fizeram pensar no passado. Uma noite sonhei com o Snooty Fox. Eu andava pelo terraço do lado de fora dos quartos. Era de dia e dava para ouvir o trânsito na Figueroa. Eu ficava passando pelo aviso de NÃO PERTURBE pendurado na maçaneta, as cortinas fechadas. Ia a um quarto com uma porta aberta. O quarto estava vazio e limpo, e eu entrava e fechava a porta e deitava em cima da colcha e dormia. Acho que a prisão te deixa tão cansada que nos melhores sonhos que você tem, você está dormindo. É com isso que a gente sonha. Dormir. Quando acordei, a sensação é que eu tinha descansado bem mais que o normal. Depois que o Paizão passou meu café da manhã pela portinhola, gritei pro Conan na outra ponta do andar, contei pra ele do meu sonho. Disse que parecia que tinha dormido o dobro, já que estava dormindo no meu sonho no Snooty Fox.

Betty LaFrance gritou pelo cano, "Snooty Fox? Snooty Fox? Por que eu conheço esse nome? O que é isso?".

"É um motel", eu disse.

"Acho que o Doc ia lá", ela disse.

Isso era a cara da Betty. Tudo sempre tinha que ser sobre ela.

O Snooty Fox era a minha praia. Os quartos mais legais tinham colcha de veludo na cama, e a cama tinha massageador.

Você coloca moedas e ela começa a vibrar debaixo de você. Os chuveiros tinham duas saídas de água, uma no lugar de sempre lá em cima e outra na altura das partes íntimas. Um cliente meu, um cara mais velho que trabalhava no tribunal, me contou que um presidente famoso, Lyndon B. Johnson, tinha um chuveiro assim, com uma saída de água na altura da virilha. Lyndon B. Johnson, com um chuveiro pra lavar as bolas que nem o do Snooty Fox.

Os quartos menos chiques custavam dez dólares por hora. Eu negociava com o cliente e dizia que o quarto custava vintão ou trinta por hora e ficava com a diferença. Mas a gente só ficava no quarto uns vinte minutos. Eu recebia um cliente atrás do outro, às vezes cinco numa hora.

Uma noite a senhora coreana da recepção vem e bate na porta enquanto eu estava com um cliente. Ela estava gritando. "TIOS DEMAIS! TIOS DEMAIS!"

O que ela está falando?, o cara me perguntou — ele não tinha ideia do que estava acontecendo. Eu rolava de rir.

Depois acabei mudando para o Hub Motel no Long Beach Boulevard em Compton, onde não ligavam para o número de tios que eu levava pro quarto. O Long Beach Boulevard foi onde conheci o Rodney, bem ali no Hub. Não o motel. Hub também significava Compton.

Eu estava com a Green Eyes e a gente tinha acabado de trabalhar e queria comprar uma pedra, mas o meu traficante não estava por ali. A Green Eyes disse que conhecia alguém e a gente foi até um apartamento onde esse traficante morava. A gente entrou, e o traficante era o Rodney. Achei ele a pessoa mais feia que eu já tinha visto. Ele vai até a Green Eyes, "Quem é essa?", apontando pra mim, e a Green Eyes diz tipo, essa aí é a Sammy. E ele me diz de um jeito seco, rude, "Gosta de fruta?".

Fiquei olhando pra Green Eyes esperando que ela fizesse um gesto, tipo, como é que eu devia responder uma coisa dessas, porque a gente estava atrás de uma pedra e você não consegue prever como é a pessoa antes de comprar dela algumas vezes. Eu estava esperando que a Green Eyes fizesse um gesto, tipo, o que é que eu faço? Gosto de fruta? E a Green Eyes sussurra, "Diz que sim, sua burra".

Olha só, ele estava me fazendo uma pergunta *pessoal*. Ele me pegou de guarda baixa. Por que esse cara queria saber do que eu gostava?

Ele diz, "Quer laranja ou maçã?".

Eu disse que só gostava de morango e melancia, que essas eram as minhas frutas preferidas. A gente saiu com a nossa pedra, eu e a Green Eyes. Depois eu estava no ponto de ônibus trabalhando, e um carro para e eu negocio, mas o cara não tinha grana suficiente e deixo ele ir embora. Outro carro vai parando bem devagarinho. A janela abre e é o Rodney. Diz que posso acabar me machucando na rua e que é melhor tomar cuidado. Eu não tinha cliente, por isso concordei em ir com ele até a loja. Ele me comprou morango e a gente levou pra casa dele. Passei a noite inteira lá, fumando pedra, conversando, comendo morango, e foi aí que começou. Agora ele tem meu nome tatuado em vinte e seis partes diferentes do corpo.

Rodney era de Gonzales, na Louisiana. Morou em Angola dos dezessete aos vinte e dois. O bigode serve para cobrir a cicatriz que deixaram nele com o chicote que usavam nos cavalos. Ele teve que trabalhar plantando quiabo. Os pés dele se acabaram de ficar sem bota de borracha na água. Quando saiu de Angola, foi banido do estado. Ele levou a Louisiana com ele para Compton. Ele era rústico e supersticioso. Nada de cozinhar se você estiver menstruada. E sua ideia de limpeza era obsessiva. Era bem parecido com o jeito como muita gente age aqui dentro, inclusive eu. Eu gosto de limpeza. É uma maneira de ter algum tipo de controle, imagino. Mas sei rir disso. É engraçado que a maioria de nós se vendia pra manter o vício em crack, vivendo em barracas e cagando em baldes nas quebradas, mas aqui dentro, como chefes, a gente obriga as outras mulheres a tomar banho três vezes por dia e a alvejar o banheiro depois de escovar os dentes. A gente comanda isso aqui como se fosse o Exército, com regras e inspeções e gente gritando, e normalmente sou eu que fico encarregada disso. Vou pegar pesado com você se sobrar uma gotinha de água na pia.

Rodney me batia que nem se eu fosse cachorro. Eu realmente achava que ele fazia isso porque me amava, que era uma forma de cuidar de mim, tipo o lado implacável do carinho e do amor. E eu era viciada. Eu era como toda menina perdida é com o seu traficante, mulheres aleijadas pela droga, e esses fodões usando grana e poder pra controlar a mulherada.

Rodney tinha suas excentricidades. Era um cara estranho. Só comia coisas leves: nada de sal, ketchup, pimenta. Não bebia, não usava drogas, não ouvia rap nem R&B. Nada mesmo. O negócio dele era dinheiro. Era isso. Grana. Mais nada.

De manhã eu levantava e tomava uma Olde English. Rodney tomava leite, e era assim que cada um começava o dia. A gente vendia junto; eu fazia o turno da noite. A gente tinha três portas de segurança na entrada do apartamento, uma, duas, três, pra ninguém roubar a gente. E a gente mantinha o nosso material e a nossa grana e armas num cofre que ficava no chão, debaixo da geladeira, que tinha um painel que dava pra levantar, pra chegar no cofre. O cara que instalou isso fumava, então a gente pagou em pedra, como pagava todo mundo. Mantenha todo mundo usando, exatamente como aqui dentro. Eu mantinha a minha cela inteira usando, dava droga de graça pras minhas companheiras de cela, só pra ninguém me dedurar.

Rodney era respeitado em Compton, mas não era de nenhuma gangue. Ele tinha uma autorização. Um passe. Tinha permissão pra vender e eles deixavam passar, mas ele trabalhava sozinho, como autônomo. Não é todo mundo que consegue trabalhar solo assim, mas Rodney tinha conexão com gente importante nas gangues, tinha feito muito favor pra muita gente e conquistou seu status.

A maior parte das vendas rolava no apartamento de Rodney. A gente se encarregava das vendas. A gente nunca colocou molecada vendendo na esquina, como fazem hoje. O jeito como exploram essa meninada. Você acha um menino com ficha limpa pra vender pra você. Quando pegam o garoto ele não vai preso, por ser primário, mas ele deixa de ser útil e aí você pega outro menino. Vai de um em um e a garotada toda acaba tendo passagem. A gente só trabalhava com notas de cinco e de dez, porque eram as notas de vinte que os policiais marcavam. Lembro de uma menina que chegou com notas de um e o Rodney botou ela no olho da rua e disse pra nunca mais tentar comprar dele usando trocadinho.

Rodney e eu tínhamos dois Cadillacs. Um era cor de chocolate e tinha um retrato meu no capô, como se eu fosse a Virgem de Guadalupe, e embaixo estava escrito, "Deixa eu te contar tudo sobre o blues". Era comum que eu fosse a única latina no ambiente. Conheci muitas negras. Mas sempre me dei bem com todo tipo de gente; não fico falando só com gente de uma etnia. Falo com todo mundo. Rodney me levava em cassinos. As mulheres estão lá pra serem vistas. Fazem o cabelo e a unha todo dia. Se deixam de fazer o cabelo um dia, dormem com as mãos debaixo da bochecha pro cabelo não roçar no travesseiro. Você entra no cassino e está todo mundo comprando garrafas de Hennessy. Eles têm strippers no bar.

A gente gostava de viajar. Fomos pra Vegas. San Francisco. A gente sempre vendia durante as viagens, por isso a gente levava armas. A gente ia para Sierra Madre, onde tinha um estande de tiro clandestino pra praticar. Fica depois da pedra grande lá em cima. Você tem que ir com os caras que administram o lugar, numa estrada de terra, nas quatro por quatro imensas deles. Lembro que no topo do câmbio tinha uma caveira. Esses brancos doidos. Eles vendem armas quentes e sem passagem pela polícia. Nós compramos uns SKS que vieram direto do Irã. O coice era sensacional. Eu atirava melhor que o Rodney.

Às vezes a gente não concordava sobre o método de fazer negócios. Um dia tinha um cara pintando um prédio na esquina perto do nosso apartamento. Ele estava pintando a parte de fora e começou a conversar com Rodney e a trocar informações. Mais tarde o cara — um branco — liga e diz que quer comprar uma quantidade imensa de cocaína, mas não pode sair de Laguna Niguel e quer que a gente vá até lá. Pra mim era evidente que se ele estava num lugar tão longe como Laguna Niguel e se fosse um comprador de verdade, o cara ia ter alguma conexão lá. Por que ele precisava da gente? Achei que ir até lá era um risco desnecessário, mas o Rodney teimou porque achou que a venda podia expandir o negócio dele. Fomos. Era uma região chique, bem como Rodney suspeitava. As casas tinham grandes entradas pra carro com um interfone na parte de baixo. A gente vai até o interfone e diz quem é e o portão abre sozinho, na hora. A gente sobe num veículo automotor até uma casa com um trecho de asfalto circular na frente, e o cara sai. Ele entrega o dinheiro pro Rodney e o Rodney entrega a droga. A próxima coisa que eu vejo é essa gente saindo das árvores. Vinte ou trinta deles, todos de preto, com máscaras. Tinha uma arma apontada pra minha cabeça. Eu estava com um cigarro Camel apagado na boca. O cigarro tremia, subindo e descendo, balançando loucamente. Eu não tinha medo de ser presa. Cacete, medo nenhum. Já tinha sido presa doze vezes àquela altura e pra mim isso era parte da vida. Achei que aquele cara fosse atirar na minha cabeça, foi por isso que me assustei. Arrancaram o Rodney do carro e jogaram spray de pimenta nele. Cada um de nós pegou oito anos. O cara de

Laguna Niguel estava devendo. Armou pra gente pra livrar a dele. Apareceu no tribunal e identificou nós dois para a promotoria. Sem vergonha.

Rodney nunca tentou se vingar disso, mas podia ter se vingado. O que você faz é contratar um detetive particular pra encontrar o X-9. É assim que os detetives conseguem boa parte da clientela em Los Angeles. As pessoas acham que o trabalho deles só tem a ver com traição conjugal. Nada. A maior parte do trabalho deles vem de traficantes e de gente de gangue que precisa encontrar alguém. Às vezes é para intermediar um assassinato. Os detetives sabem não fazer perguntas. Encontram a pessoa e pronto, saem de cena porque a parte deles já acabou. Óbvio que eles sabem o que acontece depois. Se não for um assassinato, o X-9 é levado pra uma garagem de tortura pra aprender a lição. As garagens ficam em locais secretos espalhados por todo o sul de Los Angeles. Já estive em duas delas. Eles te penduram no teto. Não é aí que você quer acabar.

Rodney não precisava de uma garagem de tortura pra me punir e me controlar. Agora a gente parece velho, ele e eu, tipo, não liga mais um pro outro.

Depois que fugi do Keath, sabia que iam me pegar. Não me importei. É difícil viver nas ruas. Na prisão você pode ser alguém. A vida tem uma ordem se você souber cumprir sua pena, e eu sei. Sou uma especialista. Viver numa barraca é uma coisa temporária. Você faz isso até voltar pra prisão. É exatamente assim que as coisas funcionam.

O que aconteceu comigo é que eu cansei. Ser viciada é correria constante, dá um trabalho danado. Quando estava na cadeia, depois de me pegarem, tive que parar porque não tinha acesso. Depois de parar, eu soube, simples assim, como se uma luz tivesse acendido. Eu ia ficar limpa. Dessa vez a vida seria diferente.

14

"Srta. Hall, dá pra parar de chorar, srta. Hall?" Se uma presa não consegue parar de chorar, eles fazem um xis num quadradinho do formulário de risco de suicídio. Não que eles quisessem salvar uma vida. Só tentavam evitar toda a papelada e uma investigação interna.

Tinham me levado pra uma parte diferente da penitenciária, a enfermaria, onde ninguém podia me ouvir além do guarda do turno. Eles seguiam protocolos ditados por um manual de comportamento. Eu estava sozinha numa cela sem nada, sem roupas e sem lençóis na cama, numa ala onde botam os doentes mentais.

Minha mãe tinha ficado sentada no tribunal, incapaz de me salvar, mas num certo sentido ela tinha me salvado, simplesmente por existir. Agora eu não tinha ninguém por mim, e o Jackson não tinha ninguém por ele.

Naqueles dias, no monitoramento de suicídio, entendi como alguém pode vir a acreditar que o jeito de se vingar daquelas pessoas é se matando. Receber apenas colheres e comida molinha, sem garfo ou faca, força a mente a pensar de que modo um utensílio proibido pode ser útil. Ficar sem lençóis e travesseiro sugeria como se asfixiar, com o quê, e amarrado a quê. Mas eu não era uma suicida. Pensava no Jackson, no que fazer, agora que estávamos órfãos.

Jackson era a semente de realidade no centro dos meus pensamentos. Eu conseguia ver o rosto doce e franco dele, que parecia ainda mais franco pelo cabelo lambido que dava um visual antiquado, quase como se ele estivesse com gel. Jackson não se penteava. O cabelo despencava naturalmente sobre a testa larga dele. Jackson era bonito como o pai. Ao contrário do pai, buscava sempre um jeito de ser feliz.

Quando a gente se mudou pra Los Angeles, Jackson ouviu a buzina do caminhão de verduras que estacionava na nossa rua e saiu correndo pra ver o que era aquela agitação. O motorista saiu e abriu a parte de trás. As velhinhas fizeram fila pra fazer compras em suas roupas de ficar em casa. Achei que o caminhão era um troço pros mexicanos e que Jackson e eu devíamos ir ao Vons fazer compras que nem os brancos. Mas Jackson insistiu pra ficar na fila. A gente comprou abacate, manga, ovo, pão e uma linguiça que o vendedor tinha pendurado no teto do caminhão, e a comida saiu pela metade do preço do Vons. Foi assim que a gente conheceu todos os vizinhos.

Jackson acreditava no mundo. Procurei o rosto dele com os olhos fechados. Senti o toque úmido da mão dele na minha. Ouvi a voz dele, senti o calor do seu corpo quando ele passava os braços em volta da minha cintura.

Me concentrei na semente que era Jackson, na sensação dele. Nada que eles fizessem podia tocar naquela semente. Só eu podia tocar nela, tocar e ficar perto dela.

Não havia como entrar em contato com ele. Eles não me contavam nada. Ele precisava de mim e não havia nada que eu pudesse fazer. Eu ficava deitada na minha cela nua e minúscula e tentava ver o Jackson, visitar o meu filho.

Jackson queria que eu soubesse coisas que ele sabia, estudasse o que ele estudava, e por isso ele me testou sobre colunas quando aprendeu sobre elas num livro de colorir grego que minha mãe deu pra ele. Se tivesse um monte de desenhos no topo, eu sabia que tinha que chutar "Coríntia". Ele fazia perguntas como se eu fosse alguém em quem ele pudesse confiar pra saber a verdade. "O calcanhar é essa região toda do meu pé ou só essa parte de baixo?" Ele fazia que sim com a cabeça quando minhas respostas correspondiam ao mundo que ele estava construindo em sua mente, com os nomes e as definições corretas, com os fatos. Testando os fatos que ele sabia. "Mãe, aquele gato não deve ser de ninguém, porque está sem coleira." Quando viu um homem descer a Alvarado Street batendo com um taco de golfe nos postes de luz e depois na lateral do ponto de ônibus, Jackson disse que o cara tinha um problema dentro do cérebro, que era uma doença e que torcia pra ele melhorar.

Jones, designada como minha conselheira, veio ver como eu estava. Conselheira não significa que a pessoa dá conselho. A conselheira da prisão determina sua classificação de segurança e o momento que você pode ser transferida para a população carcerária geral. A conselheira faz observações sobre você e relata para o conselho penitenciário, caso você esteja prestes a pegar condicional. As conselheiras têm um poder imenso sobre o que acontece com a gente, e são sempre umas cuzonas.

Perguntei pra Jones se existia um jeito de saber se o Jackson estava bem. Ele ainda estava num hospital? Que tipo de machucado ele tinha?

"Existem regras de privacidade nos hospitais, Hall", Jones disse.

"Você tem filhos, tenente Jones?"

"Só o tutor legal dele ou um advogado designado pelo tribunal pode verificar se ele está no hospital", Jones disse. "Você não é tutora dele, Hall."

"Mas quem é a tutora dele? Eu preciso descobrir como o meu filho está."

Ela se afastava da minha cela. Ajustei o tom da voz, torcendo pra ela voltar.

"Por favor, tenente Jones. Por favor."

Estava acontecendo. Eu fazia uma voz de menininha pra implorar a uma sádica.

Jones parou, fingiu reagir com decência.

"Srta. Hall, eu sei que é difícil, mas a sua situação se deve cem por cento a escolhas e a ações feitas pela senhorita. Se a senhorita quisesse ser uma mãe responsável, teria feito escolhas diferentes."

"Eu sei", eu disse, lágrimas aterrizando no piso da minha cela. Estava de quatro no chão da cela, com o rosto na portinhola, que era o único modo de me comunicar com quem estava no corredor.

Tentei pensar no que a Sammy faria. Ela não ia chorar. Mas era difícil evitar. Jurei que ia parar.

Me concentrei em tentar sair da ala psiquiátrica e voltar pra solitária e depois sair da solitária e ir pra população carcerária geral, pra tentar telefonar, encontrar um advogado, obter informações, fazer alguma coisa.

Sonhei uma noite que eu estava na cama de Jimmy Darling, no rancho em Valencia. Jackson estava dormindo numa cama de armar. Jimmy tinha acabado de ter um pesadelo, ele disse, em que a polícia me levava presa. Ele se agarrou em mim, feliz por não ser verdade. Também fiquei feliz, mas aí acordei com lâmpadas brancas protegidas por grades no teto.

Jimmy não me amava daquele modo. Quando a polícia da vida real me levou, ele me abandonou no passado. Eu soube quando ouvi a voz dele no telefone da cadeia.

Você não pode ficar no monitoramento de suicídio pra sempre e não pode ficar na solitária pra sempre. Eles precisam das celas pra outras pessoas que querem enfiar na solitária. Três meses depois da morte da minha mãe e quatro meses depois da Noite da Corrente, voltei para a população geral, na ala C, unidade 510.

Uma unidade tem duzentas e sessenta mulheres, em dois andares com uma área aberta comum e um posto policial no centro. As celas eram grandes, muito maiores que as da solitária, e lotadas de beliches. Cada cela tinha sido planejada pra quatro mulheres, mas tinha oito.

Fiquei contente em saber que estava na cela de Conan e triste em saber que era também a cela de Laura Lipp.

Ela se aproximou quando eu estava pondo lençol no colchão.

"Olá, meu nome é Laura Lipp e eu sou do Apple Valley."

Continuei arrumando a cama.

"Fica no deserto de Mojave. É mais seco que um osso e não tem maçãs. Mas tem um Applebee's."

Laura Lipp não se lembrava da nossa viagem de oito horas juntas no ônibus. Não perguntei, não ia insistir na intimidade.

Eu estava colocando os meus poucos pertences, as fotos do Jackson, no meu pequeno armário, quando outra companheira de cela entrou. "Nã-nã-não!", ela gritou, olhando pra mim. "Nada de vadia caipira nesta cela. Cai fora, porra." O nome dela era Pingo. Era imensa e ia me destruir se eu brigasse com ela, mas o Conan me defendeu.

"Ela é legal. Eu cuido dela." Eles saíram para o corredor pra conversar.

"Mas acho que o Applebee's fechou", Laura continuou como se nada tivesse acontecido. "Muita coisa mudou por lá. Nunca pra melhor."

Dei uma de Fernandez e mandei ela calar a boca.

"Mas a cidade tem história", ela disse, se afastando cuidadosamente, fora do alcance do meu punho, só pra garantir. "Era um lugar ótimo, mas foi só ladeira abaixo. Antes a gente era uma região de caubóis. Vinha gente do país todo por causa do Roy Rogers. Tinha um museu pra ele com uma exposição monstra de todas as iscas de pesca dele. Ele era o dono da Pousada Apple Valley. Meu pai levava a gente lá pra almoçar no domingo. Era uma época tranquila. Não existia problemas tipo hoje. Sabe com o que as pessoas se preocupavam? Eletricidade estática. Esse era o grande medo na tevê e na cabeça das pessoas. Eletricidade estática."

Conan e Pingo voltaram. "Não deixe nada pra fora do armário!", Pingo gritou, mas num tom ligeiramente mais simpático, como se estivesse conformada em me deixar ficar. "E ninguém usa água, abre a torneira ou dá descarga até eu acordar de manhã."

Button Sanchez, que teve o bebê na recepção, também estava na nossa cela. As outras três mulheres lá eram o que Sammy chamava de indeterminadas. Mulheres cumprindo penas curtas, que cuidavam da própria vida e evitavam problemas.

Por que eu era uma caipira e a Laura Lipp não, taí uma coisa que eu não entendia, até descobrir que a Laura pagava um aluguel pra Pingo para ficar na nossa cela. Sendo assassina de bebês, ninguém queria a Laura, então talvez fosse a única escolha dela.

No jantar vi a Sammy na fila do refeitório e tentei falar com ela. Ela olhou pra mim e fez que não com a cabeça. Um policial apontou a lanterna para mim. "RETIRE A SUA BANDEJA", a voz dele ressoou no microfone. Eles te dão dez minutos pra comer a comida de bosta deles, e você tem que comer em silêncio. Basicamente, quem vai no refeitório é quem não tem grana. Pingo comia sempre na cela, se servindo do estoque de comida da cantina que tinha, tigelas de miojo em que jogava água e aquecia com um rabo-quente improvisado.

Naquela noite botei meu nome numa lista e esperei na fila para usar o telefone da área comum. As pessoas gritavam no telefone porque outras pessoas gritavam do lado delas. Os cartazes nas paredes cinzentas eram os mesmos da área de triagem, aqueles pedidos em letra cursiva: *Senhoras, não resmunguem. Senhoras, informem aos funcionários caso apresentem sintomas do norovírus*. Mesma tinta de tom rosa sujo nas portas e corrimões, uma cor provavelmente usada com a intenção de relaxar esse bando de idiotas encarceradas que éramos. A fila dos telefones andou rápido porque as pessoas para quem as presas ligavam não estavam atendendo. Liguei para o número da minha mãe. Minha mãe tinha uma conta com a Global Tel Link, a empresa que monopoliza os telefonemas das custódias e prisões. Você não consegue falar com um número que não tenha conta da Global Tel Link. Eu sabia que ela havia morrido. Mesmo assim, precisava tentar. Não consegui. Todos os defensores públicos têm Global Tel Link, por isso liguei para o advogado do Johnson, mas ele não atendeu.

Fiquei vários dias entrando na fila do telefone e esperando e ligando para o advogado. Depois de oito tentativas finalmente consegui falar com ele. Implorei pra ele me ajudar a conseguir informações sobre o Jackson.

Ele disse que ia tentar e me pediu pelo menos uma semana. Quando afinal consegui falar com ele de novo, ele disse que tinha tentado descobrir quem estava cuidando do caso do Jackson, mas que ainda não tinha descoberto. Esse trabalho, ele disse, na verdade era para um advogado de casos de família.

Será que o Estado designaria um pra mim?, perguntei, tentando controlar o tom de voz, não soar nem brava nem desesperada.

"Ah, não", ele disse, e na brecha em que eu poderia ter posto alguma pressão nele, como se fosse obrigado a me ajudar, ele avançou naquele silêncio e disse que estava incrivelmente ocupado com a montanha de casos designados a ele e que eu não estava entre esses casos e que ele precisava desligar.

Assim que passei a ter direito, tentei arranjar um trabalho na penitenciária. Foi conselho da Sammy. Sammy não estava na minha unidade, mas estava na ala C, o que significava que a gente podia se encontrar no tempo livre. "As brancas ficam com os melhores trabalhos", ela disse. "Você pode arrumar um trabalho de escritório, sentar debaixo de um ar-condicionado e datilografar cartas, enquanto a gente, as negras e as pardas, precisa tirar absorvente usado do filtro da fossa séptica por oito centavos a hora. Aproveite."

Era verdade que as presas que faziam trabalho de escritório eram todas brancas. Tentei uma vaga dessas, mas você tem que ter ficha com bom comportamento, e os policiais tinham que gostar de você.

Sammy, Conan e eu fomos mandados pra oficina de carpintaria, que estava contratando a vinte e dois centavos por hora: uma boa grana. Conan ficou se gabando que com o salário ia investir num equipamento de tatuagem, começar um negócio e fazer arte no próprio corpo. A gente estava na área comum, em cadeiras, esperando o filme de sexta à noite começar. A sessão atrasou porque o filme que tinham programado trazia palavrões. Tiveram que trocar por *Conduzindo Miss Daisy*, que já tinham passado na sexta anterior.

"Que tatuagem você quer?", Sammy perguntou pro Conan.

"Uma imagem grande pra cacete do Saddam Hussein", Conan disse. "Desenhada bem aqui." Ele mostrou o bíceps. "Só pra aporrinhar esses pau-no-cu."

Dois policiais da unidade tentavam fazer o projetor funcionar.

"Apoie os nossos soldados!", Conan berrou.

"Cala a boca, porra!", alguém gritou. O filme estava começando.

Todas as minhas companheiras de cela conseguiram empregos na oficina de carpintaria, menos Button Sanchez, que pela lei era muito nova pra ter um emprego. Agora ela estava sem barriga. No rosto não havia qualquer tristeza que eu conseguisse identificar. O bebê tinha sido levado. Ela frequentava aulas e, depois da escola, brincava com seu coelho de estimação, que tinha encontrado no pátio principal e resolveu treinar.

O coelhinho tinha uma caixa debaixo do beliche onde ela dormia, forrada com absorventes íntimos picados, como se fosse um ninho. O bichinho sabia onde fazer cocô. Ela levava o coelho pra aula com ela, escondido no sutiã estatal. "Eu sou a mãe dele", dizia. Costurava roupinhas pro coelho. Fez uma coleira. Levava o coelho escondido pro pátio principal pra ver os priminhos. Às vezes ele mordia a dona, e ela também era mordida pelas pulgas e pelos ácaros que viviam nele. Pingo mandou a menina se livrar do coelho. Cada cela de oito presas tinha uma Pingo. A mulher mais forte da cela que ditava as regras. Pingo ameaçou expulsar Button, botar a menina no corredor, com o colchão, o coelho e tudo. Button e Pingo tiveram um arranca-rabo. Button era pequenininha e Pingo era imensa, mas as mais novas levam uma vantagem deslavada. Se tiverem chance, elas batem na sua cabeça com um pedaço de pau. Button partiu pra cima, brigou com a Pingo usando uma chapinha de alisar cabelo. O coelho ficou.

"Arrume o que fazer pra não ficar com a cabeça ociosa", Sammy me disse. Ela tinha conhecido muitas mulheres na minha situação. Embora isso fosse terrível, me consolava saber que não estava sozinha. Outras mulheres encontraram um jeito de sobreviver àquilo. Eu estava na cadeia de Los Angeles quando as torres do World Trade Center desmoronaram. Isso aconteceu logo depois que fui presa. A gente não tinha acesso ao noticiário, mas as pessoas ficavam sabendo dos detalhes pelos parentes, pelo telefone. Todo mundo estava desesperado, a não ser uma menina que disse que sentia um alívio em saber que a vida dela não era a única arruinada. O pessoal pegou no pé dela, mas eu entendi o que ela queria dizer.

"Vocês eram próximas?", Sammy perguntou sobre a minha mãe.

Eu disse que não.

Ela era saudável?

Não.

"Uma hora provavelmente você ia precisar de outro tutor pro menino. Não dá pra controlar as coisas que acontecem no mundo livre."

Eu podia pegar o dinheiro que ganhei trabalhando e comprar selos e começar a entupir as repartições públicas de cartas sobre o Jackson, Sammy disse. Ela disse que me ajudaria. A biblioteca tinha listas com endereços das repartições. "Você precisa lidar com o que tem", ela disse. Era o lema dela.

No nosso primeiro dia na oficina de carpintaria, o supervisor da seção industrial da penitenciária disse que a gente ia adquirir habilidades excelentes, que ajudariam a conseguir emprego depois de sair de lá.

"E quem não tem data pra sair?", Pingo perguntou.

"Normalmente gente nessa situação não pode trabalhar nas oficinas da penitenciária", ele disse. "Normalmente a gente não tem permissão pra usar o trabalho de vocês, porque vocês não precisam do treinamento, já que não vão sair, e aqui tudo é voltado para treinar as pessoas pra trabalhos lá fora. Mas a gente tem um monte de pedidos pra atender, por isso vocês deram sorte. Vocês vão aprender a fazer móveis aqui e, acreditem, um carpinteiro que trabalha com acabamento ganha uma boa grana."

Conan ficou impressionado com a oficina. "Caceta, a gente pode usar madeira de verdade? Serra circular? Guia de corte? Em Wasco a oficina nem é de verdade. A madeira lá era só aglomerado. Você cola as peças. Essa é a única ferramenta que você tem: cola. Não dá nem pra bater um prego senão aquele troço racha e desmancha. A gente não aprendia nada. Eu disse pro supervisor, Você fica falando sobre fazer acabamento e a gente não faz coisa nenhuma que vocês ensinam. Ele diz, 'Isso é porque vocês são uns animais e se a gente der ferramentas pra vocês, vocês vão se matar'. Eu pergunto pra ele, O que a gente vai aprender aqui? E ele diz, 'Vocês estão aqui pra aprender a trabalhar. A chegar no horário. A serem trabalhadores'. Como se isso existisse. A gente não aprendia porra nenhuma lá na oficina em Wasco. A gente cheirava cola o dia inteiro. Aí passaram a usar uma cola que não servia nem pra cheirar. Sem Cheiro, era o nome, esse era o nome daquilo, Cola Sem Cheiro. Não dá pra cheirar aquilo. Não faz nada. Nada de ferramenta elétrica, nada de curva de aprendizado, nenhum barato. Mas era melhor que as outras oficinas da penitenciária. Na do lado, o pessoal fazia óculos de segurança pras indústrias dentro de penitenciárias. E no prédio ao lado, faziam *botas* pras indústrias dentro de penitenciárias."

Fui designada para uma bancada.

"Sou cem por cento nórdica", minha nova parceira de bancada disse.

A Nórdica tinha um metro e oitenta, cabelo loiro comprido dividido em várias tranças. A cabeça tatuada de uma águia careca saía do topo do macacão da oficina de carpintaria dela. A águia no peito tinha uma bandeira americana no bico. Parecia furiosa, mais furiosa do que as águias normalmente parecem.

O supervisor colocou Laura Lipp comigo e com a Nórdica.

"Posso mudar de lugar?", perguntei.

"Não", ele disse.

"Graças a Deus", a Nórdica disse. "Brancas." Ela olhou para Conan, Pingo, Reebok, as três negras com quem eu tinha entrado. "O que vocês acham dos pretos?", perguntou pra mim e pra Laura Lipp.

Laura Lipp, entusiasmada com este fato raro, alguém fazendo uma pergunta para ela, se apressou em responder. "Ah, eu tento não dar importância pra cor da pele, mas nem sempre. Quer dizer, teve gente que precisou ir mais longe para..."

"Você deixa um crioulo comer sua boceta? É isso que eu preciso saber."

Laura até ficou sem ar. "Cruz credo, não!"

"Eu sou a chefe desta bancada e preciso saber quem é quem", a Nórdica disse.

"Bom, já que você tocou no assunto, eu concordo quanto a relações sexuais, já que meu marido era hispânico e foi um desastre, arruinou a minha vida, mas talvez você se interesse em saber que eu desmaiei uma noite e as meninas que vieram me ajudar eram negras e..."

A Nórdica ignorou Laura Lipp e passou para mim.

"Você gosta de Iron Maiden?", ela perguntou. "É isso que eu toco."

"A gente tem um rádio?"

"Eu sou o rádio nesta parte da oficina."

Naquela tarde, a Nórdica ficou murmurando. "Run to the Hills" e "Iron Man" tocavam em looping. Eu estava de novo no Ensino Médio. Mas quando perguntou de onde eu era, fez que sim com a cabeça, e disse, "Frisco, bacana", eu lembrei que estava bem longe do meu lugar de origem. Não perguntei nada pra ela. Não dava a mínima pros detalhes dos carros rebaixados dos seus irmãos e namorados nazistas em San Bernardino ou sei lá onde. Isso é esnobismo, mas existe uma diferença cultural. O Sunset District não era exatamente chique, mas a gente ficava do lado de Haight-Ashbury, e por causa dessa proximidade com culturas mais esquisitas a gente não era totalmente sem noção, apesar de alguns de nós terem virado supremacistas brancos, tipo o Dean Conte, um menino infeliz do Ensino Médio que era o alvo preferido dos outros. Dean Conte tinha tentado várias soluções por não se ajustar ao grupo. Foi nerd, new waver, skatista, punk pacifista, punk hardcore, acabou virando skinhead e, finalmente, neonazista de terno e gravata. Na fase careca, Dean e seus amigos arruinaram a feira da Haight Street. Perto das seis da tarde, quando a feira estava acabando e o pessoal carregava o palco e as mesas dos vendedores para os caminhões, noventa por cento do ar se tornou garrafas de cerveja, uma zona de batalha na altura da testa, graças aos skinheads. Antes disso, quando foi nerd, Dean convidou uma meninada que matava aula pra ir ao apartamento do pai dele na Hugo Street, e a gente tomou toda a bebida do velho e ateou fogo nas cortinas. Tinha esquecido esse dia até ver o Dean adulto na tevê. Ele estava num programa de entrevistas como porta-voz de um grupo de supremacistas brancos. Um dos skinheads que estava no programa atirou uma cadeira no apresentador e quebrou o nariz dele. Dean ficou famoso. Mesmo assim eu continuava vendo o menino que havia no homem. Não estou justificando suas ideias. É só que ele era uma pessoa que eu conhecia. Ele era apaixonado pela Eva, e a Eva era filipina, mas isso não impediu que Dean gostasse dela. É sempre assim. Conheci um cara no Ensino Médio que acabou preso e entrando para a Irmandade Ariana. Esse cara que entrou para a Irmandade Ariana tinha uma namorada negra e filhos mestiços. As coisas são mais complicadas do que algumas pessoas estão dispostas a admitir. As pessoas são mais burras e menos demoníacas do que alguns estão dispostos a admitir.

Antes do almoço, Laura Lipp furou a própria mão com a furadeira e precisou ir pra enfermaria. Para ela a oficina de carpintaria tinha acabado. A Nórdica disse que era o castigo dela por ter casado com um cucaracho. A Nórdica estava presa havia tanto tempo que não sabia que esse insulto estava fora de moda, que ninguém mais falava assim, e isso me deixou inesperadamente triste por ela.

Não sei se isso era certo ou errado, mas Jimmy Darling e eu tínhamos o hábito de às vezes sentir pena de gente intolerante.

Tipo a mulher solitária que trabalhava de garçonete num bar vazio, que a gente conheceu andando de carro perto de Valencia, onde Jimmy dava aula. A gente gostava do desafio de encontrar alguma coisa que valesse a pena no meio daquele comércio do inferno. Uma noite a gente passou por um estacionamento de trailers em Santa Clarita com uma placa deteriorada que dizia VIDA ADULTA. Cara, Jimmy disse. As coisas que você pode encontrar. Ficamos especulando que talvez as pessoas tomassem banho em boxes de vidro naqueles trailers. Colchões d'água. Era um lugar para adultos. Só para adultos. Achamos um boteco numa estradinha abandonada também praticamente abandonado. A garçonete disse que estava comprando o ponto, mas que não queria clientes mexicanos.

"Um mexicano te apunhala na primeira oportunidade, assim que você der as costas", ela disse. Perguntou como a gente achava que conseguiria atrair mais brancos.

"Vendendo sanduíches", Jimmy disse.

"Porra, boa ideia."

Ela e Jimmy ficaram trocando ideias sobre a lanchonete dela. "Picles", o Jimmy disse. "Batatinha frita." Ela não sabia se ele estava falando sério. Ele estava e não estava falando sério.

Na parte alta da parede da oficina havia folhetos com fotos dos móveis orgulhosamente fabricados por detentas da oficina de carpintaria das indústrias da penitenciária de Stanville.

Eis o que fazíamos:

Mesas de juízes. Bancadas de jurados. Portas de tribunais. Cadeiras de testemunhas. Atris. Martelos de juízes. Painéis de madeira para as salas dos juízes. Jaulas de madeira para acusados que estão sob custódia. Molduras de madeira para o carimbo dos juízes e poltronas para os juízes, que depois passam para o estofamento, nosso vizinho.

Embora não constasse dos objetos que fazíamos para o Estado, alguém, em algum momento, havia construído uma carteira infantil, como aquelas de escola, com uma dobradiça para que o topo abrisse, para guardar coisas nela. Havia uma cadeira que fazia jogo com a carteira. As duas peças ficavam na entrada da oficina. "Aquela carteira me deixa triste", Conan disse. Me treinei para não olhar pra ela.

Quando eu começava a pensar sobre minha mãe, morta, verdadeira e genuinamente morta, lembrava que Jackson não estava morto. Ela estava, mas ele não. Eu me prendia a essa forma minúscula de alívio.

Nos fins de semana a Sammy e eu íamos pro pátio principal. A visão de milhares de pessoas vestidas do mesmo jeito é de fato impressionante da primeira vez.

As pessoas se aglomeravam em grupos, conversando e se divertindo, jogando basquete ou handebol. As meninas levavam violões e tocavam pra pequenas plateias (era proibido formar grupos acima de cinco pessoas). Algumas pessoas se amontoavam pra usar drogas. Outras se pegavam nos banheiros químicos, ou ao ar livre, com vigias — antenas — vendo se algum policial se aproximava.

Era verão e o vento quente agitava nossas roupas soltas, que variavam do azul mais claro até o marinho e o brim com textura de jeans — nosso falso jeans. O brim não é falso. A parte que diz respeito ao jeans é que é. É uma calça de brim com um elástico na cintura e um único bolso torto e pequeno demais, e não é jeans no sentido que eu dou para a palavra.

Sammy e eu andávamos pela pista. Passamos pelas meninas 213 e todas acenaram para ela. O pátio principal tem códigos de área, exatamente como o Estado.

Havia cartazes em toda parte dizendo PROIBIDO CORRER EXCETO NA PISTA.

Se você corresse em qualquer outro lugar eles podiam atirar em você.

"Quem conseguiu o alicate de corte pra ela?"
"De quem você está falando?"

"Angel Marie Janicki."

"Cara, como ela era incrível", Sammy disse. "Era a mulher mais bonita de Stanville."

"Onde arrumou o alicate?"

"Equipe do mundo livre. Um cara. Chapado. Estou dizendo, ela era linda."

Ordens dadas pelo alto-falante, claras e firmes e altas.

"Você aí perto dos banheiros. Dá pra ver que está fumando. Apaga isso aí agora mesmo."

"Lozano, você está fora da área permitida."

Um caminhão dava a volta em torno da prisão, numa estrada de terra entre a cerca elétrica e a última cerca, mais externa.

"Copley, você deixou a dentadura perto da quadra de handebol." Risada audível dos outros guardas perto do microfone. "Copley, hehe, venha à sala de monitoramento pegar seus dentes."

Quando estava quente, os guardas basicamente ficavam na sala de monitoramento com ar-condicionado e observavam a gente com binóculos. Eles também faziam isso quando estava frio. O pátio é gigante e eles são preguiçosos.

"Qual ponto cego ela usou?"

"Atrás do ginásio. É por isso que a gente fica em regime de confinamento de vez em quando. A vida em Stanville se divide em antes e depois de Angel Marie Janicki."

"Eles não conseguem ver a cerca atrás do ginásio?"

"Não da Torre 1. Mas agora não precisa. Tem a cerca elétrica."

O caminhão que fazia a ronda levava pelo menos dez minutos para circundar o terreno. Talvez onze.

Como os guardas sabiam de quem era a dentadura: o número da presa está impresso na lateral, nas gengivas artificiais.

Passamos pela praia da baleia bem quando os guardas começaram a acabar com a festinha de banho de sol delas.

"Praia da baleia, nada de camiseta regata. Praia da baleia, eu disse nada de regata. Todo mundo de pé e se vestindo."

Não é muito gentil chamar o lugar de praia da baleia, mas é esse o nome, uma área além da pista de caminhada onde as mulheres passam óleo e fritam. As regatas são camisetas improvisadas usadas debaixo da roupa. É proibido andar com pele à mostra no pátio principal, mas as pessoas fazem isso mesmo assim, lambuzadas em óleo de cozinha ou na manteiga falsa que usam na cozinha central, uma marca chamada NÃO ACREDITO QUE ISSO NÃO É MANTEIGA! ou, como o Conan chamava, PUTA QUE PARIU, NÃO ACREDITO QUE ESSA MERDA NÃO É MANTEIGA.

Ninguém corre na pista, já que isso é uma prisão feminina e a gente não está treinando para matar. Ninguém tirando o Conan, que passou correndo por mim e pela Sammy.

"Acabei de matar dez mil mosquitos com a minha boca aberta!"

Ele se virou, correndo de costas, olhando pra gente.

"Tenta fechar a boca", Sammy disse. "Você não vai ter esse problema."

Uma policial passou apressada. "É proibido sentar nas mesas!", gritou. Também era ilegal sentar debaixo das mesas, que era o único jeito de conseguir sombra no pátio. Só é permitido sentar naquilo que o regulamento prevê.

Conan olhou pra policial que passou marchando brava. Ele balançou a cabeça aprovando.

"Meu, essa aí foi uma trepada diferente."

Em Stanville você pode presumir que a pessoa está mentindo se ela fala alguma coisa sem ninguém perguntar. Se alguém tiver perguntado, também deve ser mentira. As histórias de Conan tinham mais ou menos a altura da Torre 1 e da Torre 2, onde Fudds armados ficavam de olho na gente e comiam torresmo.

"Ela me diz, não quero que você use só a língua, quero que você *assopre* em mim como se eu fosse um kazoo. Foi isso que ela disse. *Como se eu fosse um kazoo.*"

A equipe de paisagismo trabalhava nas beiradas da pista com herbicida em spray. O trabalho dela era fazer do pátio uma vasta área homogênea de terra. "A gente mantém tudo bem arrumadinho", disse Laura Lipp, que agora pertencia à equipe do pátio. Uma leve camada de terra subiu e se espalhou, levada pelas rajadas de vento do vale, no momento que um policial novo chamado Garcia vinha na nossa direção.

Todo funcionário novo é alvo tanto das presas quanto dos policiais, mas o Garcia parecia particularmente vulnerável; dava a impressão de estar perdido ali no pátio principal, que são três pátios, o B, o C e o D: três mil presas com seis Fudds.

Fudd é o nome curto de Elmer Fudd, o Hortelino Troca-Letras dos desenhos do Pernalonga. Foi Conan que começou com isso.

"Ei, *Fudd-truck*", ele disse pro Garcia, que parou e olhou para decidir se fingia não ter ouvido Conan ou se lidava com Conan como um problema.

"Mas o que *é* um *Fudd-truck*?", Conan disse para ninguém em particular, sua plateia de sempre.

"A piada é que o nome faz você quase dizer FODE, né? Mas, então, o que é um FODE-TRUCK? Eles inventam esses nomes e todo mundo fica fingindo que essas coisas existem, tipo, na história. Como se o *Fudd-truck* fosse uma espécie de super-tradição familiar."

"A minha família *sempre* comia em *Fudd-truck*", Laura Lipp disse como se estivesse corrigindo alguém, enquanto passava herbicida com seu spray.

"A gente ia no Hooters", Conan disse.

"Com a sua *família*?", Laura sacudiu a cabeça.

"Com a minha namorada e os filhos dela", Conan disse. "Eles têm um cardápio legal pra crianças. Mas, ei, vocês já repararam que aquele O do logo do Hooters é o mesmo O do IHOP? Eu trabalhei como cozinheiro no IHOP. Para fazer as panquecas, você só acrescenta água numa mistura. Não é a Casa Internacional das Panquecas, é a Casa Internacional do Basta Acrescentar Água."

Trabalhei de garçonete no IHOP logo depois que terminei o Ensino Médio. Era uma das muitas coisas que Conan e eu tínhamos em comum. Eu era a garçonete 43, e os cozinheiros chamavam, Quarenta e três! Seu pedido está pronto! O que, como eu só percebi mais tarde, vinha me preparando para este lugar.

Para trabalhar no IHOP, primeiro você vai ao Walmart ou algum lugar do gênero para comprar sapato de trabalho. Lá você vai perceber, caso ainda não saiba, que a maioria dos sapatos de tamanho adulto que eles vendem são para trabalhar em obras ou hospitais, prisões, restaurantes e escolas, e os sapatos infantis são versões das mesmas coisas, só que para principiantes. Sapato de garçonete e de enfermeira e bota de trabalho. Cópias baratas pras pessoas que as escolhas são ter um emprego de bosta como esses ou fumar crack e passar para um nível bem mais baixo de sapato, feito dentro da prisão.

Esse novo guarda chamou a Sammy de lado e começou a fazer perguntas. Ele estava trilhando um caminho manjado: quero te conhecer melhor. É assim que os policiais daqui operam, todos eles dizem a mesma coisa do mesmo jeito: quero te conhecer melhor.

Tem policiais e funcionários que querem fingir que uma presa é sua namorada. Sammy já estava nessa do quero-te-conhecer-melhor com o chefe da manutenção, um civil que levava ela pra lá e pra cá na picape dele, comprava sanduíche pra ela na lanchonete dos funcionários e em troca eles iam até uma vala onde ele ficava passando a mão no jeans estatal dela. Ela também tinha um enfermeiro no Centro Hospitalar Penitenciário ("Chope", como a gente chama) que olhava os peitos dela toda semana e em troca dava tabaco. Conan tinha guardas, lésbicas ou héteros, que achavam Conan convincentemente masculino.

"Você me lembra alguém", Garcia disse para Sammy. "Lá na minha terra, na Filadélfia. De onde você é?"

"Filadélfia, sei", Conan interrompeu. "Você já reparou que aquele Sino da Liberdade tem uma fenda? E ninguém está nem aí. Exibem aquilo como se estivessem superorgulhosos e o troço tem uma fenda."

Garcia se virou da Sammy para o Conan. Era evidente o que ele queria dizer: dá o fora daqui enquanto estou seduzindo essa mina.

"Essas roupas que a senhora está usando fazem parte do regulamento? Porque estou vendo uma cueca boxer que não é permitida aqui. Eu podia anotar uma ocorrência por isso."

Eu estava saindo da revista do final de turno quando encontrei o professor do supletivo, o G. Hauser. Eu tinha me metido numa confusão na vistoria, quando disseram que eu estava fazendo o detector de metais disparar e inspecionaram todas as minhas coisas. Chegaram a abrir o sanduíche de salsichão que entregam pra gente num saquinho do lado de fora do refeitório pra levar pro trabalho. Tive que tirar a roupa e aturar uma busca numa pequena área protegida por cortinas, e quando saí eu estava muito puta. Mas quando vi o Hauser, alguma coisa mudou em mim, como se uma chave tivesse virado. Eu dei um oi amigável. Você não decide mudar o tom da sua voz intencionalmente. Acontece de um jeito automático. As necessidades são a caixa de câmbio da voz. As necessidades mudam a abordagem, ajustam o tom para que a voz fique mais aguda, mais simpática. Não foi calculado, mas tudo tinha mudado pra mim desde que eu tinha visto ele pela última vez.

"Ei", eu disse, "estava pensando se a gente ia se cruzar."

Eu tinha me esquecido completamente dele. Não tinha pensado nele nem uma vez sequer.

"Estou na ala C", eu disse, "e andei pensando naquela sua oferta de me arranjar coisas para ler. Seria ótimo."

Ele ficou empolgado, como se eu estivesse fazendo um favor pra ele ao pedir um favor pra mim. Conversamos e cada vez mais empolgado ele disse, "Por que você não frequenta meu curso?".

"A única coisa que eles ensinam aqui é preparação para o teste de conclusão do Ensino Médio. Qual é o nível de educação dos nossos guardas?"

"Verdade." Ele riu por um momento, disfarçadamente. "Mas como é a única coisa que oferecem, eu estruturo o curso em torno de leituras. Nós lemos e conversamos sobre livros. Tente ir. Eu adoraria se você participasse." Ele me disse o que fazer pra me matricular.

Sammy tinha razão de falar que ter um trabalho ia me impedir de desmoronar. De fato. Aquilo manteve meus pensamentos longe das coisas. Em vez disso, eu me concentrava, como todo mundo, no que havia para ser explorado.

Conan fazia caralhos de madeira na oficina de carpintaria. Ele iniciava esse trabalho assim que o supervisor começava sua maratona de leitura na mesa dele. Todo dia o supervisor levava um romance para o trabalho, sentava e lia compulsivamente. As capas dos livros tinham imagens sinistras e títulos em alto-relevo, tipo *Assassinada em dose dupla*. Eram sempre livros de papel de má qualidade, sujos e enrugados por causa da água, do tipo que as lojas dão de graça. O supervisor lia esses livros por sete horas consecutivas, dia após dia, enquanto Conan usava lixas e chanfradeiras para dar forma a suas criações. Ele e a Pingo disputavam pra ver quem fazia o melhor consolo. Os dois tinham contatos na cozinha central para conseguir pepinos de maneira ilícita. As cozinhas das alas recebiam os pepinos já cortados para impedir usos indesejados e ilegais dos mantimentos, ou seja, como consolos. As presas que trabalhavam na cozinha central vendiam pepinos inteiros por baixo dos panos.

A Nórdica fazia suásticas e pentagramas de madeira. A minha contribuição foi dar um upgrade na carne do almoço. Nos intervalos para as refeições comecei a tostar meu sanduíche de salsichão com o ferro em brasa que usávamos em todos os nossos produtos. Estava escrito APICAL, Autoridade das Penitenciárias Industriais da Califórnia, e eu era a encarregada do equipamento. Eu marcava o salsichão do meu sanduíche dos dois lados com o ferro e depois o pão do sanduíche também. O ferro tostava o pão e a carne perfeitamente. Eu tostava os sanduíches das outras pessoas em troca de sachês de café em pó. Aprendi a esconder o café na revista da saída do trabalho. Era assim que fucionava. Uma artimanha pra cada coisinha.

Aos sábados deixavam a gente ir na biblioteca. A única coisa que a gente podia pegar emprestado eram as Bíblias. A lista completa das nossas opções de leitura era formada pela versão do rei James e pela Nova Versão Internacional. Sammy e eu íamos lá toda semana pesquisar pra quem eu podia mandar cartas sobre o Jackson. Uma tarde, quando saía de lá, encontrei o Hauser de novo. Logo eu começaria a frequentar as aulas dele.

Não tem nada pra ler aqui, disse pra ele.

"Eu sei. Foi por isso que encomendei uns livros pra você. Não chegaram ainda? Tive que comprar pela Amazon, já que a gente não pode dar livros pra vocês diretamente."

Mentalizei as mãos da Sammy atirando a linha na água, cultivando uma vítima. Devagar, ela disse, você tem que ir devagar.

"Ainda não recebi", eu disse, mas as coisas demoravam. Eles tinham que separar a correspondência de três mil mulheres.

Continuei ligando pro advogado do Johnson porque ele era a única pessoa com quem eu podia entrar em contato, já que ele tinha Global Tel Link. Na maioria das vezes ele evitava atender, mas uma vez falou comigo. Disse que tinha novidades. Estava se aposentando, depois de trinta anos como defensor público, e eu não ia mais conseguir falar com ele naquele escritório.

O cerco se fechava: era difícil aceitar que isso fosse a vida real. Eu era a única pessoa que se importava com o destino de Jackson. Não sabia onde ele estava. Não tinha como falar com ele. Estava trancafiada numa penitenciária do Central Valley, sob a tórrida imensidão do céu ensolarado, olhando fixamente para as farpas entrelaçadas acima do arame farpado, contando o tempo que o caminhão levava para dar a volta completa ao redor da nossa grande clausura. Imaginando a brava e bela Angel Marie Janicki atravessando a cerca.

Eu ficava o tempo todo voltando a uma cena, de quando o Jackson tinha cinco anos. Era outono, e a minha mãe foi com a gente ao Tilden Park, na East Bay. Havia árvores sobre nós que tinham ganhado uma cor que eu podia ter usado para tingir meu cabelo, um magenta brilhante e vivo. Havia árvores com folhas douradas e escarlate. É raro ver isso na Califórnia. A minha mãe e o Jackson e eu sentamos e ficamos assistindo o vento sacudir essas árvores pintadas de cores brilhantes. Jackson estava encantado.

"Toda essa beleza para nada", minha mãe disse. "Amanhã elas caem."

"Mas depois que elas caírem", o Jackson disse, "vão nascer folhas novas na árvore, vovó, e elas vão ficar coloridas que nem essas." Aquilo ia seguir acontecendo uma vez depois da outra, Jackson disse, ao longo dos anos. A queda das folhas significava que novas folhas estavam por vir. Minha mãe olhou pra ele como se estivesse tentando entender de que planeta ele vinha.

Ele nasceu otimista, e não foi dela que ele puxou isso nem de mim. Quando tinha três anos, Jackson me perguntou como a Terra se formou. "Como ela veio parar aqui?" Eu disse que ninguém tinha certeza, mas talvez tenha sido uma explosão e que chamavam isso de Big Bang. "Mas onde puseram todo mundo durante a explosão?" Na cabeça dele, as pessoas sempre existiram. Pessoas que cuidavam de outras pessoas.

O advogado tinha me dado o número de telefone do Conselho Tutelar, que segundo ele talvez pudesse me informar quem estava cuidando do caso do Jackson, mas eu só conseguia falar com quem tinha conta da Global Tel Link. Escrevi cartas e tentei não enlouquecer. Mandei uma pro antigo endereço da Eva e uma no endereço do pai dela, mas eu tinha pouca esperança de que ela recebesse uma das duas. Liguei pro Jimmy Darling, mas a ligação não completava porque ele não tinha Global Tel Link. Pensei que se um dia eu saísse dali ia explodir a Global Tel Link.

Recebi um pacote. Como se fosse uma das sortudas que tivesse família, que tinha ajuda do lado de fora, eu, Hall, fui chamada pra receber meu pacote. O Hauser tinha comprado três livros para mim: *Minha Ántonia*, *Eu sei por que o pássaro canta na gaiola* e *O sol é para todos*.

"Foi isso que ele comprou pra você?", Sammy disse, contendo uma risadinha. "Até eu já li isso aí." Fiquei meio triste e um pouco com um sentimento protetor pelo Hauser, por ele não entender melhor as coisas. Pretendia ficar com os livros, embora não tivesse nenhuma vontade especial de ler aquilo. Os livros eram uma ligação com o mundo exterior. Mas uma mulher na minha unidade me ofereceu shampoo e condicionador em troca dos três livros. O Estado fornece a indigentes como eu só um sabão áspero que serve tanto para o corpo quanto para o cabelo. Poder lavar o cabelo direito e passar condicionador me deixou feliz, pelo menos por uma noite, de um jeito que eu não ficava desde antes de ser presa, três anos antes.

Eu frequentava o curso do Hauser fazia umas duas semanas quando ele me parou depois da aula e perguntou se eu tinha gostado dos livros.

"Gostei de ler os livros", eu disse, "quando tinha catorze anos."

Eu não pretendia dizer isso. Com certeza não era estratégico pra fisgar um Keath.

"Ah, meu Deus. Desculpe. Que constrangedor."

"Tudo bem. É só que você não me conhece."

Ele perguntou o que eu queria ler e eu disse que não sabia. Disse que estava com muita coisa na cabeça e que era difícil me concentrar.

Ele me comprou mais livros. Um deles, chamado *Pick-Up*, era sobre dois bêbados na San Francisco dos anos 50. Comecei a ler e não consegui parar. Quando terminei, li de novo. Eu visualizava as cenas, apesar do personagem do livro não dar o nome de muitos lugares onde as coisas aconteciam, tirando o Centro Cívico e a esquina da Powell com a Market, onde o bondinho fazia meia-volta, o que deixava Jackson e todas as outras crianças pequenas fascinadas. Eu levava o Jackson lá pra ver os músicos de rua. Alguns deles eram amigos do Jimmy Darling. Jimmy conhecia todo tipo de pessoa, ao contrário de mim, e a noite acabava sendo diferente se por acaso a gente encontrasse alguém que nos convidasse pra um show ou uma festa ou um filme.

Quando eu era menina tinha uma Woolworth's bem grande na esquina da Powell com a Market, com um departamento de perucas no centro da loja. Eva e eu íamos lá e fingíamos querer comprar perucas. As velhinhas que trabalhavam lá ajudavam a gente a prender o cabelo com redinhas especiais e colocavam penteados grandes e cacheados na gente. A gente ria e brincava nos espelhos, roubava maquiagem e produtos pra cabelo e punha na bolsa e fazia fotos na cabine dentro da loja.

Às vezes depois disso a gente ia na Zim's na Van Ness, pedia um monte de comida e saía sem pagar. Era diferente de dar calote no Zim's que a gente conhecia mais, na Taraval. A gente se sentia sofisticada no centro da cidade. Às vezes a gente ia ao museu, subindo a Van Ness, para se esconder depois de fugir do Zim's. Tinha um quadro lá que a Eva gostava. Chamava *A menina de olhos verdes*. Vindo da turma que a gente vinha, não era pra gente ir a museus, mas a Eva gostava do que ela gostava, essa menina na tela com um pescoço comprido que parecia ter sido espremido pra passar por um anel de guardanapo. Ela olhava pra gente, e a gente olhava pra ela.

Durante todo o longo período da minha infância, andei por aí como se fosse uma menina de rua, tão desenraizada quanto os adolescentes dos pôsteres da estação Greyhound na Sixth Street. Figuras altas de perfil, como longas sombras, e as palavras, FUGITIVOS, LIGUEM E PEÇAM AJUDA. Um número de uma linha direta. Minha infância foi o tempo das linhas diretas. Mas a gente nunca ligou pra nenhuma delas, a não ser pra passar trote, e eu não era uma fugitiva. Inclusive tinha mãe. Eu podia ter conhecido minha mãe, mas, na verdade, não conheci. Quando fiz dezesseis anos, era tarde demais pra mim e pra ela. Quando fui presa, parecia real e de fato tarde demais. Mas eu estava errada. Só foi tarde demais quando ela morreu.

Eu disse pro Hauser que tinha lido *Pick-Up*. Ele perguntou o que achei.

"Achei que foi bom e ruim ao mesmo tempo."

"Sei do que você está falando. O final é uma surpresa, né? Mas faz você querer ler de novo, para ver se tinha alguma pista antes."

Eu disse que tinha feito isso. E que era bom ler um livro sobre San Francisco, que eu era de lá.

"Ah, eu também", ele disse.

Ele não parecia ser de San Francisco, e eu disse isso.

"Digo, perto de lá. Do outro lado da baía, distrito de Contra Costa." Ele falou o nome da cidade, mas eu nunca tinha ouvido falar.

"É um buraco atrás de uma refinaria. Nada glamoroso, como morar na cidade."

Eu disse que detestava San Francisco, que lá o mal brotava do chão, mas que tinha gostado do *Pick-Up* porque o livro me lembrava de coisas da cidade que me faziam falta.

Ele tinha comprado dois outros livros para mim, *Factotum*, do Charles Bukowski, e *Filho de Jesus*, de Denis Johnson. Eu disse que ia ler os outros em seguida.

"*Factotum* é um dos livros mais engraçados já escritos."

Eu disse que já tinha ouvido falar do outro livro, o do Jesus, porque tinha visto o filme. O filme era bom, tirando que as pessoas supostamente estavam nos anos 70. "A menina mostrava a barriga e usava uma jaqueta de couro com uma gola de pele que nem os hipsters de San Francisco nos anos 90."

"Mas essas pessoas que você está descrevendo — talvez você mesma, não sei — elas estão imitando coisas dos anos 70 na realidade."

Era verdade. Contei para ele como Jimmy Darling costumava ir a essa livraria em Tenderloin para comprar revistas *Playboy* dos anos 70, que ficavam empilhadas no chão, no fundo da loja. Um velhinho uma vez deu um tapinha no ombro do Jimmy e disse, "Meu filho, eles vendem as novas ali", e apontou para as revistas mensais dentro de saquinhos plásticos, *Busty* e *Barely Legal*, que estavam em exposição na frente da loja.

"E esse Jimmy é..."

"Meu noivo. Ele dá aula no Instituto de Artes de San Francisco."

"Você... ainda está noiva?"

"Ele morreu", eu disse.

Naquela noite, depois de apagarem as luzes, fiquei pensando em North Beach e tentei voltar aos lugares que eu ia com Jimmy Darling, que morava e trabalhava por lá, e antes de Jimmy, quando eu era menina e North Beach era um lugar divertido para ficar andando à toa com os amigos sexta à noite. A gente rondava as mesas da calçada do Enrico's e tomava o resto da bebida que eles deixavam no copo quando iam embora. Vi as luzes ao longo da Broadway. Big Al's. O Condor Club e seu luminoso vertical, os mamilos da Carol Doda reluzindo em vermelho-cereja, vermelho Chinatown. O Jardim do Éden descendo a rua, seu néon rosa e verde brilhante em meio à neblina.

Depois tiraram o letreiro da Carol Doda, mas para mim ele ficou. Todas aquelas luzes continuavam acesas, no mundo que tinha sido, e que ainda existia em mim, o mundo que eu continha.

Tinha uma casa noturna na Columbus onde strippers feministas ganhavam onze dólares feministas por hora. Era bem pouco pelo que faziam e pelo que aturavam, vendo homens se masturbarem nas pequenas cabines em volta do palco. O Regal Show World era um show regular sem feminismo. A estranha e feia contadora do Regal fazia bico com a gente no Mars Club e, até onde eu sei, nunca arranjou um único cliente, mas ela ia lá toda noite, uma mulher gorda e esquisita com óculos fundo de garrafa e lingerie barata que cuidava da gente no camarim distribuindo lanchinhos e elogios para a nossa maquiagem e as nossas fantasias. Distribuía minicenourinhas que chamava de "crudités". Gostava particularmente da minha amiga Arrow, que via como uma filha de camarim.

Arrow conseguiu sair na *Barely Legal*. A gente tinha a mesma idade, vinte e poucos, mas ela era um pouco estrábica, o que lhe dava um olhar inocente, ou pelo menos o olhar inocente das mulheres que posavam como meninas pra *Barely Legal*. Às vezes Arrow e eu fazíamos turnos no Crazy Horse, onde conheci o pai do Jackson. Ele era bonito e divertido, o único porteiro que as meninas do Crazy Horse deixavam entrar no camarim. Ele fingia ler reportagens do jornal local em voz alta enquanto as meninas se maquiavam, mas na verdade inventava manchetes sensacionalistas enquanto virava as páginas: "Mulher ergue fusca para salvar o último cigarro que caiu no bueiro"; "Homem que perdeu cem quilos usando dieta de cookies com gotas de chocolate é atropelado por caminhão de leite"; "Extra: Toledo, Ohio é invenção da imaginação das pessoas". O pai do Jackson era inteligente, só não era esperto com as coisas da vida, ou seja, não era esperto com a autoridade. Mas era esperto o suficiente pra escapar. Ele escalou uma cerca numa cadeia de San Mateo e foi correndo até San Francisco. Eu já tinha ouvido a história antes da gente se conhecer. Imaginei um cara correndo pelo acostamento da estrada, como se para ir de San Mateo até San Francisco você precisasse seguir o caminho que um carro faria, mas sem a carroceria, o motor. Só um cara, correndo e suando no acostamento. Tenho certeza que não foi assim que ele fez o trajeto, mas foi assim que eu imaginei. Pegaram ele quase imediatamente.

Jimmy Barba trabalhou de porteiro em várias casas de strip da cidade desde os anos 60. Ele contava histórias. Tinha uma sobre um diretor de cinema maluco que estava apaixonado por um astro pornô chamado Magic Tom. Magic Tom se apresentava num clube gay de sexo explícito e Jimmy Barba era o porteiro de lá. Magic Tom não estava interessado no diretor. Usou o cara e depois deixou ali pra alguém pegar. O diretor rejeitado e furioso entrou num ônibus da Greyhound e foi até Syracuse, em Nova York, de onde Magic Tom era. O diretor bateu na porta da casa da mãe do Magic Tom. Na história que o Jimmy Barba conta, a mãe abre a porta, uma senhorinha reservada e respeitável do norte do estado de Nova York. Ela diz, "Sim, posso ajudar?". O cineasta diz, "Não, senhora, só achei que a senhora ia gostar de ver uma coisa". Ele segura uma foto do Magic Tom e do irmão gêmeo do Magic Tom nus em poses explícitas. Os dois trabalhavam fazendo pornô juntos. Jimmy Barba a essa altura ria tanto que mal conseguia terminar de contar. "O cara mostra pra essa velhinha em Syracuse, Nova York, uma foto dos dois filhos dela trepando um com o outro." Ele achava que essa era a história mais engraçada que já tinha ouvido. Dá pra ter uma ideia do senso de humor do Jimmy Barba. Achar que seria engraçado entregar meu paradeiro pro Kurt Kennedy. Depois que saí de San Francisco para Los Angeles, Kurt Kennedy insistiu até descobrir onde eu estava. Jimmy Barba contou pra ele.

15

Em seu segundo ano de Stanville, Gordon Hauser já não confundia o guincho de um animal com o guincho de uma mulher. O grito que ele ouviu naquela noite lá atrás na sua cabana foi de um leão da montanha. Não era uma mulher e ela não estava em perigo.

Quando a neve cobriu o chão no primeiro inverno dele, as pegadas iam até a sua propriedade, afundamentos de terra que combinavam exatamente em padrão e tamanho com os que ele encontrou em seu manual do campo, segundo o qual a voz do leão da montanha foi várias vezes descrita como semelhante a um grito, um berro ou um gemido de fêmea humana.

Ele nunca viu um leão da montanha, só ouviu. No início da manhã, descendo a montanha a caminho de Stanville, às vezes ele via de relance raposas cinzentas, suas caudas lustrosas passando logo depois do corpo, enquanto ele seguia as curvas da estrada tortuosa, cruzando imensos carvalhos vivos secos, suas folhas entrecortadas cobertas de poeira, e renques de arbustos de fogos de artifício e uvas-de-urso. Os galhos nus tinham um brilho branco de osso ao sol. A grama era de um amarelo vivo como palha molhada. Ele nunca tinha visto uma grama tão bonita.

Na trilha em linha reta em direção ao vale, o cenário mudava para o oleoduto e as torres de perfuração cujos eixos giravam e giravam. Depois das torres havia um pomar de laranjas empoeirado, uma sede de fazenda com duas palmeiras em frente, onde a estrada se dividia. As duas palmeiras eram de uma variedade curiosa, com felpas desgrenhadamente densas e exuberantes como botas de neve de inuítes.

No fundo do vale, a temperatura era dez graus mais alta e o ar era tomado pelo cheiro do fertilizante. Não havia mais laranjas, não havia mais torres de perfuração de óleo, apenas cabos de transmissão de eletricidade e campos de amendoeiras em imensos terrenos geométricos durante todo o caminho até a prisão.

Como toda prisão da Califórnia, Stanville tinha três bandeiras: a do estado, a do país e a da Liga Nacional das Famílias. Gordon sempre achou patética a bandeira da Liga Nacional das Famílias, já que era uma homenagem aos que foram deixados para trás no Vietnã, uma guerra que os Estados Unidos perderam de maneira acachapante. Qualquer prisioneiro que não tivesse voltado provavelmente estava morto havia muito tempo, e em todo caso ninguém ia atrás deles, mas os guardas das penitenciárias de todo o estado içavam uma bandeira em homenagem a eles. Nos dias de hoje, quando as pessoas eram capturadas, era diferente. Muitos dos prisioneiros trabalhavam em empresas privadas e eram decapitados ao vivo na internet. O presidente Bush foi à tevê e disse que estava construindo hospitais e escolas para o povo iraquiano. A maioria dos carros no estacionamento dos funcionários de Stanville tinha a fitinha amarela no para-choque.

Era difícil se localizar na penitenciária. Para Gordon todos os lugares pareciam iguais, prédios de concreto de um ou dois andares isolados em meio a uma imensa área de terra e concreto cercada por proteções de arame farpado. Ele atravessava três portas eletrônicas para chegar à sala de aula, situada num trailer sem janelas perto das oficinas vocacionais e da cozinha central. Da cozinha vinha um fedor constante de óleo rançoso, só superado pelo vento que trazia o cheiro dos solventes da oficina mecânica, onde uma fila de picapes — veículos particulares dos guardas — esperava por um serviço de pintura que os presos executavam por um preço absurdamente baixo.

Gordon tinha autorização para percorrer parte do terreno, mas as unidades prisionais e os pátios eram de acesso restrito, à exceção de um conjunto de celas na ala A, 504, onde ele podia trabalhar com as pessoas do corredor da morte e da solitária.

Gordon chegou a ter medo do corredor da morte, mas descobriu que o lugar não correspondia aos seus pesadelos. Ele imaginara barras de ferro, uma visão medieval de tormento. Era tudo automatizado e moderno, cada cela minúscula tinha uma porta de aço pintada de branco e uma pequena janela de vidro. Havia doze mulheres, uma por cela, e um corredor lotado de mesas e máquinas de costura cercado por grades. Um guarda abria uma entrada e levava Gordon para se encontrar com as alunas, uma a uma, enquanto as outras tricotavam ou faziam tapetes nas mesas ali perto. Betty LaFrance, que não era aluna de Gordon mas sempre insistia em falar com ele, levava um rádio de sua cela e tocava música de elevador enquanto trabalhava. As mulheres produziam à mão cartões para datas especiais imitando o visual daqueles impressos: seus melhores trabalhos lembravam cartões que você poderia comprar em qualquer papeleria furreca, com mensagens levemente inspiradoras em caligrafia neutra. As mulheres tinham permissão para entrar e sair de suas celas, que cheiravam a odorizador de ar, e ficavam totalmente cobertas por colchas artesanais, para dar privacidade e talvez alguma utilidade para as colchas que elas fiavam no decorrer inexorável do tempo.

Elas o chamavam de Queridinho, Docinho e Bonequinho. Queridinho ele achava arrepiante. Era como a velha Lisavieta, a agiota, chamava Raskólnikov, antes de ele assassiná-la, ou pelo menos esse era o equivalente inglês que o tradutor escolheu. Queridinho.

A ala da solitária, no andar acima do corredor da morte, não tinha área de convivência e portanto não havia interação entre as mulheres, fora os gritos. As mulheres berravam de uma cela para outra, falavam com os guardas, faziam barulho para ter o que fazer. Gordon esperava num pequeno escritório enquanto alguma aluna arrastava suas correntes pelo corredor e era trancada numa jaula para assistir à aula. Foi lá que ele conheceu Romy Hall, que agora estava em sua turma. O que ele tinha reparado nela era que ela olhava nos olhos dele. Muitas mulheres tinham o hábito de olhar para o ombro dele ou através dele. Os olhos delas se reviravam para qualquer direção para evitar seu olhar. Além disso era atraente, apesar das condições. Olhos grandes esverdeados. A boca com um arco do cupido, era assim que chamava aquilo, no lábio superior que sobe, desce e sobe antes de descer de novo. Uma boca bonita que dizia: confie neste rosto. E o rosto dizia: isso não é o que parece. Ela sabia ortografia, compreendia bem o que lia. Gordon não estava procurando alguém que fosse boa de ortografia. Não estava procurando nada entre as mulheres de Stanville.

Ele voltou a vê-la naquilo que os guardas chamam de passeio do cachorro — as jaulas externas onde as mulheres da solitária se exercitavam. A trilha que levava ao 504 passava por uma série desses lugares, e o instinto dele era evitar olhar para as mulheres fechadas naquelas pequenas clausuras áridas. Ele ouviu Hall chamar de um jeito casual, como uma mulher que pede um isqueiro emprestado ou que pergunta se ele sabe a que horas o trem chega.

Ele gostava da presença dela na classe. Ela levava a leitura a sério. Várias alunas achavam que Gordon era burro, falavam em código e riam dele, mas isso lhe parecia justo. Elas cumpriam condenações que ele mal podia compreender — prisão perpétua sem direito a condicional, ou várias sentenças perpétuas. Até mesmo uma única perpétua parecia demais para ele compreender.

Ele passava trechos xerocados de livros, *Julie dos lobos*, Laura Ingalls Wilder, mas não contava que eram livros infantis, e isso não importava desde que elas gostassem da leitura. Ele usava textos simples, já que muitas só tinham tido uma educação formal básica. Elas escreviam com letras redondas como as adolescentes. Mesmo London, que as outras chamavam de Conan e que parecia um homem, tinha a letra arredondada. London era esperta, era evidente. Nunca lia nada, mas fazia as outras rirem, o que já era alguma coisa.

"*Seio* é plural?", London perguntou.

"Depende do seio de quem", alguém disse.

"O seio de Jones. Parece um filme de aventura. *Tenente Jones e o seio da perdição.*"

Geronima Campos, uma nativa americana, ficava pintando no caderno durante a aula toda. Gordon achava que ela talvez fosse analfabeta. Um dia, depois da aula, ele perguntou o que ela pintava. Se admitir que não sabe ler e escrever, Gordon decidiu, ele poderia sugerir aulas particulares com ele.

Retratos, ela disse. Abriu o caderno. Cada página tinha uma imagem e, debaixo dela, um nome. Sabia escrever. Mas as imagens não eram rostos. Eram faixas furiosas de cores. "Este é você", ela disse, e mostrou um emaranhado de linhas pretas com uma mancha azul no meio.

Quando a turma discutiu um capítulo de *O pônei vermelho*, de John Steinbeck, as mulheres falaram sobre as montanhas do livro e sobre as montanhas que viam do pátio. Elas pareciam ter medo das montanhas, o que foi uma surpresa para Gordon. Ele imaginou que para elas as montanhas representariam a liberdade, era só isso que podiam ver do mundo natural. "Lá em cima você tem que lutar com ursos", Conan disse. "Pelo menos aqui dentro são só filhotes. Filhotes e arbustos. E eu sei que eu posso *ganhar*."

Quando chegaram ao capítulo 3, "A promessa", sobre Nellie, a égua prenha, uma mulher levantou a mão e disse que quando ela pariu a barriga dela ficou com formato de coração, "em duas partes", disse, "igualzinho uma égua, e até o médico confirmou que as éguas têm o ventre em formato de coração".

Elas leram o capítulo em voz alta. Quando surgiram porcos na história, uma aluna disse que a prima dela escreveu de uma penitenciária no Arizona que eles tinham uma câmara de gás onde colocavam um porco um domingo por mês, para testar a máquina.

Gordon tentou levar a discussão de volta para o livro. Qual foi a promessa que Billy Buck fez?

A moça cuja prima escreveu falando dos porcos mortos na câmara de gás aos domingos disse que quando o porco "batia as botas", um cheiro se espalhava pelo pátio. "Parecia cheiro de flor de pêssego", disse. "Foi o que a minha prima disse."

Romy Hall levantou a mão. Disse que Billy Buck prometeu um potro saudável ao menino, Jody. Antes, Billy tinha prometido cuidar do pônei vermelho e o pônei morreu. Essa nova promessa era a chance de Billy Buck ser um homem de palavra, e por isso ele devia cuidar que o potro nascesse em segurança.

E ele manteve a palavra? Gordon perguntou.

Ela disse que esse era o truque da história. Tecnicamente sim, mas para fazer o parto do potro ele precisou matar a égua. Ele matou a égua pra salvar o potro prometido. Esmagou o crânio da égua com um martelo e esse é um jeito bem escroto de manter uma promessa. A égua podia ter outros potros que não tinham a ver com a promessa, mas ela teve que morrer porque um caubói qualquer tinha decidido manter a palavra.

"Não tem problema *fazer* uma promessa", London disse para Gordon, como se resumindo para o professor como a vida real funcionava, "mas nem sempre é uma boa ideia *manter* uma promessa."

Uma noite, depois da aula, Romy Hall se aproximou. Gordon começou a recolher seus papéis numa posição esquisita, da outra extremidade de sua mesa, para aumentar a distância entre eles.

Ela disse muita coisa sobre si mesma num intervalo de cinco minutos. Falou essas coisas com uma voz controlada. Para Gordon parecia que ela vinha guardando aquilo. Ele continuou recuando, para ficar mais longe dela, e ela continuou indo na direção dele, e ele não ia ser manipulado. Uma mulher tinha tentado suborná-lo para que ele contrabandeasse celulares, outra queria tabaco. Os funcionários e os guardas estavam envolvidos nesses esquemas. Gordon não queria nada com isso.

Ela cumpria prisão perpétua, disse, e tinha um filho pequeno. Pediu desculpas pelo incômodo. Falou que tinha acordado deprimida. Dava para sentir a neblina na cela dela, mesmo sem janela, e disse que a umidade fazia ela se lembrar de casa.

Ela queria que ele ligasse para um número de telefone para descobrir onde estava seu filho. Tinha anotado tudo e esse era exatamente o tipo de coisa que ele vinha evitando, enquanto ela ia na direção dele. Só porque ele tinha comprado livros para ela ou porque achava que ela era bonita, só porque ele pensava de vez em quando nela, isso não significava que estivesse atrás de dramas familiares.

A ajuda que ele dava por conta própria, e contrariando as regras, começou com a Candy Peña no corredor da morte. Candy chorou que nem uma criança porque não tinha mais lã e não tinha dinheiro e por isso não podia ajudar os bebês. As outras presas do corredor da morte estavam tricotando cobertas que seriam mandadas para uma instituição cristã de caridade em Stanville.

Ele sabia que podia levar lã para a prisão. Eles quase nunca vistoriavam a mala dele. Ele estava tomando café da manhã no Baressi's quando decidiu. O lugar o acalmava com as fotos emolduradas de corridas Stock Car, vitórias na pista local. De um lado havia um restaurante, e do outro um bar com um piano no canto. Nas noites de sábado, uma mulher tocava.

Não havia como fazer um tratamento dentário em Stanville. Não havia sapateiro. Você não conseguia comprar uma panela decente, nem mesmo segundo os padrões não muito altos de Gordon, mas havia três lojas de hobbies e trabalhos manuais. Ele foi a uma delas. Comprou novelos de quatro cores. Candy tinha dito lã, mas a loja não vendia nenhum tipo de novelo de lã pura, se bem que pode ser que lã já não quisesse mais dizer lã, e em vez disso quisesse dizer coisas fofas para tricotar. No dia seguinte ele entregou o que tinha comprado para a Candy. Ela se derreteu em agradecimentos, o que fez com que ele se sentisse obsceno. Não por aquilo violar as regras, e sim porque quase não deu trabalho, e no entanto ela chorou e disse que nunca ninguém tinha feito algo tão gentil por ela, na vida inteira dela.

O único remédio seria prestar favores para outras presas, assim ele não seria o salvador da Candy — neutralizar o ato de dar dando mais.

Betty LaFrance perguntou se ele podia pôr no correio uma carta, para um ex-namorado, explicou, que também estava numa penitenciária estadual da Califórnia. As presas não tinham permissão para entrar em contato com outros presos sem aprovação expressa do Departamento Correcional, essa parte Gordon sabia que era verdade, mas ele imaginou que possivelmente Betty estaria fantasiando sobre o romance que tinha mencionado para ele. Gritava para chamar a atenção dos guardas desde que Gordon a conheceu. "Guarda!", ela chamava. "Por favor, diga ao manobrista do estacionamento para reservar uma vaga pro meu cabeleireiro!" Esnobava as outras mulheres do corredor da morte, dizia para o Gordon que elas não eram do mesmo nível dela. Uma vez perguntou a Gordon se ele já tinha voado de classe executiva na Singapore Airlines. Quando ele disse que não, ela pareceu sentir pena dele. Era uma mulher delirante condenada à morte. Ele tinha pena dela. Mandou a carta.

Gordon comprou sementes para uma aluna da turma que fazia jardinagem. Ela havia levado hortelã fresca de presente para ele, e quando Gordon perguntou onde tinha arranjado aquilo, ela disse que a planta entrou na penitenciária junto com pedaços de madeira que estavam usando para construção. Ela replantou a hortelã e regou. Falou que ficava olhando para o céu esperando os pássaros excretarem sementes e que as germinava em segredo num papel-toalha molhado. As regras diziam que não era permitido cultivar plantas. Mas o capitão da ala D, onde estava, deixou que ela ficasse com as plantas. Estava condenada à prisão perpétua. Gordon deu a ela um pacote de sementes de papoula-da-califórnia. Ela cobriu o rosto com as mãos para esconder as lágrimas. "Isso é um sinal dos céus", disse. "Obrigada por esse sinal dos céus." O que fez o ciclo recomeçar, o desconforto, a gratidão desproporcional dela. O pacote de sementes custou oitenta e nove centavos.

E assim ele vinha mandando livros para Romy Hall. Você entra na Amazon. Clica num botão. O que eram vinte dólares para ele, se gastar isso significava várias semanas de liberdade de pensamento para alguém na prisão? Mas examinar a vida pessoal dela no mundo exterior, ligar para um telefone em nome dela: isso era diferente. Era uma verdadeira intromissão, não só na vida dela, mas também na dele.

Ele colocou o papelzinho que ela tinha lhe entregado na mesinha de centro. Um número de telefone e o nome do filho dela. Ele não ligou e, para alívio dele, ou uma espécie de alívio, ela não perguntou nada. Conversaram, mas sobre coisas insignificantes. Ela acha que não vou ajudar, acha que não ligo. Mas ele queria que ela soubesse que ele se importava, e que ela ter pedido um favor significava algo pra ele.

Ele sentou no sofá, pegou o papel com o número e largou de novo. Em vez de ligar, acessou a internet e descobriu como entrar no catálogo de um fornecedor e encomendar um novo kit de pintura para Geronima. Uma coisa fácil, que não exigia deliberações mais profundas.

Geronima levou o novo kit de pintura para a aula e trabalhou diligentemente por várias semanas antes de falar com Gordon.

"Queria te mostrar o trabalho que andei fazendo. Retratos, mas do tipo que você provavelmente prefere."

"Que eu prefiro?"

"Bom, que a maioria das pessoas prefere." Ela mostrou. Eram ilustrações habilidosas, imediatamente reconhecíveis. Ela mesma. London. Gordon. Romy. Todo mundo que frequentava a aula. Os retratos tinham o traço econômico da caricatura. Virou a página e mostrou um rosto desconhecido que encarava o observador a partir do papel, com as bochechas cheias de lágrimas. "Esta é a Lily, que está na mesma unidade que eu e que me lembra a minha irmã mais nova. Não tenho uma foto da minha irmã, por isso pedi pra ela posar."

16

Na primavera comecei a escutar ruídos desagradáveis de maquinário, às vezes num volume surpreendentemente alto, dependendo das condições meteorológicas. A fase de derretimento da neve deveria ser destinada a excursões agradáveis, mas isso foi arruinado pelos gemidos e pelos uivos desses monstros de ferro, audíveis por quilômetros nas colinas. Decidi me vingar. Mas era difícil determinar de onde exatamente vinha o barulho. Teria que esperar o verão de qualquer maneira porque as minhas armadilhas podiam facilmente ser estragadas pela neve. Mas ainda na primavera o barulho parou. Comecei a ouvir aquilo de novo no verão. Segui o ruído e descobri que vinha de uma operação de desmatamento no sistema de drenagem do Willow Creek. Desmatavam um dos meus lugares selvagens preferidos. Derrubando árvores com tratores em vez de cortar com serras. Observei de uma pedra no alto, de onde eles não podiam me ver. Depois que eles deram o dia por encerrado, toda a superfície estava nua. Desci até o local da obra depois que eles foram embora. Uma lata de óleo de vinte litros estava sobre a máquina que eles usaram para recolher as toras e jogar nos caminhões. Derramei o óleo no motor da máquina e taquei fogo. Passei uma noite agradável dormindo no topo da montanha e de manhã fui pra casa sem pressa. Me senti muito bem fazendo isso, mesmo ficando ligeiramente preocupado com o risco de ser considerado suspeito.

17

Doc tinha ido ao Las Brisas na noite que ligaram pra ele contando do assalto de uma casa de penhores na Beverly, em Filipinotown. O alarme silencioso da loja disparou. Doc foi com os faróis e as sirenes desligados, para o caso de o incidente ainda estar ocorrendo.

O suspeito, ele vê, ainda está lá. O carro do sujeito, um Chevy Caprice detonado, não pega. O cara fica girando a chave várias vezes. A ignição geme mas o carro não funciona.

Doc vai em silêncio até ele, aponta o revólver da polícia para a sua cabeça e pede educadamente que o sujeito saia do carro. A voz dele, de Doc, se torna gentil. Como a voz do Mr. Rogers, mas não é uma imitação de alguém da tevê. É uma voz que cai como uma luva para Doc. Doc tem uma aparência respeitável, parece mais dentista que tira. Ele pensava na sua imagem em termos de basquete: era o começo da década de 90 e como tinha gente na polícia usando o estilo de roupa e de linguagem típico das ruas — como os Lakers com seu shorts até o joelho —, Doc imaginava jogar para o Utah Jazz, um time que tinha como cestinhas homens brancos de shorts do tamanho certo. Homens que, como Doc, também pareciam dentistas e que falavam de modo inteligente sobre estratégia e técnica, ao contrário dos retardados que iam na tevê depois do jogo e diziam que tinham vencido usando o tempo a favor deles e arremessando só na hora certa. Usando o tempo a meu favor, arremessando só na hora certa. Isso era tudo o que a maioria dos jogadores dizia, como se fosse algo que eles tivessem decorado. Mas na verdade era uma boa fórmula. Era como Doc também funcionava.

Doc diz, "Parece que você está com problemas no carro". Depois pergunta calmamente para o suspeito como o roubo aconteceu.

"O quê?" O cara está confuso. Um sujeito negro. Na linha de trabalho de Doc, são os negros que dão mais trabalho para ele. Ou melhor, ele é que dá mais trabalho para os negros.

Doc faz o cara ficar de costas pra ele, mãos encostadas naquela lata-velha, e pega o resultado do roubo no banco da frente, que está numa fronha de travesseiro igual às que Doc lembra ter usado para coletar doces no Halloween quando criança, pra ganhar mais doces, os outros que se fodam. A fronha está cheia de armas, relógios, joias, o de sempre. Doc também pega a arma que estava com o cara. É uma Glock. Doc fica positivamente surpreso ao ver que esse cara com um carro de merda que nem pega tem uma arma decente que ele pode embolsar em vez de vender.

A rádio estática da viatura de Doc passa uma mensagem: reforços a caminho da esquina da Beverly com a Vendome. Reforços? Ele *não* pediu reforços. Mas de acordo com a central os reforços estavam a caminho. Talvez fosse uma patrulha-fantasma. Era um golpe que o pessoal andava dando. O comissário quer tantos carros nas ruas. Bom, foda-se o comissário: policiais de todas as áreas da cidade enganavam a central fingindo que iam atender chamados enquanto ficavam sentados comendo e jogando baralho ou iam pra academia ou transar num lugar que cobrava por hora na Western, no Snooty Fox, um motel popular entre o pessoal da polícia. Era um lugar limpo, Doc quer que você fique sabendo, não era o típico buraco pra fumar pedra e pagar cinco dólares por uma chupada. O Snooty Fox tinha classe, com suítes e uma máquina de gelo bacana, e espelhos no teto pra você poder se ver. (Doc acha muito estranho que um espelho possa servir pra olhar outra coisa além de você mesmo. Ele falava com os caras em Rampart e sempre dizia a mesma coisa. "Se eu quiser ver como é a bunda de uma puta eu viro ela de costas. Não preciso de espelho pra isso. O que eu não consigo ver sem espelho sou *eu*.")

Doc decide que seja qual for a viatura de reforço, provavelmente os caras estão no Snooty Fox comendo alguém.

O suspeito vira de frente pra ele, mãos para o alto.

"Calma", Doc diz. "Olha, nenhum de nós tem como sair dessa, então vamos trabalhar juntos. Eu posso deixar a coisa mais fácil. Você vai pra central ser fichado. Amanhã você é formalmente acusado e o tribunal vai designar um bom advogado pra você."

Ou não, como Doc sabia.

"No máximo você vai ficar dois anos na cadeia."

O suspeito começa a fungar.

"Ei, eu entendo. Você só estava tentando fazer um servicinho rápido."

O suspeito olha para Doc, desconfiado, pois está com medo, e provavelmente odeia a polícia. "Não estou gostando disso", ele diz.

Doc ouve sirenes na confluência da Virgil/Temple/Silver Lake/Beverly. De fato os reforços estão a caminho. Se o semáforo estiver fechado, enquanto os carros diminuem de velocidade ele tem tempo para passar pelo tráfego das muitas pistas da transversal.

Doc pega um cigarro. "Esse tipo de coisa não é legal pra mim também."

Ele oferece um cigarro para o suspeito, que olha cauteloso pra ele e faz que não com a cabeça, piscando para conter as lágrimas.

"Pode abaixar o braço", Doc diz, soltando fumaça.

"Eu estou com a sua arma, sei que você não é uma ameaça. Só não faça nenhuma idiotice. Mas relaxa. Você está me deixando nervoso."

O suspeito olha pra ele. O cara continua com as mãos erguidas.

"Relaxa, sério. Eu vou deixar os outros caras ficharem você, o carro que está chegando. Sabe por quê? Detesto mandar gente pra cadeia. Então, olha só. Estou mandando você baixar as mãos. Dá pra ver que você é um bom menino. Aposto que foi seu primeiro assalto, por isso que você fez uma merda dessa. Abaixa a mão e respira. Num instante esses caras vão te algemar, e não vai ser uma sensação boa."

Os olhos do suspeito brilham de medo. Ele começa a abaixar um pouco os braços.

Ele limpa o suor do rosto com a manga da camisa.

Lembra quando todo mundo usava camisa de rúgbi com listras grossas verticais e gola polo? Era assim que o suspeito estava.

Doc odiava essas camisas.

O suspeito abaixa completamente as mãos.

"Bom menino", Doc diz. "Tenta não se preocupar. Conheço o responsável pela triagem. Vou pedir pra ele pegar leve com você. Pode ser que você saia ainda hoje pagando uma fiança."

O suspeito leva as mãos não só para baixo, mas em direção aos bolsos.

No momento que as mãos do suspeito entram nos bolsos, Doc atira no rosto dele. Duas vezes, mirando pra cima.

O reforço chega segundos depois. Segundos longos o suficiente para esconder a fronha que Doc herdou.

Dois policiais da Divisão Central descem do carro.

"Jesus. O que aconteceu aqui?"

O suspeito está caído na grade do carro. Atrás dele, um círculo de sangue mancha o capô.

"Eu disse pra ele erguer as mãos", Doc diz, "e ele pôs as mãos direto no bolso. Eu não ia me arriscar."

Ele não sabia por que tinha feito isso. O estuprador de criança que queimasse no inferno, mas por que aquele menino na Beverly?

Se o menino tivesse dito para o Doc, Por que você está fazendo isso?, pode ser que Doc tivesse parado, porque ele não sabia. O menino não pôde perguntar, porque Doc não deu tempo pra isso.

Ele e seu velho parceiro José, é verdade que eles torturaram uma vítima, o gerente de um bar na rodovia 605, e quando terminaram desovaram o corpo perto da rodovia 710. Mas o cara tinha estuprado a namorada do José, e aí, o que eles deviam fazer? A imprensa fez um auê sobre a tortura, mas Doc não é nenhum maluco, nenhum assassino em série. Mas ele fez tudo aquilo pra passar a impressão de que o assassino era alguém daquele tipo.

Nem sempre era assim. Doc era um detetive popular, alguém que você talvez invejasse se visse ele de moto, de folga com outros policiais, andando pelos penhascos acima de Malibu num dia ameno e sem vento. Eles tinham um grupo que subia a Pacific Coast Highway. Doc normalmente ia na Sportster 78 dele, nada dessas motos de viado de hoje, cheias de acessórios, que você vê estacionadas em frente ao Neptune's Net na PCH, o cara pilotando como se estivesse de luvas de mordomo porque na verdade a moto ainda não foi quitada. Doc detesta boiolas que financiam Harleys, e só pra constar ele tinha duas, ambas pagas em dinheiro vivo, a Sportster e uma Softail, a Softail igualmente sem acessórios, mas com alforjes de couro pra viagens para esse lugar em Three Rivers, onde ele era dono de um terreno por onde passava um regato, outra característica invejável da antiga vida de Doc. Bela paisagem campestre, fantástica pesca de trutas, ar puro. Uma cabana rústica de madeira onde ele injetava metanfetamina e comia mulheres que trazia da Zona Sul de Los Angeles.

Three Rivers conduz Doc a uma cena intrigante: ele vê quadris e coxas se abrindo. É o que acontece com o corpo de uma mulher quando ela tira a roupa, os quadris se espalhando contra a resistência esponjosa do colchão irregular de sua casa de campo. Ele vê os painéis de madeira baratos na parede. Uma boceta peluda, úmida, parecendo relaxada. Ele separa os lábios com os dedos, usa a outra mão pra se preparar. Está funcionando. Ele não consegue ver um rosto, mas não precisa nem quer. Ele vê as coxas abertas e ouve o rangido da velha cama enquanto muda de posição. Sente o calor de um quarto abafado num dia de verão, e está funcionando.

Todo o sexo que ele fez na vida. Tudo o que sobrou foram esses momentos que você vê em looping.

Quadris, empurrar, painéis de madeira, rangido da cama. Mãos no traseiro dele (ele é homem, o.k.? É traseiro, não bunda). Ele agarra a bunda dela. Enche a mão. O modo como os quadris dela se espalham debaixo do corpo dele naquele colchão na casa de campo, foi isso que o ajudou a ir em frente. Ele vai fundo. A cama range loucamente; ele está acabando e o barulho daquela cama soa como se estivesse sendo partida com um machado.

Mas esta, em que ele afunda, tentando recuperar o fôlego, não. É uma cama de concreto. Ele deita de costas no ar parado e quente da cela, tenta manter essa sensação do ar parado e quente de um dia de verão na região das sequoias.

Tão quente que a Harley não precisa de afogador, simplesmente dá a partida numa transição líquida.

Numa tarde como essa ele iria ao bar de motociclistas em Three Rivers, deixaria a mulher, fosse ela qual fosse, na cabana, com drogas confiscadas e tevê via satélite. Ele senta no bar e toma uma cerveja gelada.

As pessoas esnobam a Budweiser com essas marcas tolas que ninguém ouviu falar, mas a Budweiser é a rainha das cervejas por uma razão: é boa.

O companheiro de cela está na área de convivência, arranhando as cordas de seu grande violão amarelo. Parece Led Zeppelin, mas desde quando um branco consegue tocar alguma coisa parecida com blues num violão sem parecer Led Zeppelin? Até que o companheiro de cela é um músico decente prum cuzão escroto que comeu a própria filha. Todo mundo está no pátio. Doc não vai até o pátio. Se você precisa que desenhem pra você, o pátio da penitenciária não é lugar pra um policial, nem mesmo o pátio do Seguro — a não ser que seja dia de jogo de *softball* dos travestis, quando Doc se arrisca pra conseguir assistir.

Doc está alimentando seu lagarto de estimação quando o companheiro de cela volta. Ele descobriu, não faz muito tempo, que folhas carregadas de energia estática — que você pode encomendar pelo catálogo da Walkenhorst — funcionam como cobertura para o terrário de papelão do lagarto. O terrário é feito a partir de uma caixa de tênis da Nike. Doc só usa tênis branco, limpo como se limpam as coisas em um hospital, passa Pavilhão 64 nele várias vezes por dia e faz isso em vários pares, graças às muitas pessoas da polícia que pagam pra ele ficar quieto. Ele alimenta o lagarto com pedacinhos de folha da muda que cultiva num pote. Gosta de ter um pouco de vida animal e vegetal na cela desde que tudo esteja organizado e higienizado e não cause nenhum cheiro estranho. Ele observa o lagarto olhando a sua mão grande que segura a folha, e então ele...

Algo o reduziu a um ponto de interrogação.

Ele cai, mas está acordando. O companheiro de cela, uau. Deu uma pancada na nuca dele. Doc não sabe com o quê. Alguma coisa grande.

Ele não consegue respirar. Agora Doc está sendo estrangulado com um garrote artesanal.

Existe outro tipo de garrote?

A mente devaneia, mesmo em momentos críticos. Sempre dizem "garrote artesanal". Doc tenta pôr a mão naquilo — é forte, é feito de...

Ele não consegue respirar!

Fio dental? Corda de violão?

Ele está grunhindo e gemendo com um desejo animal de se manter vivo. Doc tenta...

Ele não consegue...

18

Em Los Angeles eu me sentia livre do Kurt Kennedy, embora várias vezes tenha tido que olhar duas vezes pra uns sujeitos com as mesmas características físicas repulsivas dele, panturrilhas grossas e compactas, pele avermelhada, crânio calvo e irregular, e uma vez me enganei e achei que tinha ouvido sua voz rouca. Mas Los Angeles era um novo planeta, com pôr do sol alaranjado, sandálias em janeiro, aves-do-paraíso gigantes, supermercados com gôndolas faiscantes de produtos tropicais. Comecei a relaxar, a me sentir livre da relação com San Francisco.

Na verdade eu me mudei com o Jackson para Los Angeles não só pra fugir de Kurt Kennedy, mas também pra ficar com Jimmy Darling depois que ele arranjou o emprego de professor em Valencia. O imóvel que ele sublocou pertencia a um velho pintor excêntrico que estava no Japão. A maior parte das estruturas do rancho tinha queimado num incêndio florestal, por isso o velho pintor morava num trailer da Airstream. Ele tinha construído uma treliça de madeira em cima do trailer e havia colocado umas parreiras pra manter o lugar fresco. Jackson adorava aquilo, era quase como ir acampar. Perto do trailer tinha um banheiro químico verde-claro que ficava com a porta permanentemente aberta com arames. Eu ia no rancho pra dormir numa rede na sombra com o Jimmy, comer figos-do-inferno que cresciam na divisa do terreno e deixar o Jackson alimentar, com maçãs e sementes, as éguas aposentadas que pastavam num imenso campo encharcado. A gente passava a noite lá, mas sempre ia embora cedinho e fazia o longo trajeto para o lugar emprestado onde eu morava, a minha assim chamada realidade. Não queria morar com Jimmy. Ele não era o tipo de gente pra morar junto, construir uma vida. Ele fazia as coisas dele e eu fazia as minhas, e depois de uns dias a gente se encontrava e se divertia, mas não deixava a coisa ir mais longe. A gente andava pela propriedade. Ele e Jackson esculpiam madeira juntos. Coçavam o pescoço de um bode gordo que era o companheiro do velho pintor. Quando chovia, a piscina da propriedade incendiada ao lado ficava tomada por sapos, um coral coaxando que encantava o Jackson. Depois que eu colocava ele pra dormir num colchonete no chão do trailer, Jimmy Darling e eu tomávamos tequila numa mesa de piquenique debaixo de uma lona e transávamos gostoso bêbados na única cama do trailer, uma cama que, assim como o trailer, era intencionalmente pequena demais pra duas pessoas.

 O pintor que vivia no rancho estava escapando das garras de várias mulheres, me disse o Jimmy. O banheiro químico era uma mensagem para que as mulheres não se sentissem confortáveis demais. A cama era de solteiro. Jackson e eu só íamos lá nos fins de semana. Jackson frequentava o jardim de infância, por isso não era prático ir durante a semana. O acordo funcionava pra mim, mas, às vezes, dirigindo até o centro de Los Angeles com o Jackson no banco de trás, tinha a sensação de ir rumo a uma solidão etérea e espaçosa demais. Jimmy, por outro lado, provavelmente só entrava no estúdio do velho pintor e começava a construir e fazer coisas porque ele era do tipo que construía e fazia coisas e não tinha grande tendência à introspecção destrutiva. Eu passava de carro pela horrenda usina elétrica de Burbank e via a fumaça saindo das bocas do reator e tinha que encarar algo que não queria admitir, que Jimmy

Darling não tinha preocupações, e que ele tinha um lugar no mundo. Ele era alguém. Imagine o oposto disso, e era assim que eu me sentia.

Essa sensação não parecia vir de algo que eu pudesse remediar ou melhorar. Era simplesmente quem eu era quando comparada ao que Jimmy era, o que punha minha vida em baixo-relevo. Mas não seria um consolo namorar alguém que estivesse em situação pior que a minha. Logo depois de me mudar pra Los Angeles, encontrei por acaso um cara de San Francisco, um guitarrista que namorava uma menina que eu conhecia e que tinha feito parte de uma banda que todo mundo gostava. Ele me contou quinze histórias de terror sobre as recaídas dele com heroína e sobre o cara que morava no mesmo apartamento que ele tendo uma overdose e sobre o irmão dele tendo uma overdose também e alguma coisa sobre uma menina chamada Noodles, que tentou colocar nele a culpa pela morte do namorado, dizendo que ele tinha responsabilidade porque forneceu as drogas, e como agora finalmente ele estava refazendo a vida, como ele estava feliz por ter saído de San Francisco, que a gente devia sair junto et cetera e tal. Tinha tatuagens que eu não me lembrava da época que a gente se conhecia, caras de monstros nos braços. Pareciam gárgulas pra espantar as energias ruins, embora ele estivesse irradiando más energias e eu quisesse fugir dele o mais rápido possível.

O apartamento que eu sublocava ficava perto do Echo Park Lake, numa rua curva de casas vitorianas decadentes um pouco ao norte do centro. O apartamento era de uma garota que eu conhecia de San Francisco, uma stripper que estava no Alasca trabalhando em bares de lá. Tinha muita menina indo pro Alasca pra juntar grana, mas elas nunca voltavam com grande coisa. Ganhavam bem nos bares, mas a vida era tão chata e elas ficavam tão confinadas que todo mundo bebia o tempo todo, e a bebida era cara como tudo lá era caro. As meninas voltavam com uma experiência no Alasca e sem um tostão no bolso. Essa garota tinha um apartamento legal porque em Los Angeles ganhou uma boa grana nos bares do vale de San Fernando. Eles tinham certa reputação e, como descobri, era verdade. Descobri, quer dizer, depois de um começo turbulento em casas noturnas de Hollywood que eram meros refúgios pra turistas, casais que estavam lá só pra olhar e que não tinham a menor intenção de pagar por uma dança erótica. Não tem nada pior do que quando gente da mesma idade que você vem zoar. É sempre melhor lidar exclusivamente com clientes que conhecem as regras e jogam conforme elas. Os que estão querendo o jogo, os que fingem que há meninas com strass e sapato amarelo-canário de salto agulha que realmente têm orgasmos ao enfiar o rosto de um sujeito de meia-idade no meio dos peitos. Os clientes que a gente quer são os que acreditam que as meninas escolhem o strass e os saltos agulha porque são o tipo de mulher que usa aquilo, e não porque só estão fingindo que esse tipo existe. Depois que encontrei os lugares certos pra trabalhar, passei a ganhar uma boa grana. Mas se for pra falar de números exatos, sempre é bom lembrar que todo mundo que trabalha no setor de serviços recebendo gorjetas, seja barman, garçonete ou stripper, exagera no faturamento. Parece que é da natureza humana. Não é que as pessoas mintam na cara dura. Elas pegam o melhor dia de todos os tempos, o turno mais excepcionalmente lucrativo da história, e dão aquela informação como se fosse a média diária. Todo mundo faz isso. Por isso posso te dizer quanto eu ganhava numa noite de sexta no vale, como se fosse um turno típico, mas vou mencionar minha melhor sexta de todos os tempos, que não era típica. Os turnos do almoço, que foi o que me ofereceram quando eu comecei, não davam muito dinheiro. Os homens apareciam pra aproveitar o bufê de comida chinesa do tipo coma à vontade, e não em busca de companhia. Eu ficava sentada na parte de trás do clube, entediada, tentando não sentir o cheiro do porco agridoce enquanto ouvia o David Lee Roth dizer, *All you got to do is jump*. "Ele mesmo desenhou as roupas para o clipe", outra stripper me contou umas seis vezes. Parecia ser a única coisa que lembrava ou sabia.

A escola do Jackson ficava a um quarteirão do apartamento sublocado, por isso a gente podia ir andando de manhã. E se eu estivesse trabalhando, meus novos vizinhos, uma família grande com quatro filhos que frequentavam todos a mesma escola, pegavam Jackson e ficavam de olho nele pra mim. Em pouco tempo ele estava se transformando de Jackson em Güero, que era como chamavam o menino nessa casa. A avó era do México e passava a ferro todas as peças de roupa da família, incluindo as meias e a roupa íntima. Era um pessoal carinhoso que provavelmente não entendia direito o que eu fazia, mas quando se tratava de crianças eles não julgavam nem precisavam entender.

Eu não vislumbrava nenhuma desgraça no horizonte. Pelo menos estava longe de Kurt Kennedy, e Jackson parecia feliz.

Porém testemunhei uma desgraça. Ela estava à minha volta. Mas na época eu achava que o azar dos outros era uma confirmação de que eu estava me saindo bem.

O encanador, por exemplo. A garota que sublocava o apartamento pra mim tinha um encanador que ia sempre lá. Ele era da Guatemala e bastante amigável. Amigável demais. Ele tinha vários planos pra mim. Você gosta quando o encanador tem um monte de planos pra sua vida social? Dava a impressão de que ele e a garota que me sublocava o apê eram bem próximos e que por isso ele esperava ficar meu chapa também. Eu tentava começar uma vida nova, e esse encanador ficava me ligando pra falar que num sábado ia me levar numa loja de materiais de construção pra eu escolher uma pia nova, que a proprietária ia pagar pra instalar, e eu disse que não me importava, era só comprar uma pia qualquer, só estou sublocando, Victor (esse era o nome do encanador), pra mim não faz nenhuma diferença. Mas o Victor dizia, como se por consideração por mim e pelo que eu realmente queria (sempre que alguém fizer isso, tome cuidado), não, não, a gente vai junto. Eu te levo, não tem problema, sério.

Pra mim era um problema porque eu não queria passar meu sábado com o Victor. Ele apareceu no dia que a gente combinou usando uma camisa estampada brilhante e encharcado de perfume. O perfume era tanto que parecia que ele estava ligado à fonte original, o lugar de onde o perfume jorrava. Deixei Jackson com a família Martinez, e a avó, que Jackson estava começando a chamar de *abuela*, olhou pro Victor e sacudiu a cabeça como se estivesse entendendo tudo.

Victor e eu fomos comprar a pia, e as horas que a gente passou fazendo isso foram perdidas pra mim, porque eu não queria estar na van dele. Não queria estar sujeita à felicidade dele, que parecia se basear em nada, uma fina camada de bom humor estendida sobre o vazio. Sentia saudade de Jackson, sentia saudade de Jimmy. Queria uma vida que eu não tinha. Mas também não estava pronta pra admitir isso. Queria me livrar do Victor pra tomar cerveja na minha sacada enquanto o caminhão de sorvete ecoava seu sininho irregular e idiota, e Jackson e os meninos da vizinhança faziam fila para pegar diabetes tipo 2. Era bom ser uma estranha em Los Angeles. Era ruim ser uma estranha em Los Angeles acompanhada de outro estranho com uma camisa berrante. Se tudo era tão bom pra esse Victor, por que ele estava perdendo o sábado ignorando cegamente as dicas bruscas e hostis de uma mulher que não dava a mínima pra ele? Eu me via num beco sem saída, mas não do mesmo tipo de beco do Victor.

Depois de deixar a pia no meu apartamento ele tentou me levar pra tomar margaritas flamejantes num bar mexicano no Sunset. Eu disse que esse tipo de bebida me dava dor de cabeça. Eles usam butano para a bebida pegar fogo, eu disse, embora provavelmente não seja verdade. E ele diz que a gente pode tomar vinho branco, imaginando que eu era o tipo de mulher fina que tomava vinho branco. Como sou uma pessoa legal, menti e disse que precisava trabalhar, embora estivesse de folga naquele fim de semana; tinha planejado passar bastante tempo pensando, sentada com o queixo na palma da mão na beira da cama daquela moça que tinha ido pro Alasca, ouvindo o caminhão de sorvete, sentada sem nada na cabeça, que mais tarde poderia ficar cheia de ideias sobre como viver uma vida de adulta. Eu estava ocupada com isso. Era importante pra mim. Ninguém me incomodando, me vendo, me assediando, me ligando, me seguindo, me perseguindo. Já tinha aguentado aquilo por meses com o Kennedy Esquisitão, e agora estava livre e não queria esse Victor como sombra.

Quando me ouviu dizer que eu tinha que trabalhar, Victor quis me levar pra dançar salsa quando eu saísse do trabalho. Disse que não e depois de várias rodadas de insistência finalmente me livrei dele.

Uma semana depois Victor me ligou e disse, "Romy, tá tudo bem com você?".

Estou bem, eu disse. Qual era a dele de ficar perguntando se eu estava bem ou não?

"Tive um sonho horrível com você."

Sempre que alguém sonha com você, o sonho revela algo sobre a pessoa, não sobre você. É a vida de fantasia da pessoa e ela se entrega anunciando com quem sonhou. Mas Victor era supersticioso e estava convencido de que devia se preocupar comigo por causa do sonho.

Victor morreu num acidente de carro pouco depois dessa ligação, na van que a gente usou pra ir à loja de materiais de construção.

Ele teve um pesadelo com a pessoa errada.

Pouco depois que o Victor morreu, um vizinho, um cara chamado Conrad, morreu de overdose. Eu sabia que o Conrad era viciado. Às vezes ele trabalhava como assistente do Victor, mas era só um ato de caridade do Victor. Todo dia a irmã do Conrad vinha até a nossa rua e ficava diante dos destroços em frente ao meu apartamento onde o Conrad morava com a mãe bizarra dele. Toda manhã a irmã gritava o nome do irmão pra vizinhança inteira ouvir.

A mãe de Conrad, Clemencia, bateu na minha porta assim que me mudei pra me falar pra não pedir pizza. Olhei pra ela e ela disse, "Sabe aquelas caixas de plástico pretas que os entregadores carregam? Pra manter a pizza quente? Elas trazem o mal. Você vê uma caixa daquelas e sabe que o mal está se aproximando".

Depois de me alertar contra as caixas de pizza, começou a falar sobre J. Edgar Hoover e Jimi Hendrix e todos os "indivíduos bem conhecidos" que passaram pela vizinhança e com quem a família dela tinha ligações. Falava de um jeito vago e sinistro sobre as conexões fodonas dela, sobre esses indivíduos bem conhecidos. Muito bem, senhora. Pedi licença e entrei. Raramente a gente se via e eu também não via muito o Conrad, mas todo dia ouvia a irmã do Conrad gritar o nome dele. Todo dia ela ficava na calçada e berrava. Até que um dia não gritou, porque o Conrad aparentemente tinha morrido na noite anterior. Acabou o Conrad. Mesmo assim não me passou pela cabeça que a rua fosse amaldiçoada, apesar de eu realmente sentir algo, uma espécie de arrepio, quando via um entregador de pizza descer do carro com uma caixa preta na mão.

Pouco depois que o Conrad e o Victor morreram, um dia eu estava em casa me ocupando em não fazer nada até as três da tarde para pegar o Jackson quando ouvi o vizinho do lado gritando alguma coisa sem parar. Levei um tempo pra perceber que a palavra que ele gritava era meu nome. Saí para ver o que ele queria. Ele estava parado na calçada com uma toalha enrolada na mão, e a toalha encharcava a calçada de sangue.

"Você precisa me levar pro hospital", ele disse.

Quando me mudei, esses vizinhos tentaram ser amistosos mas mantive certa distância. Era difícil olhar pra eles. Sobrancelhas raspadas, pele amarelada, cabelo tingido de preto, unhas pintadas de preto, um rabecão preto retrô. Victor chegou a fazer um serviço de encanador pra eles e me disse que eles tinham um caixão de bebê na cozinha onde guardavam comida em lata. Eles tinham acabado de comprar o prédio, de quatro andares, e despejavam sistematicamente os inquilinos pra aumentar o aluguel. Eram góticos exploradores de cortiço. Dois inquilinos tinham saído, mas a família da terceira unidade não se mudava. Era gente que não tinha pra onde ir. O marido era diabético e tinha acabado de amputar um pé. Andava de muleta e insistiu em dirigir até o hospital, e a perna infeccionou e ele precisou amputar mais um pedaço, na altura do joelho. A mulher era doméstica, asmática, sem noção do cheiro dos produtos tóxicos que os patrões obrigavam ela a usar. Era um pessoal pobre, sem documentos, tinham vindo do México com três crianças. Eu sabia de tudo isso porque uns dias antes do vizinho gótico ficar gritando meu nome com a mão numa toalha ensanguentada, a mulher que ele tentava despejar perguntou se podia falar comigo. Deixei ela entrar. Ela sentou no sofá e chorou e me contou sobre a família e sobre a situação deles. Disse que o proprietário estava tentando despejar ela e o marido por serem alcoólatras. "Somos da Igreja Adventista do Sétimo Dia", a mulher disse. "A gente não bebe." Senti tanta pena que procurei uma organização de direitos de inquilinos e ajudei a marcar uma reunião para que ela falasse com um ativista. Ela saiu e me agradeceu e eu continuei me sentindo péssima. O marido dela não tinha uma perna. Ela precisava viver debaixo desses proprietários que, segundo ela, à noite faziam sons que não eram de Deus.

O proprietário gótico gritava meu nome porque viu meu carro na rua. Ele precisava de ajuda e sabia que eu estava em casa. O cara tinha decepado dois dedos e o polegar com uma serra circular. As partes decepadas estavam num saco de lixo. Fomos no meu carro até o Kaiser Hospital em Hollywood, o Burger King da assistência médica, eu apertando a buzina nas esquinas do Sunset Boulevard enquanto o cara sangrava no banco do carro, o que era muito foda porque o carro era legal — o meu Impala. Fiquei presa com ele no pronto-socorro até a namorada, que estava no trabalho, conseguir chegar lá. Tinham tirado a camisa dele e estavam dando analgésicos via endovenosa. Fui forçada a olhar pra tatuagem dele, uma cruz de cabeça pra baixo que ocupava todo o peito.

"Fiz isso pra irritar meu irmão", ele disse, a voz pastosa por causa dos analgésicos. "Ele é pastor."

Aposto que você deu uma lição nele, eu não disse.

Victor morto, Conrad morto, o vizinho gótico com metade da mão. Os inquilinos dele enfrentando indigência, amputação, deportação e as ruas.

Eu estava cercada de azar, ainda que no caso do vizinho com a serra circular parecesse mais um caso de carma. Mas talvez o pior presságio tenha sido o veterano, de preto da cabeça aos pés. Uma sombra que cruzou o meu caminho em forma de homem.

Eu tinha levado o carro na oficina pra consertar o radiador. A oficina era perto de Glendale, e era fácil pegar um ônibus pra casa. O ônibus que eu queria era o 92. Estava esperando ele quando esse homem veio andando, VIETNÃ tatuado na vertical no pescoço. Chapéu de feltro preto, roupas pretas, sapato preto sem meia, óculos de sol pequeno e escuro, estiloso de um jeito doentio. "Fui prisioneiro de guerra", ele me disse, mostrando uma tatuagem caseira na mão: REFÉM.

Há dois planos temporais: o tempo de espera do ônibus e o momento que o ônibus finalmente aparece no seu campo de visão. Eu estava no plano temporal errado e presa a um maluco. O bafo quente e a poluição dos carros atingiam minhas pernas nuas enquanto os motoristas aceleravam colina acima.

"Deceparam a cabeça do meu pênis", disse o prisioneiro de guerra.

"Me poupe."

"Peço desculpa", ele disse. "Ei, será que você tem alguma coisa pra me dar?"

Dei um dólar pra ele, porque ainda não tinha sinal do ônibus e eu queria que ele fosse embora. Ele pegou o dólar, abriu a carteira, mas antes de guardar a nota virou a carteira de lado, pra eu não ver as notas que havia lá. É sempre assim. A última coisa que os louquinhos perdem é a esperteza, e às vezes não perdem nunca.

O ônibus chegou. Sentei no fundo. O fantasma da minha infância vive na parte de trás dos ônibus. Ele diz, O que está rolando, e faz um sinal com o queixo. O prisioneiro de guerra sentou no banco pra deficientes, na frente, engatou uma conversa, incomodou outra pessoa. Desceu no Arco depois de Glendale, onde vendem e compram heroína. Fiquei olhando o sujeito pela janela. Estiquei o pescoço pra ver se ele estava comprando drogas. Mas o que me dava a porra do direito de saber o que ele fazia e para onde ia? Você não vira dono de uma pessoa por causa de um dólar.

Graças ao Jimmy Barba e à noção que ele tinha do que era uma pegadinha, Kurt Kennedy foi de moto até Los Angeles. Estacionou entre dois carros. Esperou na minha sacada atrás de um denso biombo de buganvílias pra não ser visível da rua.

Naquela manhã, um domingo, estava trinta e dois graus quando levantei. Jackson e eu fomos à praia com Jimmy Darling. Eu nunca tinha ido ao calçadão de Venice Beach, e talvez me levar lá fosse a pegadinha de Jimmy Darling.

A gente ficou andando, passou pelos engolidores de espada e pelos estúdios de tatuagem e de piercing. As mesas com incenso de abacaxi, de mirtilo e óleo de melão. Narguilés de manga e de morango. Crunk e hip-hop da velha guarda tocando enquanto hippies dançavam infatigáveis, balançando a barba e as miçangas que iam até a cintura. Velhinhos sem teto dormiam em poças de urina. Gente de patins e sem camiseta, bronzeada artificialmente e suada, andava desviando da multidão e dos restos de vômito indiscretos. As pessoas se acotovelavam. Crianças gritavam.

Isso é horrível, eu disse.

Jimmy Darling pôs o braço em volta da minha cintura e disse que gostava de pensar naquilo como o *melhor* que a Califórnia tinha a oferecer. A gente foi andando até a pista de skate porque o Jackson queria ver os adolescentes fazendo manobras no piso de concreto. Quando chegamos lá dois skatistas estavam começando a discutir. Um deles bateu com o skate na cabeça do outro. Saiu gente sabe-se lá de onde, e de repente havia uma multidão de homens sem camisa brigando.

O Jimmy pegou o Jackson e correu. Fui atrás. Encontramos nosso carro, entramos e sentamos. Estava chateada. Aquela porrada, skate na cabeça. Jimmy me acalmou. A gente levou o Jackson até um bar longe da praia, comeu sanduíche e assistiu um jogo dos Dodgers. Depois do jogo, enquanto a gente se despedia, tive a sensação de que eu tinha alguém em quem podia confiar. A gente deu um beijo pela janela da picape do Jimmy até eu me afastar e dizer tchau.

Fui dirigindo pra casa. Jackson dormiu no banco de trás. Provavelmente eram nove da noite quando estacionei na minha rua. Sei que eram nove da noite porque contei cada minuto que veio depois.

Subi as escadas carregando meu menino apagado no ombro.

Na minha sacada, na cadeira da minha sacada, estava sentado Kurt Kennedy. Kennedy, com sua cabeça calva e irregular, as sardas, a gola alta, a voz rouca, a persistência, ali estava ele.

Ter me mudado e me sentido livre dele pela primeira vez em meses. E chegar em casa e encontrar o cara me esperando.

Eu também tive azar.

19

Candy Peña tricotou mantas para bebês com os novelos que Gordon Hauser levou pra ela. As mantas foram coletadas por um funcionário da unidade e postas na sala onde ficavam os objetos recebidos e os que deviam ser enviados pra fora. Sempre que passava pela sala, Gordon via as mantas lá, numa sacola enorme, as cores dos novelos que ele tinha escolhido à mostra, berrantes e tristes. Um dia ele perguntou delas pra responsável pela área. A funcionária era uma loira com uma queimadura na pele e um rabo de cavalo bem apertado, brusca, ex-militar. Ela desdenhou. "Isso aí? Ninguém quer. Vivo esquecendo de dizer pro pessoal da portaria botar no lixo."

Essa funcionária supervisionava as visitas familiares quando as detentas tinham uma espécie de apartamento na prisão por trinta e seis horas, com os parentes de sangue.

Parentes de sangue. Soava tão violento. Ou era Gordon que estava perdendo a perspectiva, tudo sendo deformado pelo que estava à sua volta.

Era difícil ver as presas se despedindo?, Gordon perguntou pra funcionária, antes de ter mais experiência. Ele tinha testemunhado, passando por uma família que estava de visita, crianças pequenas agarradas à mãe e chorando histericamente. Alguém pintou na calçada uma amarelinha lilás do lado de fora das unidades das famílias.

"Você vai criando uma couraça", a funcionária disse, a boca franzida, como se para mostrar: isso é uma couraça. "Especialmente quando você sabe que a culpa é da própria mãe."

Teria sido melhor se as mantinhas tivessem ido para o lixo. Em vez disso, os policiais da unidade as devolviam às mulheres do corredor da morte que tinham tricotado as peças. Quando Gordon voltou pra lá, Candy Peña tinha unido suas duas cobertas de bebê e transformado num colete grande, uma espécie de poncho, em tons leves e translúcidos de azul e amarelo. Ela segurou no ar. "Espero que sirva."

Tricotou é o pretérito perfeito de tricotar. E ninguém quis o que Candy Peña tricotou, nem mesmo Gordon, que botou o colete num saco de papel no fundo do porta-malas do carro e tentou esquecer aquilo.

Uma noite ele deixou o uísque amortecer seu cérebro no Baressi's e foi tomado de nostalgia por Simone, a mulher que ele namorou em Berkeley. Recentemente ela ligou e deixou um recado, perguntando se ele tinha comprado uma geladeira nova. Era uma piada de quando eles namoravam, e a ideia era dizer que ele era um projeto em andamento, que ainda não estava pronto, mas que um dia estaria, uma vida numa casa até com geladeira instalada. Era um modo de equiparar a falta de instintos domésticos dele ao fato de ele a ter rejeitado, o que fazia com que ele se sentisse mais culpado do que ela imaginava, porque não era bem assim. As ressalvas dele diziam respeito a Simone, não ao fim da solteirice. Ele não retornou a ligação, e por que não? Agora que estava meio bêbado e solitário ele não conseguia entender. A garçonete jovem, com seu sorriso grande, os seios siliconados pressionando os botões da blusa, seguia perguntando aos homens que bebiam juntos mas separados se eles precisavam de alguma coisa. "Todo mundo está servido?" Ela perguntava como se estivesse na Appalachia, e não no Central Valley.

Na tevê acima dela passavam imagens filmadas por uma câmara portátil, imagens de uma cidade tomada por uma milícia xiita, homens e meninos com máscaras que cobriam o rosto passavam pela câmera em scooters, pilhas de destroços queimando ao acaso ao fundo. Alguém pediu à garçonete pra mudar pro jogo da segunda divisão de beisebol. Gordon leria sobre a milícia quando chegasse em casa. A guerra era particular. Travada entre cada homem e seu computador. Gordon podia ter optado por uma vida mais ascética e ficado sem acesso à internet, mas o inquilino anterior já tinha mandado instalar. O proprietário disse que ele tinha tido sorte. Muitos endereços na montanha não conseguiam o serviço.

Vou mandar um postal pra Simone, ele pensou. Ser evasivo. Não revelar que ele tinha esperanças de fazê-la gritar como aquele puma na montanha, na cena que ele imaginou. Simone, indo à cabana dele na floresta, os livros dele empilhados no chão empoeirado, a garrafa de uísque no balcão da cozinha. Uma mulher ali pra testemunhar sua vida solitária, o gosto que ele tinha adquirido pela beleza do vale — que para um olho destreinado não era bonito. O vale era uma paisagem brutal, plana, manufaturada, com uma estranha luz cor de limonada, o solo com uma camada espessa de poluentes de equipamentos agrícolas e de refinarias de óleo. Era um inferno na terra construído por humanos, mas ainda assim era um vale verdadeiro, com cadeias de montanhas dos dois lados. Era do tamanho da agricultura industrial, feito sob medida para isso. Era difícil imaginar a aparência do lugar antes da ocupação. Era difícil até mesmo imaginar como ele era quando a terra era trabalhada à moda antiga, por pessoas. As máquinas chacoalhavam as amendoeiras numa sincronia violenta. Os frutos caíam no chão a cada solavanco mecânico. Outras máquinas varriam as amêndoas não descascadas para sulcos, e um terceiro grupo de engenhocas automatizadas sugava as amêndoas por calhas em direção a funis. Tudo isso acontecia muito rápido uma vez por ano, a colheita de setembro. Na maior parte do tempo os imensos campos de amendoeiras ficavam vazios e silenciosos.

Ele pagou a conta e caminhou até o posto de gasolina ao lado. O posto era o principal revendedor de bebida alcoólica na cidade e havia uma fila, homens e meninos de olhos semicerrados sob luzes fortes esperando pra comprar cerveja e um vinho barato. Gordon pegou uma Perrier pequena da geladeira, para o trajeto montanha acima. O gás ajudaria a ficar alerta quando fosse dirigir. O menino que estava na fila atrás dele olhou para a bebida de Gordon quando ele pôs a garrafa sobre o balcão. "O que é isso?", ele perguntou. A garrafa verde em forma de pera de repente pareceu atraente e exótica. Gordon entendeu que o menino pensou que fosse uma bebida alcoólica. "É, ahn, uma água francesa."

"*Água* francesa." O menino fez uma cara de desprezo. "Achei que fosse um tipo novo de bebida."

O posto de gasolina não vendia postais. Tente a Dollar Tree, o caixa sugeriu. Ele não encontrou postais em Stanville. Aparentemente não era um lugar onde as pessoas celebravam e caso quisesse manter contato com Simone ele poderia apenas mandar um e-mail como uma pessoa normal.

Naquele Natal, sua semana de folga, ele dirigiu até Berkeley pra dormir no sofá do Alex.

"Como vai a vida em um cômodo só?", Alex perguntou.

Gordon não entrou em contato com Simone. Ele e Alex fizeram o circuito da nostalgia: sebos, a lanchonete irlandesa na parte baixa da cidade, os cafés na Telegraph que ficavam cheios de mulheres bonitas que se empenhavam pra parecer que não estavam se esforçando e que eram naturalmente assim. O churrasquinho na Shattuck e o bar de blues logo ao lado, que na época que eles estavam na faculdade podia ter tido uma placa, O BAR MAIS ENFUMAÇADO DO MUNDO, mas agora ninguém mais fumava em bares — era ilegal. Alex e Gordon falaram sobre a guerra. Os dois acessavam obsessivamente os mesmos sites, o Informed Comment para análise e o iCasualties para dados. Os dois achavam as mesmas coisas divertidas ou hediondas. Tudo era hediondo, mas algumas coisas eram divertidas. O jeito como Bush falava do "sr. Maliki", que a CIA tinha colocado no posto de presidente. "Estou tentando *ajudar* o homem!", Bush disse com um desespero real mas totalmente sem noção numa coletiva de imprensa fracassada.

Tentando *ajudar* o homem!, Alex ficava repetindo.

Pouco depois do Natal, o novo governo iraquiano enforcou Saddam Hussein. Gordon e Alex assistiram pela internet.

"Ele foi bem digno", Alex disse. "Estava sendo xingado enquanto morria e mesmo assim tenho impressão que a última palavra foi dele."

Gordon atravessou a ponte para San Francisco sozinho, comeu num restaurante vietnamita no centro, que sua aluna Romy Hall tinha mencionado. Não que ela tivesse recomendado o lugar. Ela fez uma lista dos lugares de que sentia falta. O cozinheiro, ela disse, tem um hábito engraçado. Depois que termina de usar o pegador de salada, ele o bate duas vezes e depois limpa na camisa. O jaleco dele tem uma mancha grande de gordura no lugar onde ele faz isso. E o pai dele fica sentado fumando um cigarro atrás do outro e cortando carne, no andar de cima, onde ficam os banheiros. O cozinheiro estava lá quando Gordon foi ao restaurante. Ele bateu o pegador duas vezes e deslizou na roupa. O pai estava no andar de cima, fumando um cigarro atrás do outro e cortando uma pilha gigantesca de carne.

No Ano-Novo ele e Alex foram a uma festa em Oakland, um típico cenário de gente amontoada numa cozinha fazendo perguntas sem sentido do tipo O que você faz? e De onde você é? As mulheres prestaram uma atenção extra em Gordon, ainda sem saber qual era o problema dele, coisa que já tinham estabelecido para os outros homens solteiros da festa, de acordo com Alex. Algumas eram ex-estudantes de letras ou de retórica ou de literatura comparada que se transferiram para a psicanálise. Não só fazendo análise como abrindo consultórios. Alex disse que foi rotulado como histérico, o que basicamente significava que a mulher que ficou feliz em fazer esse diagnóstico queria dormir com ele, mas achava ele muito manhoso e muito "irmãozinho menor" pra um relacionamento de verdade.

Quando Gordon mencionou meio hesitante o que fazia da vida, depois de perguntarem várias vezes, as mulheres na cozinha foram pra cima dele como uma nuvem de gafanhotos.

"Sério? Uma penitenciária? Deve ser difícil."

"Guardas de prisão. Eu não ia conseguir olhar pra essa gente."

"Eles nem usam as próprias roupas. Tipo policiais, só que ainda pior. Que vidinha de merda."

Quanta discussão entre as mulheres sobre essa escória do planeta que trabalhava como guarda. Ele não teve coragem, ou quem sabe disposição, de perguntar se aquelas mulheres já tinham conhecido um guarda de alguma penitenciária. E por que ele defenderia os guardas? Ele mesmo odiava aqueles caras. Mas se a pessoa saísse da sua bolha perceberia que os guardas das penitenciárias eram pessoas pobres sem opções razoáveis. Ainda esses dias um guarda tinha dado um tiro na cabeça numa torre de vigilância no Salinas Valley. Ele podia ter contado isso, usado contra-argumentos com aquelas mulheres na festa. Mas não era óbvio? Nem usavam as próprias roupas. A interação trouxe de volta ansiedades da época de faculdade, o modo como seus colegas criticavam sem mais pessoas sobre as quais nada sabiam.

Como o primeiro e o único membro da família a chegar ao chamado Ensino Superior, talvez Gordon tivesse uma tendência à hipersensibilidade. Ele conheceu gente na faculdade que adorava se dizer da classe operária, e pode ser que essas pessoas tivessem um dos pais com menos educação formal ou pode ser que a família fosse "pobre", mas mesmo assim os pais tinham chegado à faculdade. Fosse como fosse, se alguém ficasse batendo na tecla da autenticidade da origem, Gordon em geral achava que era um indício de que aquela pessoa não tinha vindo de fato da classe operária. Se tivessem o histórico de Gordon, eles esconderiam isso, do mesmo modo como Gordon fazia, porque o próprio fato de seu status de pioneiro era em si uma prova de quanto sua fuga era frágil.

Algumas pessoas que ele conhecia foram à festa, amigos do departamento que fizeram pós-docs e que falavam sobre as entrevistas de emprego que fariam, sobre os detalhes dos contratos para publicar suas teses, como se isso fosse um assunto interessante. As mulheres faziam aquela coisa de faculdade de desenhar aspas no ar para se distanciar das palavras que escolhiam, essas mulheres estudiosas com um tipo de estranheza que ele antes achava engraçadinha. Gordon não queria discutir sua vida com essa gente. Ele bebeu, como salvação temporária para seu alheamento.

Ele e Alex acordaram de ressaca.

Com Alex, pelo menos, Gordon podia expressar parte do que era estar em Stanville. Ele descreveu suas alunas, dando a Alex a impressão de que Romy Hall era apenas mais uma aluna que ele ajudava, igual às outras, o que fez com que lá dentro ele percebesse que não era esse o caso.

Alex começou a fazer perguntas sobre o envolvimento dele com as detentas. Alex falou sobre Norman Mailer e Jack Henry Abbott. Alex disse que ficava pensando se Mailer era responsável pelo que aconteceu depois que ele tirou Jack Henry Abbott, seu pequeno projeto pessoal, da prisão.

Ele não era um projeto, Gordon disse.

"Tá, tá", Alex disse. "Não era. Era uma pessoa. Mas será que o Norman Mailer entendia isso?"

No primeiro dia que Gordon voltou pro trabalho, o diretor decretou estado de emergência por causa da neblina. Nem era neblina de verdade. Era uma névoa causada pela aplicação de agrotóxicos nos campos de amendoeiras em torno da penitenciária. A determinação do diretor significava que todas as presas ficariam fechadas nas celas. Nada de trabalho, nada de aulas, nada de movimento. Gordon seria pago para ficar sem fazer nada, assim como todo mundo na penitenciária, mas sentia uma espécie de remorso. Ele não iria vê-la, não ia poder contar que foi ao restaurante vietnamita na Sixth Street.

Ele foi pra casa e se deixou agir por impulso. Ligou para o número que ela havia dado pra ele. Jackson Hall era o nome do menino, escrito num pedacinho de papel cor-de-rosa. Só estou investigando. Ela não precisa nem saber que eu liguei. A pessoa que atendeu disse pra ele ligar em outro número. No número novo ele ficou esperando um tempão, e depois foi transferido para a caixa de mensagens de alguém. Depois de vários dias, alguém retornou a ligação e deixou uma mensagem. Gordon estava no trabalho. Ele ligou para o número na manhã seguinte. Caiu na caixa postal e ele deixou outra mensagem. Isso se estendeu por semanas, porque Gordon não ficava muito em casa, já que trabalhava no vale e morava na montanha.

O que ele acabou descobrindo, quando falou com uma criatura humana no Conselho Tutelar de San Francisco, era exatamente a prova de que ele não deveria ter se envolvido.

20

Alguns anos atrás uns cuzões construíram uma casa de campo do outro lado da Stemple Pass Road. Uns escrotos de motos e motos de neve. Ficavam passando zumbindo pra cima e pra baixo pela estrada ao lado da minha cabana na maior parte dos fins de semana, no verão e no inverno. No verão passado foi pior que o normal, às vezes estendiam o fim de semana por três dias. Estava ficando absolutamente intolerável. Fazia mal para o meu coração. Qualquer estresse emocional, principalmente raiva, e ele bate de maneira irregular. Chegou a tal ponto que aquele ruído me fazia engasgar de raiva, disparava meu coração. É arriscado cometer crimes tão perto de casa, mas pensei que se eu não pegasse esses caras a raiva ia literalmente me matar. Então, uma noite no outono fui até lá sem ninguém me ver, embora eles estivessem em casa, e roubei sua serra elétrica. Enterrei no pântano.

 Semanas depois abri caminho para entrar na casa e detonei o interior por completo. Era um lugar de fato luxuoso. Eles ainda tinham um trailer. Invadi lá também. Encontrei lá dentro uma moto pintada de prata. Arrebentei a moto com meu machado. Eles tinham quatro motos de neve lá fora. Acabei com o motor delas.

 Mais ou menos uma semana depois os policiais apareceram aqui perguntando se eu havia visto alguém à toa perto de alguma casa. Também perguntaram se eu tinha algum problema com motos. A verdade passou pela cabeça deles. Mas é provável que eles não tivessem suspeitado de mim a sério. Caso contrário suas perguntas não teriam sido tão rotineiras.

    Fiquei feliz de responder às perguntas dos policiais com tanta tranquilidade.

21

Esse é o jeito que um cara nunca, jamais vai querer acordar: algemado e numa cama de hospital. Mas foi assim que aconteceu com Doc. Algemado à cama. Um médico entrou. Não o assistente de um médico da penitenciária, um médico de verdade. Estava até de jaleco. O médico se reclinou sobre ele.

"Você está acordado", ele disse. "Você me ouve bem?"

Doc fez que sim com a cabeça.

"Você sabe como veio parar aqui?"

Doc fez que não com a cabeça. Não tinha a menor ideia.

"O.k., tudo bem. Vamos começar com o básico. Você sabe em que ano a gente está?"

"Em..."

Doc não sabia que ano era. Mas percebeu que sabia como responder a essa pergunta estúpida.

"É o ano depois do ano passado."

O médico franziu a testa. "Você sabe onde está?"

Doc olhou em volta. A única coisa que ele viu foi um carrinho metálico com comprimidos em copinhos de papel. Um policial armado sentado numa cadeira. O quarto não tinha janela e não havia nada nas paredes. Ele olhou pra baixo pra ver o próprio corpo. Viu uma roupa que era metade de uma roupa. Sua mão estava envolta por uma fita que segurava uma agulha dentro dele. Havia tubos que ligavam a mão a um suporte de metal onde havia uma bolsa pendurada com um líquido claro, cheia até a metade. Uma pessoa que devia ser enfermeira entrou e deu uma olhada na bolsa. Apertou de um jeito que pareceu descuidado e saiu do quarto. Os pulsos algemados de Doc estavam acorrentados ao suporte de metal da cama. Os tornozelos também estavam algemados ao suporte da cama. Ele não tinha ideia de onde estava. A única coisa que sabia era que sentia como se um vertedouro de concreto tivesse rachado seu crânio em dois. Água gelada escorreu pelo vertedor, rasgando seu cérebro.

"Alguma noção de onde você está?", o médico voltou a perguntar.

"Sim. Estou exatamente acima do centro da terra."

Ei, pelo menos era uma resposta.

O médico deu um sorriso. "Tá bom, engraçadinho. E você sabe me dizer o seu nome?"

"Sei", Doc disse. "Eu sei o meu nome. Eu sei!"

"Porra, parabéns, hein?", o guarda falou de sua cadeira.

"É Rico L. Richards. Viu?" Doc olhou para seu antebraço onde havia tatuado uma grande nota de dólar e, embaixo, FODA-SE, EU SOU RICO. Era uma piada. Ele era Rico, Rico Richards, apesar de as pessoas o chamarem de Doc. Ele descobriu aquele desenho na parede de um estúdio de tatuagem em Hollywood, entre outras opções que os clientes podiam escolher. Doc não tinha amnésia. Ele sabia quem ele era. Foda-se, eu sou Rico. Conseguiu se lembrar de algum jeito embora não soubesse como.

Ele estava com uma corrente em torno da cintura. Uma corrente eletrificada, na verdade. Se tentasse arrancar, levaria um choque terrível.

"O que eu fiz?", ele perguntou ao médico. "Eu matei alguém?"

O guarda armado na porta riu alto e demoradamente. "Eu *matei* alguém", ele imitou em falsete.

"Você teve um traumatismo craniocerebral", o médico explicou. "Quase morreu. Ficou em coma induzido por oito semanas, enquanto a gente esperava o inchaço diminuir."

"Esse cretino ficou aí esse tempo todo me vigiando?"

"Esse tempo todo e mais um pouco", o cretino disse.

O médico explicou que ele estava num hospital em Lodi.
"Puta que pariu, detesto Lodi."
Mas ele já tinha estado em Lodi? Ele não tinha certeza.

Traumatismo craniocerebral, ficavam repetindo para ele. O médico lhe entregou um folheto, "Ensinando a quem você ama sobre seu TCE". Era o que eles entregavam no hospital, que não tratava condenados, a não ser que fosse obrigado. Doc não tinha nenhuma pessoa amada, mas leu mesmo assim. Ele ia dormir bastante, era preciso que suas pessoas amadas imaginárias soubessem. Era possível que ele agisse como se tivesse passado por uma mudança de personalidade e que agora estivesse mais tranquilo ou mais nervoso, mais ou menos propenso a explosões violentas, que apresentasse talentos inesperados ou que sua inteligência e suas funções parecessem embotadas ou limitadas. As pessoas amadas, no caso de quem tinha alguém que se qualificasse assim, deviam ter paciência com essas transformações e com as confusões e sensibilidades da pessoa em recuperação, com as vertigens, as ideias atípicas e o humor errático.
    De fato, Doc teve vários pensamentos estranhos ao longo dos dias que ficou deitado naquela cama esperando a enfermeira entrar e apertar e trocar a bolsa endovenosa. Na maior parte das vezes eram pensamentos sobre astros da música country, que vagavam por sua mente como pôneis numa pista circular. Esses astros, tanto homens quanto mulheres, eram elegantes, estavam vestidos para fazer um show diante de milhares de pessoas no palco e de uma multidão ainda maior na tevelândia. Eram pessoas que pareciam ser velhos amigos da família, mas que ele não sabia de qual família ou da família de quem. Havia uma sensação de reunião se aglomerando em sua mente, muita gente se juntando no palco para tocar uma canção com todos os astros. Dolly Parton e suas covinhas. Roy Acuff. Ray

Pillow. Ray Price, o caubói Cherokee. Skeeter Davis. Ferlin Husky. Todo mundo cantando "Wildwood Flower".

Corta para um comercial da farinha Martha White, cantado por Flatt e os Scruggs.

O médico disse que o traumatismo craniocerebral podia fazer isso. Fazer você ver ou ouvir claramente uma memória, ou as duas coisas, neste caso.

O pai adotivo sádico de Doc, Vic, era fã do Grand Ole Opry e assistia seu programa na tevê. Porter Wagoner era o favorito do seu pai adotivo. Porter Wagoner usava jaqueta jeans com corte de fraque para exibir a fivela de rodeio do tamanho de uma frigideira. Seu rosto era comprido e oval como a abertura de lona de um carroção coberto. Os vincos da calça podiam ser usados para fatiar presunto, e a calça era tão justa que não precisava de um cinto, quanto mais uma fivela de rodeio, e a ideia de que um dândi como Porter Wagoner tinha vencido ou mesmo participado de qualquer rodeio de verdade não era realista, mas fazia parte da cultura.

O tempo corria, os pensamentos de Doc flutuavam livremente, dando aos dias e às noites uma semelhança sem fim, uma vigília confusa, uma nova bolsa endovenosa, uma troca de hostilidades de brincadeira com o policial na porta, e o sono que chegava como um nocaute.

Um dia vestiram roupas de presidiário nele e o mandaram de novo para New Folsom, mas não para o pavilhão de antes. Doc precisou ir para a enfermaria, porque dormia vinte horas por dia e tinha problemas de equilíbrio, caía quando tentava andar.

Ele sabia que ano era. Sabia onde estava. Não conseguia lembrar por que odiava Lodi, mas talvez isso não fosse importante. Foda-se, eu sou Rico. As informações tinham voltado, mais ou menos, mas ele se sentia diferente. Alterado. Não só por causa da música country que entrava por um dos ouvidos ou por outro lugar, tocando e enchendo Doc de sons e imagens do passado. A diferença mais gritante era seu temperamento. Era como se alguém tivesse entrado lá, na sua cabeça — não na gosma biológica empacotada no seu crânio, mas no *verdadeiro ele*, nas memórias e nos sentimentos, e nas imagens armazenadas. Como se alguém tivesse entrado lá e trocado tudo de lugar, mudado as coisas enquanto ele estava em coma. Ele se sentia diferente. Se sentia bem. Ainda que tivesse dores de cabeça incapacitantes e nem sempre encontrasse as palavras quando ia falar. Ele tinha essa sensação de que tudo ia ficar bem. O que era estranho, porque nada ia ficar bem. Ele estava cumprindo pena perpétua sem chance de condicional. E era tira, e agora o segredo bem guardado tinha sido revelado. Todo mundo sabia, daí o motivo do seu companheiro de cela ter tentado matá-lo. Tinham dado carta branca pra quem quisesse ir atrás de Doc. O futuro dele seria uma merda completa. Ele seria transferido para uma penitenciária que só tinha Seguro. Ao chegar lá, se o disfarce dele fosse descoberto, se as pessoas ficassem sabendo do histórico dele, não haveria nenhum outro lugar para onde ele pudesse ser transferido. Era provável que Doc morresse de modo violento. E no entanto ele vivia um dia de cada vez e não entrava em pânico. Tinha uma sensação de paz, e isso era novidade, uma sensação nova pra ele. Talvez a esperteza dele tivesse ficado embotada, exatamente como dizia o folheto dirigido às pessoas amadas imaginárias dele.

"Eu me sinto bem. Me sinto bem pra cacete", ele disse para as paredes nuas da sua cela.

"O que foi que te deram, querido?", perguntou uma voz na cela ao lado. "Também quero. Pra mim só dão cloridrato de tramadol."

"Não me dão drogas", Doc disse. "Só me sinto bem. É porque meu crânio foi arrebentado. O que aconteceu com você?"

"Fui espancada e os guardas só ficaram olhando. Ninguém me ajudou."

O vizinho tinha uma voz aguda. Doc gostava do som. Ele tinha ouvido as enfermeiras falando por alto. O vizinho era transgênero, era "ela". O nome dela era Serenity e Doc queria saber tudo sobre ela.

"Você é branca ou negra?", ele perguntou pela parede.

"Eu sou de todas as cores, meu amor."

Mas ele viu, pela janela estreita da porta da sua cela, quando levaram Serenity para o chuveiro, que ela era negra. Era magra e tinha um corpo delicado e rosto angelical. Uma porra de um anjo. Ele viu. A moça era bonita. Mas coitadinha. O braço estava numa tipoia, e a perna, engessada. Eles levavam Serenity pelo corredor numa cadeira de rodas. O jeito dela de sorrir quando virou para o enfermeiro espantou Doc. Tinha o sorriso de uma mulher, e alguma coisa no sorriso dela, algo, fazia valer a pena sorrir para o mundo.

Ele tentava dar uma olhada em Serenity toda vez que ouvia a agitação da cela dela sendo aberta.

"Ei, Multicolorida", ele disse uma manhã. "Eu te acho linda."

"Você não é meu tipo, meu bem."

"Como é que você sabe?"

"Porque eu te vi. A sua cabeça parece uma bola de beisebol com todas essas costuras."

Doc riu. "Eu também te vi. Te detonaram de verdade, né?"

Tinham batido nela até desmaiar. Ela chorou quando contou pra ele.

Mais tarde, quando Doc voltou a pensar no que Serenity tinha contado, ele soube que não estava completamente mudado. Ele sabia que ainda era o velho Doc, porque era capaz de alimentar a própria ira imaginando o que tinha acontecido com Serenity. Ele queria destruir as duas pessoas que fizeram aquilo.

Meter uma bala na cabeça de cada um. Jogar os corpos no porta-malas e deixar no lixão do deserto entre Los Angeles e Las Vegas.

Ele gostava cada vez mais da voz da cela ao lado. A vizinha. Antes ele insultava as transexuais, e por quê? Eram mulheres, numa prisão masculina. Ele gostava dos peitinhos delas, mas não tratava as transexuais como humanos. Serenity era muito parecida com uma mulher de verdade; não tinha pinto. Não tinha nada "lá embaixo". Ela se divertia com o modo como ele dizia isso, mas na presença de uma dama ele não queria ser vulgar. Ela fez uma cirurgia de mudança de sexo, mas foi na prisão, feita por ela mesma num momento de coragem e desespero. Quase morreu por causa da perda de sangue. Mas melhorou. Puseram Serenity na população geral. Foi atacada, estuprada e espancada por dois homens da unidade. A penitenciária queria que ela ficasse permanentemente na solitária.

"Disseram que não conseguem garantir a minha segurança. Mesmo que me pusessem numa penitenciária de caguetas eu não ficaria segura."

Ela entrou com uma petição para ser reclassificada como mulher e enviada a uma penitenciária feminina. Teve outro detento no sistema estadual que conseguiu, segundo o advogado dela. Era o sonho de Serenity.

"Espero que seus sonhos se realizem", Doc disse através da parede.

Em breve o próprio Doc iria para uma penitenciária de caguetas, mas ele não contou para Serenity, assim como não contou nada pessoal. O que havia pra contar? Que eu era um policial corrupto que matava gente? Ele podia não estar bem, podia estar fraco e mais tranquilo do que antes, mas não era burro.

Durante esses meses na enfermaria, quando não estava conversando aos gritos com Serenity, ele ouvia sua música country, que ficava tocando mais ou menos o tempo todo. Havia um dedo num botão do cérebro dele apertando o play. Ele ouvia Grandpa Jones. Booger Beasley. Possum Hunters. Fruit Jar Drinkers. Tarpaper Sharecroppers. Stringbean e sua banda String. Stringbean era um cantor que usava calça com o cinto na altura da coxa, bem lá embaixo, a calça presa à camisa para que o conjunto todo ficasse no lugar. Era engraçado na época. Nos anos 60. Pelo menos o pai adotivo dele, Vic, achava engraçado e queria que Doc risse junto. Ou Vic queria que Doc fosse pegar um cinzeiro para ele. Stringbean era alto, mas sua calça era pequenininha, por estar com o cós lá embaixo, na altura da coxa, e era muito mais curta do que a perna de um homem alto. Stringbean não estava debochando da maneira como os jovens negros usavam calça tão baixa. Foi bem antes disso. Se você dissesse ao Stringbean que essa calça tinha o estilo do gueto ou da prisão, com o cinto na altura da coxa, bom, você simplesmente não diria. Não ia ter jeito de explicar. O show de comédia no Grand Ole Opry era para brancos. A música country era para gente branca, mesmo quando cantada por Charley Pride. A calça de cós baixo de Stringbean era um eco bizarro, acidental. Bandas caipiras cantavam jingles para a farinha Hillbilly, que era uma marca. Hillbilly. Daisy Rhodes, do Texas, cantava a música do comercial com os Golden West Cowboys. Tinha problemas de pele e uns olhos negros e um encanto pálido granulado. Não era bonita, mas era muito sexy.

    Hank Williams era desnutrido e a coluna dele era torta. Minnie Pearl trabalhava limpando quartos como camareira quando Judge Hay lhe deu uma bela chance, a velha camareira de vinte e oito anos de idade. Hank Snow trabalhava de garçom num navio. Marty Robbins foi criada numa cabana e para ganhar a vida capturava cavalos selvagens. Porter Wagoner estudou até o quarto ano. Dolly Parton tinha doze irmãos e morava numa casa sem água encanada. A música country era um negócio entre irmãos.

E não irmãos no sentido dado por gente que usava calça baixa como Stringbean, não como piada, não o irmão do vocabulário deles, que era só mais uma palavra para camarada ou amigo.

Ruby Owens, do Texas, morreu queimada no incêndio de um trailer. Morrer num trailer queimado era um risco pra vários tipos de pessoas, pessoas como Doc. Mas também pro tipo de gente que Doc prendia. Uma vez Doc tinha ido a uma ocorrência, um trailer incendiado em Westlake no início dos anos 80. Era um lugar abandonado e vandalizado pelos próprios moradores. Mexicanos que misturavam cerveja com mexilhão e suco de tomate, acendiam velas por superstição e dormiam. Se esqueciam das velas e caíam duros. "Festa no barraco", Doc disse depois que os bombeiros extinguiram as chamas e o trailer virou uma casca chamuscada, sibilante e enfumaçada. Doc achou engraçado que aquelas pessoas tivessem queimado a própria casa e tivessem ficado sem teto. Porra, que escroto que eu era.

Ele disse pra Serenity que tinha sido uma má pessoa. Tinha andado com uma outra pessoa ruim, e os dois juntos mataram um cara. Ele contou a história toda para Serenity, sobre Betty e o marido dela e sobre o assassino do marido. Serenity disse que se o sujeito era um assassino de aluguel pode ser que eles tivessem feito uma coisa boa. Talvez Doc não fosse tão mau assim. Serenity flertava, dourava a pílula, talvez em parte fosse por isso que ele gostava tanto dela.

"Eu matei um menino sem motivo nenhum", ele disse, passando para o fato mais grave, a cena do lado de fora da casa de penhores em Beverly. "Estourei os miolos dele."

"Eu matei uma pessoa também", Serenity disse, para surpresa e irritação de Doc. Esse era seu momento de grande confissão e afinal de contas os dois eram uns cretinos. E de repente Doc queria fazer uma competição, insistir que ele era pior. Mas acabou lembrando que Serenity era uma dama e não competiu. Ele tentou se concentrar no que ela estava dizendo.

"Meu primo Shawn teve uma ideia idiota de roubar umas coisas de uma casa", ela disse. "Não era pra ter ninguém lá. Eram só umas pessoas que tinham emprego e deveriam estar no trabalho, mas estavam em casa. Shawn alterou o plano original e amarrou as pessoas, mas o homem conseguiu escapar. A gente ficou só com a mulher e ela gritava superalto. Shawn me mandou atirar nela. Fiz o que ele mandou. Daria tudo pra trazer aquela mulher de volta."

Serenity conseguiu ser reclassificada. O Estado passou a considerar que ela era mulher. Depois tudo foi rápido. Tiveram que removê-la da prisão, porque de repente havia uma mulher em plena enfermaria de uma unidade masculina.

Doc sentiu toda a sua empolgação e seu nervosismo do outro lado da parede. Deu parabéns e desejou sorte.

"Estou com medo", ela disse. "E se as mulheres não me aceitarem?"

Doc lhe disse o que Judge Hay falou pra Minnie Pearl quando ela estava começando, verde como as colinas do Tennessee, e nervosa na hora de entrar no grande palco do Grand Ole Opry na frente de tanta gente.

"Você só tem que chegar lá e amar essas pessoas, querida", Judge Hay disse a Minnie Pearl, e Doc repetiu para Serenity.

"Apenas vá e ame as pessoas, e elas também vão te amar."

Seis semanas depois, o advogado de Doc disse que ele estava bem o suficiente para ir para a ala do Seguro numa penitenciária de caguetas no deserto.

"Mal posso esperar", Doc disse, sem o menor vestígio de sarcasmo.

22

Um dia recebi uma visita. Você não fica sabendo com antecedência quem é. Te chamam e mandam a visita entrar. Eu estava em Stanville fazia três anos e meio e ninguém nunca tinha vindo me visitar. Não recebia nem correspondência. Tinha mandado cartas a uns poucos amigos de San Francisco. Ninguém me respondeu. As pessoas caem fora rapidinho quando você desaparece numa penitenciária.

Eu não fazia ideia de quem tinha viajado até aqui.

Quando passei pela revista vi que era o advogado do Johnson.

"Não tenho nenhuma novidade pra você", ele disse, respondendo ao meu olhar de surpresa esperançosa.

"Vim ver como você está. A gente se aposenta do trabalho mas não se aposenta das lembranças. Daqui vou até Corcoran visitar um cara que tem cinco prisões perpétuas, e outro que pegou perpétua sem condicional. Você parece bem."

"Não estou", eu disse. "Só bronzeada." Eu tinha passado um tempo na parte sem sombra do pátio, estava praticamente marrom.

A Pingo também estava na sala de visitas. Estava sentada com um idoso. O sujeito suava em bicas. Parecia ter uns noventa e cinco anos. Eu não sabia que gente tão velha suava. Pingo tinha um metro e oitenta, era forte, semimasculina, brava e bonita, cabelo preso, o rosto como uma arma. O velhinho era encurvado e careca e ficava o tempo todo pondo a mão no peito. Obviamente era alguém que ela havia enganado por carta pra levar coisas pra ela. Numa outra mesa estava Button Sanchez, também com um velho. Ele comprou um banquete inteiro da máquina de comida para ela: sanduíche de micro-ondas e batata frita, sanduíche de sorvete e dois tipos de energéticos. Ela sorria pra ele e ele acariciava os seios dela com os olhos.

Pingo e Button e outras mulheres perto de mim, todas moldando seus Keaths: não era tão diferente assim do Mars Club, tirando o fato de que aqui elas se empetecavam e vendiam seus corpos em troca de comida industrializada barata. Ou, no caso de Pingo, um papelote de heroína.

Eu também precisava de gente pra me trazer coisas, como todas elas. Agora também tinha uma página num site para troca de correspondências. Mas o que você conseguia desse jeito não tinha valor de verdade. Não dava paz interior, não ajudava Jackson. Não levava a nada que não fosse a existência animal com perfume enviado pelo correio, com duas opções — Tabu ou Sand & Sable.

"Tem algum jeito de entrar em contato com o meu filho?"

"Isso está fora da minha alçada. Se pudesse te ajudar com isso, eu ajudava, mas não dá."

"Preciso sair daqui."

Vi o velhinho passar um pacote pra Pingo, e Pingo enfiar habilmente na calça de presidiário.

"Você tem que me ajudar."

O advogado abriu sua pasta e pegou uma pilha de papéis.

"Estou me livrando da papelada e achei que você podia querer seu arquivo. É o material do seu caso — depoimentos, anotações, entrevistas com testemunhas, documentos da procuradoria."

Vendo a pilha de papel, o registro do que aconteceu, do que aconteceu comigo, me senti derrotada. Gritei com ele pra não chorar. Eu disse que vinha pesquisando e que tinha quase certeza que ele tinha sido incompetente.

"Ah, minha cara", ele disse, "isso seria um enorme desperdício da sua energia."

"Por quê? Porque vai fazer mal pra sua reputação?"

"Porque não funciona. Mesmo nesses casos inacreditáveis, quando o advogado não dá a mínima, eles ficam do lado dele. Um sujeito dormiu enquanto o cliente era interrogado. Tinha outro que também era infrator, trabalhando num caso de assassinato para cumprir pena de serviços comunitários, mas sem nenhuma experiência com júri. Você acha que esses caras foram 'incompetentes'? Não segundo a Suprema Corte. Você pegou uma sentença bem dura. Não tem o que fazer e lamento muito."

"Se pelo menos eu tivesse dinheiro pra pagar um advogado."

Ele sacudiu a cabeça. "Romy, essas pessoas que contratam um advogado particular, mas que não podem pagar um bom advogado, digo, um advogado caro, rapaz, que coisa triste. Você devia ver cada advogado particular que as pessoas acabam contratando. Gente que trabalha com casos de embriaguez ao volante de repente lidando com pena de morte. Devia ser ilegal. Você estava muito melhor com a Defensoria Pública."

Era difícil imaginar que eu pudesse estar pior e foi o que eu disse. Chorei de escorrer lágrima pelo pescoço. Queria descontar nesse cara. E no entanto ele foi a única pessoa a me visitar.

A visita da Pingo desmoronou em cima da mesa. Os policiais do posto correram. Parecia que o velhinho estava infartando. Soou um alarme. Paramédicos chegaram correndo.

"A visita acabou", rugiu o interfone. "A visita acabou. Voltem pra suas unidades."

O Hauser tinha deixado evidente que gostava de mim. Todo mundo da classe percebeu. Virou piada, o Conan cantarolava "Lá vem a noiva" quando eu entrava no trailer da aula, suada e coberta de poeira da oficina de carpintaria.

Sammy ficou elétrica com a paixonite do Hauser por mim, especulando que ele podia adotar Jackson quando contei que tinha pedido pro Hauser ligar pra um número. Sammy era uma cronista ambulante de todo mundo que enfrentou adversidades na prisão e conseguia se lembrar de exemplos de funcionários, até guardas, que se ofereceram e criaram filhos de mulheres presas. Continuou falando sobre isso, e a intenção era boa mas não me consolava. Achava que ela não entendia bem a situação, que os exemplos dela eram irrelevantes. Não conseguia explicar: a gente estava falando de um cara normal e bacana que fez faculdade e que provavelmente separa as garrafas e as latas do resto do lixo. Ele não vai adotar meu filho. Vai casar com uma mulher legal como ele que também recicla lixo e eles vão ter filhos juntos, filhos deles mesmos.

Mas, na verdade, eu tinha passado a viver para as aulas dele, mesmo não admitindo. Estava determinada a ganhar o Hauser pra tentar ajudar Jackson, mas também tentava ganhar o cara por um motivo menor e menos delirante. Ele conhecia os lugares que eu conhecia. Quando falava com ele, eu me tornava uma pessoa que vinha de um lugar. Podia passear por vizinhanças, visitar meu apartamento em Tenderloin, com minha cama Murphy, minha mesa de fórmica amarela com o pôster do Steve McQueen em *Bullitt* acima dela. Se você é de San Francisco, você gosta de *Bullitt* e tem orgulho do filme, foi rodado lá. Além disso, Steve McQueen era um menor delinquente que se tornou astro de cinema mas continuou um cara legal, ele mesmo guiava o carro nas cenas perigosas em vez de usar dublê. Eu provocava Jimmy Darling dizendo que comparado ao Steve McQueen ele nem chegava a ser um homem direito. Jimmy não ficava ofendido porque, segundo me disse, ele não tinha ambição de se tornar um.

No mesmo quarteirão do meu apartamento em Tenderloin, dobrando a esquina, tinha um bar pé-sujo chamado Blue Lamp que de vez em quando eu frequentava com umas meninas do Mars Club depois do trabalho. A garçonete, uma velhinha adorável que usava gola alta com um broche cintilante no pescoço, sempre ficava feliz de ver a gente. Ela pegava bebidas pra gente e em troca a gente deixava gorjetas generosas. Perto da meia-noite o cozinheiro francês aparecia — não era um chef, era um cozinheiro — um alcoólatra de jaleco manchado com o nome de um hotel do centro da cidade. O cozinheiro era da Bretanha e fumava cigarros estrangeiros terrivelmente fedorentos. Ele contava a mesma piada infinitas vezes e nem chegava exatamente a ser uma piada: ele olhava pra nós, as meninas do Mars Club, e gritava, "Eu sou lésbica!", dando um soco no próprio peito para dar ênfase.

Uma noite, na hora que o bar ia fechar, teve uma briga entre mulheres bem na frente. Prostitutas que disputavam a área, rolando no chão. Gente do prédio de cima do bar jogava baldes de água nas mulheres que brigavam como se faz com gatos, para que calassem a boca. As mulheres não paravam, encharcadas, com o cabelo desgrenhado, as roupas amassadas e rasgadas, as duas já quase nuas por causa da briga. Todo mundo menos eu estava rindo das mulheres brigando, molhadas e ainda rolando na calçada, tentando se machucar uma à outra. Fiquei assombrada com a cena apesar de não saber exatamente o motivo.

Todas nós estávamos esperando a contagem da tarde — você tem que sentar na cama até terminar — quando Laura Lipp anunciou que tinha uma surpresa, e que não era uma surpresa boa. Ela deitou de costas na cama e deu aquele sorriso do Coringa, entusiasmada por ser a portadora de más notícias.

"Desembucha, píssica", disse Pingo.

"Sei que todas vocês adoram apelidos, mas eu não respondo quando me chamam de píssica."

A Pingo agarrou o cabelo da Laura e puxou. "Fala logo e cala a boca."

Laura gritou de dor, o cabelo no punho da Pingo.

"Tem um homem no presídio! Tem um homem aqui e querem colocar na ala C!"

O que mais indignava as pessoas à medida que a campanha crescia é que essa prisioneira, Serenity Smith, tinha matado uma mulher antes de se operar e de se tornar ela mesma uma mulher. Uma histeria foi se formando em torno da ideia de que um homem perigoso seria introduzido entre nós e que teríamos que nos defender sozinhas. Talvez tivéssemos que dividir uma cela com ele. Tirar a roupa na frente dele. Tomar banho com ele. E ele era mau, mau, mau.

Como Laura tinha estragado o segredo, decidiram adiar a transferência da Serenity Smith para a população carcerária geral, esperando a situação se acalmar.

Formaram-se facções. Conan, que precisava aturar a humilhação diária de ser chamado de "senhorita" e "senhora", que tinha passado por uma série de avaliações psicológicas e preenchido um número infinito de formulários e esperado anos para aprovarem uma coisa simples como a possibilidade de ele usar cuecas em vez de calcinhas de vovó, era a favor da aceitação. Ele e as outras lésbicas da ala C, a nossa versão dos homens, tinham uma comunidade e decidiram, como grupo, que era importante apoiar a srta. Smith, como Conan respeitosamente se referia a ela. Dar boas-vindas a ela. Porque os policiais eram uns escrotos com qualquer um que não se adaptasse às normas estritas de gênero, e nós e eles detestávamos os policiais, e precisávamos nos unir. Eu não estava empolgada com a possibilidade de dividir a cela com uma mulher que tinha sido um homem que tinha decepado o próprio pau e os testículos. Mas à medida que a tensão crescia e que eu ouvia falar de planos pra espancar essa pessoa, dar uma surra nela, via o rosto de uma mulher que conheci no Blue Lamp, em Geary. Ela ficava sentada no bar vestida como uma secretária, uma peruca ruiva brilhante. Era miúda e excepcionalmente feminina. Bonita mas estranha. Tinha uma voz rouca como alguém com laringite crônica. Acho que biologicamente era um homem, mas nem por isso menos mulher e menos frágil. Ficava sozinha no bar, bebericando seu gim-tônica com um canudo fininho. Franzia os lábios pintados de rosa e esperava que os homens a abordassem. Lembro de ver uma vez quando ela saiu com um sujeito e voltou, mais tarde, com um olho roxo coberto por maquiagem. Será que essa mulher do Blue Lamp com os lábios cor-de-rosa e a peruca ruiva, com seu lugar solitário de sempre no bar, ainda está viva? Pode ser que não. Só porque Serenity Smith tinha sido homem antes isso não queria dizer que não fosse vulnerável.

Mantiveram a srta. Smith sob proteção. Quando foi transferida, era como se estivessem transferindo alguém do corredor da morte, escolta dupla, com atiradores a postos nas torres de sentinela. Mulheres gritavam obscenidades. Jogaram potes de urina nela.

    A luta anti-Smith era uma campanha de ódio com direito a passagens bíblicas e afirmações sobre moral e valores cristãos. Laura Lipp usou a máquina de xerox da administração para rodar panfletos. Escreveu cartas pro governador, pro diretor da prisão, pra congressistas, pra todo mundo. A mãe dela fazia campanha do lado de fora. Laura sacudia sua cortina brilhante de cabelos e se dizia ultrajada por saber que um assassino ficaria entre nós.

Eu tinha começado a ajudar Button a fazer a tarefa da aula do Hauser. Isso me dava mais prazer do que eu podia imaginar. Era uma coisa tipo irmã mais velha. Sammy era minha irmã mais velha e eu era a de Button, e Conan era algo parecido com um pai. A gente tinha uma família. Não era nada tão reconfortante, mas era alguma coisa, ainda que Button fosse um pé no saco. Sempre brava e pronta para brigar. Mas quando a Pingo comeu o coelho de estimação da Button, vi um lado diferente dela.

Pingo cozinhou o coelho numa panela com o rabo-quente enquanto todas as outras estavam em atividades. Quando voltamos para a contagem da tarde, a cela estava tomada pelo cheiro forte de carne cozida.

"Que rango é esse?", o Conan perguntou.

Ensopado Brunswick, a Pingo disse.

Mais tarde, Conan ficava repetindo, "Não tinha nem tempero, *nada*", como se essa fosse a infração, comer o coelho de estimação da Button sem tempero. "Além disso, um ensopado Brunswick de verdade é com esquilo, não com coelho."

Button foi se arrastando para o beliche com a camisa que tinha costurado para o coelho. Ficou assim um dia inteiro.

"Você está doente?", um policial da unidade perguntou a ela.

Button, com o rosto enfiado no travesseiro, não respondeu.

"Se você não está doente e não for para a atividade designada, vou anotar uma ocorrência, Sanchez."

O jeito como Button agarrava a camisa me lembrava o modo como Jackson segurava o patinho de pelúcia quando dormia. Ele dormia com o patinho desde bebê. Agarrava o bichinho bem forte, a noite toda. A última vez que vi o patinho foi na noite que fui presa. Jackson gritando, policiais em volta dele. Segurando o patinho e gritando, Mamãe! Mamãe!

"Você arranja outro coelho", eu disse pra Button. "Você é boa com eles."

Ela acabou arranjando outro coelho, e treinou o bichinho, pôs nele as mesmas roupas, deu o mesmo nome.

Só uma vez Button me falou sobre seu bebê. Me contou o que aconteceu. Da prisão ela foi levada pro hospital, onde a colocaram num quarto com um guarda armado. O sujeito ia atrás dela até no banheiro, onde ela tentou, algemada, com uma corrente na cintura e os pés acorrentados, se limpar, tirar o sangue e a placenta do meio das pernas, vestir a roupa de pós-parto e colocar o absorvente gigante que jogaram na direção dela.

"Tinha alguém em cima de mim o tempo todo."

Fiquei imaginando um policial em cima da recém-nascida, já meio criminalizada, o policial observando pra garantir que ela não fizesse movimentos bruscos.

Button teve vários ferimentos feios no parto e mal conseguia andar com os pontos que um médico deu. "Um branquelo", ela disse, "com uma bandana cheia de bandeiras dos Estados Unidos. Não uma bandeira, muitas bandeiras, de todo tamanho. A única coisa que eu conseguia ver enquanto ele me costurava eram essas figuras na cabeça dele. Aquelas merdas de bandeiras. Eu disse, Quantos pontos eu vou levar? Ele diz, Tente não pensar assim."

Uma enfermeira deu uma garrafinha para Button esguichar um líquido nos pontos pra cicatrizar direito. Button estava acorrentada à cama, mas a enfermeira boazinha segurava o bebê perto dela. Button tinha quarenta e oito horas para encontrar alguém que reivindicasse a guarda do bebê. Mas ela não tinha certeza se conhecia alguém que tivesse um carro que funcionasse e que pudesse ir até Stanville pegar um bebê. Ficava olhando o bebê respirar no bercinho do hospital. Olhava para o rosto perfeito do bebê dormindo, as pálpebras violetas fechadas, a boquinha. Exausta, Button dormiu também. Acordou e o bebê não estava mais lá. Os policiais disseram pra ela se vestir. Ela vestiu as roupas da penitenciária. Disseram que ela não podia levar a garrafinha com o líquido pra cicatrizar os pontos. Enfiaram ela numa van com grades, onde ela ficou sangrando no banco duro de plástico, com tanta dor das lacerações na vagina que precisou ficar sentada numa nádega só durante todo o trajeto de volta para a penitenciária.

* * *

Jackson me perguntou de onde o patinho dele tinha vindo. "Foi seu pai que te deu", eu disse. Ele olhou para o pato com amor e espanto. Deu um beijo nele.

O pai dele nunca deu nada pra ele. Foi Ajax, o menino do Mars Club, que roubou o bichinho numa loja de presentes no aeroporto, voltando de uma visita à família em Wisconsin. Vou dar pro meu filho, eu disse. Ele pareceu confuso, como se tivesse esquecido que eu tinha um filho, mas eu mantive Ajax a uma certa distância, e ele e o Jackson nunca se conheceram.

Eu disse pro Hauser que tinha lido *Filho de Jesus* e perguntei por que ele tinha escolhido aquele livro. Eu estava paranoica achando que ele me via como uma ex-viciada imprestável igual aos personagens da história.

Ele disse que me deu o livro porque era excelente. Que era um dos livros favoritos dele.

Numa das histórias dois caras tiram a fiação de cobre de uma casa e o personagem principal vê a mulher do outro cara flutuando no céu e acha que entrou no sonho do outro cara e aquilo fez sentido pra mim, eu disse pro Hauser. Eu disse que conhecia gente que fazia aquilo, que roubava cobre. Alguns eram como os caras do livro, viciados em busca de dinheiro rápido, mas outros faziam isso profissionalmente.

Hauser continuou me dando livros, e depois de ler eu passava os livros para Sammy, que também lia. Tanto Sammy quanto eu pulamos o oitavo ano. E nenhuma de nós virou uma aluna de destaque, então isso é uma coincidência estranha. Fui à escola com meninas mexicanas e eu tinha a mesma atitude delas e um certo visual em comum: calça de sarja preta, sapato chinês, delineador da Maybelline que você esquenta com um fósforo, e assim eu podia ficar lembrando de coisas com a Sammy pra passar o tempo. No fim de semana, às vezes eu ia até a unidade dela e via sua coleção de fotos. Eu ia pra ver as imagens de todas as histórias que ela me contou quando a gente ficou trancada na solitária. Fotos dela mais nova, e de outras pessoas, amigos dela ao longo dos anos. Ela no ICM, o Instituto Californiano para Mulheres, uma prisão mais ao sul, que ela chamava de IC *Maravilha*. "Isso foi antes do encarceramento em massa", disse, como se o encarceramento em massa fosse uma espécie de desastre natural. Ou um cataclismo, tipo o Onze de Setembro, como um divisor de águas. Antes do Encarceramento em Massa.

O IC Maravilha tinha uma piscina. Os trajes de banho eram fornecidos pelo Estado, mas você tinha que ficar com a roupa íntima por baixo porque os trajes eram compartilhados. Eu adorava saber desses detalhes da prisão à moda antiga, antes do nosso tempo. Tenho certeza que devia ser uma droga, mas a Sammy dizia que tinha gente que criava peixinhos dourados em tanques. Não existiam as torres imensas com atiradores e quilômetros de cerca elétrica. Não era um abrigo de concreto. As celas tinham prateleiras e armários de madeira. Havia grama verde. Na cantina você podia comprar maquiagem, e o favorito de todo mundo era o batom da cor labareda-púrpura. Tinha um campo de golfe perto do terreno da penitenciária, disse, e o namorado de alguém levou uma máquina de arremessar bolas para o campo de golfe e arremessava bolas cheias de heroína e de joias para dentro do pátio da prisão. Quando eu ficava baixo-astral, a Sammy me contava histórias sobre o IC Maravilha. Era o paraíso antes da queda.

Toda a coleção de fotos da Sammy era de penitenciárias. Uma mostrava uma menina triste, bonita, chamada Soneca, que estava condenada à prisão perpétua sem direito a condicional. Era a única foto que a Soneca tinha dela mesma sozinha, Sammy disse. Soneca deu a foto pra Sammy quando ela saiu pra encontrar o Keath. Essa menina, a Soneca, não tinha ninguém. Ela deu a foto pra Sammy porque queria ter certeza que alguém em liberdade se lembraria dela, pensaria nela de vez em quando. Nunca conheci a Soneca. Foi transferida para o norte antes de eu chegar. Mas sabia por que a Soneca tinha dado a foto pra Sammy, sabia o que ela queria dela. Havia algo na Sammy que vinha do mundo — do mundo antigo, do mundo livre — e que permanecia lá. A pobre Soneca provavelmente pensou que se pudesse morar no coração da Sammy ela conseguiria viver. Aquilo me deixou tão deprimida que eu queria rasgar a foto quando a Sammy não estivesse olhando.

Não havia nada pra comemorar, mas de vez em quando a gente fazia uma festa. A paixão do Conan era planejar festas na cela dele. Ele fez todo mundo poupar os remédios psiquiátricos. O lance era comprar pasta de amendoim na cantina ou, se você for como eu e não tiver dinheiro pra comprar coisas na cantina, pegar um pouco da pasta do Conan. Você passa um tantinho no céu da boca antes de ser chamado pra tomar os remédios. Quando você abre a boca como um cavalo para mostrar que engoliu direitinho, você é liberada, mas o comprimido está na pasta de amendoim, você não engoliu. Quem usa dentadura esconde o comprimido debaixo dos dentes falsos. Tem gente que consegue simplesmente esconder o comprimido na bochecha. Pessoas de todos os cantos do 510 contribuíram. Conan exibiu os comprimidos que tinha conseguido juntar depois da contagem da noite. Amassou todos eles usando o fundo de uma embalagem de shampoo e fez uma "pancada", que são os comprimidos dissolvidos numa garrafa de chá gelado, um coquetel. Sammy escapou pra nossa unidade e entrou na cela quando as travas estavam abertas, enquanto o ponteiro grande estava na cunha vermelha para imbecis.

"Estou nervoso", Conan disse, e mexeu a pancada.

Eu não estava exatamente feliz quando tomei minha porção. Sammy recusou. Disse que ia continuar sóbria. Eu sabia que conseguiria continuar bebendo o coquetel e ficar sóbria. Nem todo mundo é igual. Era um sábado à noite. Conan ligou o rádio no programa do Art Laboe, aquele que os ouvintes dedicavam as músicas que pediam, e que era o programa semanal favorito de todo mundo.

"Essa vai do Tiny, de Pelican Bay, para a Lulu, mais conhecida como Bonita Blue Eyes. Tiny manda dizer a Lulu que ele te ama mais do que qualquer coisa e que o coração dele vai ser sempre teu. Você sabe onde encontrar o Tiny e ele diz que não vai embora jamais."

"É porque esse cuzão está cumprindo perpétua", Conan disse.

Uma canção das antigas começou a tocar. Os trinados e trejeitos da voz do cantor me encheram de sensações indesejadas de saudade. Virei mais um copo do coquetel.

Na próxima vez que a tranca abriu, a cela encheu de gente. Laura Lipp colocou o travesseiro em cima da cabeça e tentou ignorar a gente. Conan tocou música sexy e Button dançou pra nós.

Mais tarde eu também dancei, mas não lembro muito bem disso. Só lembro do Conan me dizendo, depois, "Às vezes você vê uma coisa e simplesmente precisa ter aquilo".

Conan era forte e musculoso — não à toa tinha esse nome — e me fazia rir. Parei de rir quando acabei no beliche dele naquela noite, e o exército macio da língua dele começou a trabalhar. *Jesus Cristo*, eu sussurrava. Em vez de responder da maneira cômica de sempre, ele foi mais fundo. A gente ainda estava naquilo quando ouvi um baque tremendo. O barulho apavorou Conan, que levantou e bateu a cabeça na cama de cima. Era o oficial Garcia, que estava no turno da noite na nossa unidade, batendo na janela com o cassetete.

Cortou o clima, e Conan e eu interrompemos a nossa inesperada sessão no beliche. Pus um pano no machucado dele, que estava sangrando, e tomamos mais "pancada". Todo mundo se amontoou no banheiro, lá os policiais não conseguem enxergar pelo vidro de observação.

Talvez por ser tão nova e tão pequena, Button era a mais chapada. Começou a falar de Deus. Disse que era Deus que estava na torre de sentinela do pátio. Qual torre, alguém perguntou, a Torre 1 ou a Torre 2? Ela disse, "Ele está acima de nós. Está vendo a gente".

Conan disse, "Não é Deus, é o sargento Rintler, mais um Hortelino Troca-Letras lá em cima, tirando soneca, batendo punheta. Aqueles caçadores de pato de bosta".

Conan começou a falar como caubói. "Sinhora, s'afaste, sinhora. Não me faz ti dá um'ocorrença, sinhora."

Button começou a chorar. "Mas eles controlam o céu inteiro. Esse é o mundo agora. Se Ele não está nas torres, onde Deus está? Onde Ele está?"

Laura Lipp foi ao banheiro. Paramos de falar e ficamos olhando. Ela parecia o Exorcista. Tinha roubado o coquetel da gente. Estava chapadaça.

"Eu sou do Apple Valley", disse.

"A gente sabe", todo mundo gritou. Sammy ficou de pé para empurrar Laura pra fora do banheiro.

"Mas *eu* nunca soube. Eu não ouvia. Não escutava. Nunca entendi o significado disso. Apple Valley. Tem a ver com tentação. Certo? Pecado. Está vendo? Fruto envenenado. Ah, a sensação é tão boa", disse, "de ter um lugar onde despejar a raiva, punir alguém do mesmo jeito que você sofreu. Essa é a verdade e toda mulher como eu sabe. A que bate no filho com um cabide ou com um cinto ou que sacudiu um bebê, é tudo a mesma coisa. Você faz isso porque a sensação é boa. Ninguém diz. Não vão te dizer como é. Ninguém tem coragem. Estou dizendo. O diabo entra na gente e você faz aquilo pra se sentir bem. Eu queria que alguém tivesse me impedido, mas ninguém me parou. Deus, Ele parou a mão de Abraão. Ele *interveio*.

Mas onde Ele estava quando eu precisei? Ele não estava lá. Ninguém me ajudou. Ninguém." Ela cambaleou como uma cega, se ajoelhou no chão, ficou de quatro e chorou de soluçar.

Tomei a liberdade de dormir no beliche do Conan naquela noite. As coisas tinham ficado tão bizarras que eu precisava da companhia de alguém que não estivesse maluco.

Sonhei que tinha acabado de ganhar em *O Preço Certo*. Houve uma salva de palmas estrepitosa, gritos e assobios quando disseram meu nome. Era uma catarata ensurdecedora de aplausos e de gente berrando. Eu ia em direção ao palco ouvindo esse barulho, a torcida da plateia no estúdio, quando acordei.

Conan já estava de pé, pondo papel higiênico molhado no lugar onde a cabeça sangrou. Ajustei o curativo.

"Minha cabeça está me matando", ele disse. "Não consegui dormir porque tinha um zrrrrrp, zrrrrrp que ficava me acordando, um barulho que parecia alguém tentando ligar um carro que já estava ligado."

"Eu sonhei que tinha ganhado no *Preço Certo*."

"É um... carro novo! O lance daquele programa é que a mulher não vem com o carro. Você não fica com ela. Só com o carro."

Todo mundo no trabalho teve ressaca dos comprimidos naquele dia. "Estou me sentindo o Blácula", Conan disse. "Aquela cena final em que ele é atingido pelos raios de sol e vira só umas camadas gordurosas de fumaça que sobem da roupa que ele usava."

No intervalo para o almoço na oficina, Conan veio com aquela conversa de "na verdade, eu não gosto de branquelas". Eu amava Conan, mas não desse jeito. Era um incesto de mentirinha na minha família de mentirinha e nós éramos só amigos.

O oficial Garcia passou pela oficina. Conan gritou, "Ei!". Ele apontou para o curativo na própria cabeça e olhou para o Garcia.

Encontrei o Hauser por acaso enquanto esperava pela revista na saída do trabalho.

Preciso te contar uma coisa, ele disse.

Ele tinha conseguido descobrir quem estava com o caso do Jackson. Comecei a agradecer um monte e ele disse que os agradecimentos não eram adequados.

Mas você se esforçou, eu disse.

"Você perdeu o poder parental sobre a criança. Não sei se você já sabia."

"Isso significa o quê?"

"Me disseram que fazem isso para que a criança possa ser encaminhada rapidamente para a adoção. Para que as crianças encontrem novas famílias. Eu nem devia saber disso. A mulher deu uma olhada no caso só pra me fazer um favor. A única coisa que podia me dizer é que por causa da duração da sua sentença você perdeu o poder parental e a criança está no sistema."

"Eu estou no sistema. Jackson é uma criança. O lugar dele não é num sistema."

"O que me disseram é que ele está sob a custódia do Estado. Acho que isso significa que ele está num abrigo."

"Você sabe onde? Eu posso escrever pra ele?"

"Acho que você não está entendendo", ele disse. "E eu também não tinha entendido até me explicarem. Mas encontrar o lugar onde seu filho está, dentro da burocracia da assistência social, é como tentar encontrar informações sobre uma pessoa totalmente desconhecida. Com a diferença de que nesse caso o desconhecido não deixa nenhum registro que possa ser acessado por causa das regras de privacidade para menores."

"Mas eu sou a mãe dele. Eles não podem dizer que eu não sou a mãe dele. Ele precisa de uma mãe. Por que estão fazendo isso?"

Eu estava atenta ao tom da minha voz, à expressão do meu rosto, à sensação de que eu ia atacar esse cara, o mensageiro, como se a notícia que ele me contava fosse culpa dele, mas eu não conseguia evitar que minha urgência tomasse conta da atmosfera.

Ficamos em confinamento aquela noite, por isso não pude falar com a Sammy. Fiquei presa na minha cela. Fui falar com o Conan. De volta ao Conan. O fato de eu precisar chorar completamente desamparada e não conseguir proteger meu filho me levou de volta à irrealidade volátil que senti na primeira noite na cadeia. Tinha feito uma coisa que era impossível reverter. Mas o Jackson não fez nada. Ele era inocente. E agora estava perdido, cuspido num mundo sem amor, sem ninguém.

Quando consegui me acalmar, Conan me contou uma história.

"Meu irmão menor e eu ficamos com a minha avó quando a gente era pequeno. Ela morava em Sunland. Tinha fazendas de cavalos lá. Minha avó tinha um jardim. Era quase como morar no interior. A gente adorava ela e adorava morar com ela. Um dia minha mãe foi lá e tirou a gente da casa da minha vó. Disse que a gente ia morar com ela. A gente mal conhecia a nossa mãe. Não foi ela que criou a gente. A minha vó e a minha mãe começaram a brigar. A minha mãe bateu na nossa avó, bem na nossa frente. Bateu nela na cozinha da casa dela. Não tinha nada que a gente pudesse fazer. Eu e o meu irmão choramos. A gente estava assustado. Eu tinha sete anos, o meu irmão tinha cinco.

"A gente teve que ir morar com a minha mãe e com o namorado dela em Bell Gardens. O namorado era um sacana de marca maior. Implicava com meu irmão. Não faço a menor ideia do motivo. Pode ser porque ele era menino. Quando fiz onze anos ele começou a implicar comigo, mas de um jeito diferente. O escroto do caralho me estuprou. E mais de uma vez. Virou tipo uma coisa normal. Por isso eu e o meu irmão, quando eu tinha doze anos e ele dez, a gente foi embora. A ideia era ir morar com nossa vó em Sunland. Fazia anos que a gente não via a nossa vó, porque ela e a minha mãe não se falavam. Eu me lembrava da casa. Sabia exatamente onde ficava, perto da avenida principal. A gente pegou um ônibus. Levou um tempão pra chegar lá, porque a gente ficava tomando ônibus errados. Finalmente a gente chegou perto. Fomos andando até a casa dela e o meu irmão estava superempolgado, ficava falando da vó, tentando lembrar as coisas que ela cozinhava, o jeito esquisito e antiquado dela de falar. O jeito como ela dormia numa cadeira. A gente nunca viu a vó deitar na cama. Era como se ficasse de vigília pra cuidar da gente, e ela nunca se permitia um descanso. A mulher dormia numa cadeira, esperando pra ver se a gente ia precisar de alguma coisa.

"A gente chegou na casa, eu tinha certeza que era aquela casa, mas nossa vó não morava mais lá. Os moradores disseram que se mudaram pra lá depois que ela morreu. Tinha morrido e a gente não tinha nem ficado sabendo. Então lá estávamos eu e meu irmão em Sunland, sem dinheiro e sem vó, e sem ter pra onde ir. Naquela noite a gente dormiu num parque. No outro dia a gente começou a pedir carona. Fomos parar em Santa Barbara e dormimos na praia e pegamos comida do lixo. A gente entrou escondido num trem, se escondeu no banheiro quando o condutor passou, mas aí as pessoas começaram a bater na porta então fomos sentar. Meu irmão começou a passar mal. Estava se cagando todo e vomitando no trem. Ele estava doente e não conseguia se controlar, e a gente não tinha passagem. O condutor vem e diz, vocês não podem ficar no trem. Aí o trem para na próxima estação e a gente é expulso. Meu irmão estava todo ferrado. Ardendo de febre, deitado na plataforma da ferroviária num lugar que a gente não sabia onde era, uma cidade qualquer, e a gente com medo que a polícia chegasse. Eles iam ligar pra nossa mãe, e a gente ia ter que voltar a morar com ela e com aquele escroto.

"Um cara se ofereceu para ajudar. Prometeu não chamar a polícia. Levou a gente pro Exército da Salvação. O pessoal de lá colocou meu irmãozinho numa cama, com lençol e tudo. Cuidaram dele. Disseram que ele teve disenteria e que podia ter morrido. Deixaram o menino descansando e o ajudaram a ficar melhor. Deram roupas limpas pra gente. Me deram espaguete com almôndegas.

"Tem gente boa lá fora", o Conan me disse, "gente boa de verdade."

III

23

Quando Doc era adolescente, o presidente Richard Nixon se apresentou no Grand Ole Opry. Doc e o seu pai adotivo, Vic, viram a apresentação juntos na tevê. Foi na primavera de 1974 e Nixon já tinha caído em desgraça, o que irritava profundamente o velho Vic, leal ao presidente até o fim.

O presidente Nixon apareceu no palco no grande e novo teatro em Nashville e cumprimentou a multidão em Opryland.

Quando a plateia se acalmou, o presidente Nixon disse que a música country era o coração do espírito americano. Era uma música tradicional que elogiava valores simples, o amor pela família, o amor a Deus e o amor pela Nação. A música country era patriótica e cristã, Nixon disse.

"Ela começou aqui, e é de vocês", o presidente Nixon disse para a plateia em Opryland. Os que estavam na tevelândia também estavam assistindo, garotos americanos com cabelo de recruta e orelhas imensas, como Doc, que tinha dezessete anos, sem controle sobre os membros, cheios de tesão e deprimidos.

"Não é algo que tenhamos aprendido com outros povos e nações, não é algo que tenhamos emprestado ou herdado de alguém. A música country é totalmente nativa dos Estados Unidos. Reflete valores que são essenciais para o nosso caráter, numa época que o país precisa de caráter. A música country vem do coração dos Estados Unidos, e ela *é* o coração dos Estados Unidos. Deus abençoe o Grand Ole Opry", Nixon disse, "e Deus... abençoe... os Estados Unidos!"

A plateia do Opryland foi à loucura.

Nixon sentou ao piano e martelou "God Bless America" num estilo feio, como se suas mãos fossem alavancas subindo e descendo. Quando ele terminou, Roy Acuff apareceu brincando com um ioiô.

Os meninos orelhudos na plateia e os que estavam deitados em tapetes de retalhos em casa se animaram para assistir Roy Acuff brincar com o ioiô com tanta graça.

Uma bandinha do Mississippi começou a tocar. O cantor, um barítono com o peito barril, cantou uma música sobre um sujeito que vendia madeira pra fazer papel e que demoliu um bar à beira da estrada com uma serra elétrica.

Por que ele fez isso? A canção explicava. O madeireiro demoliu o bar porque o garçom disse que ele era um caipira e se negou a servir cerveja gelada pra ele. Aí ele destruiu o lugar.

A seguir, para entreter o presidente Nixon, que adorava uma música country saudável, Tammy Wynette entrou no palco para cantar "D-I-V-O-R-C-E".

Roy Acuff interpretou "Wreck on the Highway".

Charlie Louvin cantou "Satan Is Real".

Wilma Lee e Stoney Cooper apresentaram "Tramp on the Street".

Porter Wagoner escolheu "Rubber Room", uma favorita das multidões.

Loretta Lynn entoou "Don't Come Home A-Drinkin'".

"Agora vamos fazer um minuto de silêncio pra lembrar nosso amado irmão, David 'Stringbean' Akeman e seu banjo", Granpa Jones disse à plateia. "Era pro Stringbean estar aqui esta noite. Ele era o meu melhor amigo. Meu vizinho. Companheiro de caçada. E, mais importante, um membro da nossa família aqui no Opry. Quatro meses atrás, como muitos de vocês sabem, ele foi assassinado, junto com sua esposa maravilhosa, Estelle, por dois marginais da Dickerson Road. Vamos lembrar desse homem simples, com sua camisa longa, a calça curta e seu amor pela música de montanha dos velhos tempos."

O rosto de Nixon se transformou em plástico frio enquanto a sala ficava em silêncio. Ele parecia um enlutado profissional, alguém que trouxeram para criar um clima grave e cerimonioso.

O clima ficou mais leve quando Minnie Pearl apareceu e disse à plateia que depois que o Serviço Secreto fez uma revista nela para essa ocasião especial, ela entrou na fila pra ser revistada de novo. Contou piadas sobre casamentos entre parentes e incesto, e cantou uma música sobre ser ciumenta a ponto de arranjar um buldogue pra vigiar o cara que ela ama enquanto ele dorme.

Del Reeves apresentou um número sobre um caminhoneiro sonhando com o que gostaria de fazer com uma moça que aparecia quase nua num cartaz à beira da estrada.

Porter Wagoner cantou "The First Mrs. Jones". O sr. Jones, o personagem da música, assassinou a primeira esposa e está alertando a segunda sra. Jones que o mesmo vai acontecer com ela se ela o abandonar.

Teve uma música sobre um cara que produzia bebidas destiladas ilicitamente e que conseguia escapar da polícia.

Outra em que um homem assassina e enterra a esposa, mas continua ouvindo a mulher reclamar a noite inteira.

A plateia do Opryland irrompeu numa sonora gargalhada.

Nixon estava sentado à esquerda no palco, jovial, majestoso e rijo, presidente deste grande, grande país, seus braços excepcionalmente longos agarrando as laterais da cadeira como se fossem as barras estabilizadoras de um trator.

24

Em seu ensaio celebrando as maravilhas das maçãs silvestres, Thoreau admite que elas só são saborosas ao ar livre. Nem mesmo um andarilho toleraria uma maçã silvestre servida à mesa numa cozinha. O sabor pungente da fruta era mais bem racionalizado no contexto de uma bela caminhada de outono. Sempre que podia, Gordon Hauser caminhava por trilhas em meio à floresta, passando por pastos de terras devolutas que se estendiam por quilômetros. Ele encontrou crânios de animais, cápsulas de balas, um antigo aterro de garrafas velhas, algumas delas ainda inteiras. Numa trilha de gado acima de sua cabana, encontrou uma colmeia de vespas. Aquilo parecia um capacete esmagado jogado no meio do caminho. Gordon levou a colmeia pra dentro de casa e colocou sobre sua mesa, aquele objeto grandioso e misterioso, meio vazio, rasgado.

Era comum que ele ficasse fora de casa até escurecer, para observar a lenta transição da chegada da noite. Gostava de assistir a todo o processo, do princípio até o fim. À medida que os últimos raios de luz desapareciam, ele ouvia corujas crocitantes. Corujas orelhudas. Às vezes corujas-das-torres. Numa noite de maio, Gordon encontrou uma coruja no chão, agitando as penas e tremendo. A cabeça era grande, do tamanho da cabeça de um gato, e peluda. O bicho fazia um barulho que parecia um estalo e tentava se afastar de Gordon com seus pés imensos e cheios de garras. Os olhos eram humanos, com pupilas redondas como as de uma pessoa. As pálpebras também eram iguais às de uma pessoa. A coruja piscava e olhava. Ele presumiu que estivesse machucada e que se ele não fizesse nada ela seria comida por um predador. Voltou pra casa e fez algumas ligações. Gordon e suas ligações. Hoje em dia era a isso que sua vida pessoal se resumia. Resolver burocracias. Uma guarda-florestal local disse que provavelmente era uma coruja jovem que caiu do ninho, algo normal nesta época do ano. Essas corujas se debatiam até se livrar das penas de filhote e depois voavam, ela disse. Gordon voltou e a coruja não estava mais lá. Uma vez ele achou ter visto o animal, entre as árvores, no crepúsculo. Poderia ter sido qualquer coruja, mas não faria mal a ninguém pensar que fosse o filhote.

Depois da caminhada ele preparava o jantar, uma lata de sopa, a base de sua vida-em-um-cômodo, e depois entrava na internet, onde tinha desenvolvido um mau hábito, um vício que criou raízes de modo indolor e rápido. Ele tinha começado a xeretar o nome delas, que era como as mulheres chamavam aquilo. Xeretar o nome de uma pessoa significava ter alguém no mundo exterior que procurasse informações sobre a pessoa no Google ou que perguntasse por aí.

A presa que pedia pra alguém pesquisar seu nome não estava interessada em rever todo o arquivo de detalhes tristes, encontrar a inconveniente foto oficial da prisão disponível para todas as detentas, especialmente na Flórida e na Califórnia, onde eram dispostas on-line por funcionários das comarcas, o que dava a impressão de que havia um número desproporcional de gente criminosa vinda desses estados. As imagens eram sempre iguais: uma luz ácida e a formatação típica da cadeia contrabalançadas pelos olhos ferozes e pelo cabelo desgrenhado de gente arrancada da vida, presa, numerada, triturada e exposta.

Os detalhes do trauma e da pobreza que cercavam os crimes — que às vezes ficavam disponíveis caso a história recebesse atenção da mídia ou caso a transcrição do julgamento ou o resumo do processo estivessem on-line — não eram o que as mulheres dentro da penitenciária queriam ou pediam, quando pediam que alguém pesquisasse seu nome. O que as mulheres queriam confirmar era se a companheira de cela, de unidade, se sua parceira de trabalho, de grupo de oração, se sua amiga, se a amiga com quem estava trepando ou se a inimiga tinham machucado uma criança ou feito delação. Esses eram os dois tipos que precisavam ser averiguados, assassinas de bebês e caguetas.

A busca que Gordon fazia era menos limitada. Ele não sabia o que estava procurando. Gordon esperava que o processo de obtenção dos fatos estabelecesse algum equilíbrio. Ele também tinha a sensação de que essa relação entre fatos e equilíbrio era uma mentira que ele contava para si mesmo para ir atrás de detalhes sórdidos que não lhe diziam respeito.

De acordo com os códigos de conduta das presas, não se devia perguntar o motivo da condenação de alguém. Não perguntar era senso comum. Mas a vergonha de perguntar era tão profunda que parecia impedir também que você especulasse, ainda que privadamente. Você não deveria ficar imaginando os fatos que determinaram a vida das pessoas. Ele tinha em mente algo que Nietzsche disse sobre a verdade. Que cada homem tem direito ao tanto de verdade que consegue tolerar. Talvez Gordon não estivesse em busca da verdade, mas sim dos próprios limites para tolerá-la. Havia nomes que ele não pesquisava. Ele resistia a escrever o nome de Romy Hall, desviava a tentação para outras pesquisas.

A primeira que ele procurou foi Sanchez, Flora Martina Sanchez, que as outras chamavam de Button. Havia um considerável volume de informações na internet sobre o caso dela. Sanchez e dois outros adolescentes atacaram um estudante chinês perto do campus da USC. Ele era aluno de medicina e o único filho que sua família recebera autorização do Estado para ter. De acordo com a confissão de Sanchez, o aluno tentou dar um "golpe de caratê" nela. Os três jovens mencionaram na confissão que a vítima gritou numa língua estrangeira enquanto eles batiam nele com um taco de beisebol. O taco era de alumínio verde, da marca Worth. No taco havia impressões digitais dos dois meninos e de Sanchez. Sanchez abriu mão do direito de ficar calada. Os três abriram mão desse direito, confessaram, foram a julgamento, pegaram perpétua sem direito a condicional.

Eles não sabiam o que estavam fazendo. Enquanto lia, Gordon tinha certeza disso.

Quando tentaram assaltar o aluno, eles não sabiam o que estavam fazendo. Quando mataram o aluno, sabiam menos ainda. Quando foram pegos, cada um deles em separado, na manhã seguinte, e levados para ser interrogados e falaram francamente, cada um pensando em seus interesses pessoais, diante de detetives especializados em homicídios, sem seus pais presentes e sem advogados, eles não sabiam o que estavam fazendo.

Eles escolheram a vítima, um dos meninos disse, porque presumiram que ele fosse rico, pois era asiático. Eles só queriam a mochila do garoto. Não estavam tentando matar ninguém. O aluno conseguiu chegar em casa. A colega que morava com ele ouviu-o fungar atrás da porta fechada do quarto. Imaginou que estivesse resfriado. Não sabia que ele fungava por estar aspirando sangue.

Gordon acreditava numa espécie de juramento de Hipócrates, não só como professor mas como pessoa, de não fazer mal. Talvez isso de bisbilhotar fosse um mal. Ele continuou mesmo assim.

Todos os detalhes encontrados nas reportagens compunham um retrato, um conjunto de impressões. Gordon conheceu Button do outro lado, uma menininha perdida que parecia ter doze anos de idade. Uma vez, quando Sanchez sorriu por causa de um elogio que Gordon fez a ela na sala de aula, ele conseguiu perceber a essência juvenil dela. Era algo tão carente e tão brilhante que ele precisou desviar o olhar.

A palavra *violência* se tornou vazia e genérica pelo excesso de uso, mesmo assim seguia sendo poderosa, seguia significando algo, embora significasse coisas variadas. Havia atos definitivos de violência: espancar alguém até a morte. E havia formas mais abstratas, privar as pessoas de empregos, de uma casa segura, de escolas adequadas. Havia atos de violência em grande escala, as mortes de dezenas de civis iraquianos num único ano em nome de uma guerra capciosa cheia de mentiras e incompetência, uma guerra que pode não ter fim, mas de acordo com os promotores, os verdadeiros monstros eram adolescentes como Button Sanchez.

Na parte primitiva da mente, a violência era corpo a corpo, dar socos e bater com tacos e cortar. Essas pessoas iam presas. Não recebiam qualquer tipo de piedade. Se matriculavam na aula do Gordon Hauser. Liam ou não liam o que ele pedia.

Depois de se satisfazer com os fatos difíceis, ele compreendeu imediatamente por que aqueles meninos, Button e seus amigos, mataram o pobre estudante e arruinaram a própria vida.

Para eles o estudante não era uma pessoa. Esse era o motivo. Eles não machucariam alguém que soubessem ser uma pessoa completa. Ele era estranho pra eles, sua fluência em mandarim era algo que os meninos jamais consideraram.

O estudante fungou alto. A colega que morava com ele contou no tribunal, chorando, e por meio de um intérprete de mandarim, que achou que ele estivesse resfriado.

Havia uma foto que Gordon ficava vendo repetidas vezes, da pequena Sanchez e dos outros réus no julgamento. Eles estavam jogados no banco com poses de adolescentes durões e todos usavam óculos. Ele era professor dela e jamais a viu de óculos.

Provavelmente os defensores públicos insistiram que os três requisitassem óculos e esse era um dos poucos serviços de saúde que você conseguia numa casa de custódia, óculos com lentes corretivas, ou pode ser que os advogados tenham ido à farmácia e comprado óculos de grau único para leitura. A foto deles com aqueles óculos, entediados e distraídos no momento que estavam sendo julgados por assassinato, fez com que Gordon odiasse Sanchez. A ideia dos óculos era alterar a percepção do júri. Deformar a verdade. Mas ele ficou enojado consigo por esse ódio súbito, e talvez culpa e inocência nem fossem um eixo real. As coisas davam errado na vida das pessoas.

Lendo sobre o caso dela, Gordon teve a sensação de tentar atravessar uma estrada de oito pistas. Ele tinha criado seu argumento, sobre o porquê de ela ser uma vítima, quando encontrou uma reportagem que citava uma conselheira tutelar que depôs dizendo ter ouvido Sanchez falar sobre o crime. "A gente nem ficou com nada do japa", Sanchez tinha dito.

Aquelas eram as piores noites. À luz do dia o humor dele melhorava. Enquanto ele dirigia pelas curvas da estrada que levavam a Stanville, com a grama das colinas verde, macia como pelo de cabra, massas de visco em formato de coração nos galhos de carvalhos como colmeias gigantes, ele sabia que não podia julgar. Não posso julgar, porque não sei.

Gordon estava acostumado, dos tempos da faculdade e da pós, a meninos ricos. Se você nascia numa família rica, você tocava um instrumento, violino ou piano. Participava da equipe de debate. Preferia certa marca de jeans que tinha a barra de um determinado jeito, talvez fumasse um cigarrinho ou um cachimbo com os amigos no Lexus do pai, depois chegaria tarde às aulas preparatórias para os exames da universidade. Mas muitos adolescentes viviam de maneira diferente e eram levados a viver de maneira diferente. Se você fosse de Richmond ou do leste de Oakland ou, como Sanchez, do sul de Los Angeles, pode ser que você fosse treinado quase desde o nascimento para representar o quarteirão, a gangue, para representar com firmeza, para ter orgulho, para *ser* firme. Talvez você tivesse que cuidar de um monte de irmãos e é possível que não conhecesse quase ninguém que tivesse terminado a faculdade ou que tivesse emprego fixo. As pessoas da sua família estavam na prisão, áreas inteiras da sua comunidade, e era parte da vida acabar indo parar lá. Ou seja, você nasceu fodido. Mas, como os meninos ricos, você também queria se divertir no sábado à noite.

Toda criança está em busca de uma autoimagem positiva. Toda criança quer isso. Você consegue essa imagem de maneiras diferentes.

PROIBIDO USAR REGATAS, dizia o cartaz no Centro de Orientação para Jovens. Porque se presumia que os pais talvez não tivessem ideia de que não se devia aparecer no tribunal todo esculhambado. O cartaz poderia dizer A SUA POBREZA FEDE.

Durante a maior parte da vida, o que Gordon sabia sobre assassinato se limitava à literatura. Raskólnikov matou a velha agiota. Foi uma decisão febril de Raskólnikov destruir sua vida e entrar num sonho, um sonho que não ia ceder, como a febre pode ceder. Ele era um estudante universitário miseravelmente pobre, como Gordon tinha sido. Era quase engraçado como tudo nos romances de Dostoiévski tinha a ver com rublos. Uma palavra que soava a algo pesado e feito de latão. Rublos. Coloque-os numa meia, como você poria um cadeado, e balance.

No final dos *Irmãos Karamázov*, Aliócha pede aos filhos que sempre se lembrem da sensação boa que eles compartilham ao louvar e celebrar a vida de seu amado amigo morto, a criança perdida.

Lembrem-se a todo o momento disso, Aliócha diz, e ele quer dizer, como um antídoto. Guardem a inocência do sentimento mais saudável que vocês já tiveram na vida. Parte de você permanece inocente para sempre. Essa parte vale mais do que o resto.

Sanchez estava na prisão e ia morrer lá. Contou a Gordon que nunca recebeu uma visita. Poucas mulheres que ele conhecia recebiam visitas. Quando ele perguntava, inventavam desculpas. Ficavam constrangidas por ninguém aparecer por lá. Não passava pela cabeça delas que isso não depunha contra elas, não era culpa delas que ir até o presídio exigia um carro confiável, tempo de folga no trabalho, dinheiro para combustível, refeições, um hotel e os itens caros da máquina de venda de comida na sala de visitas.

Gordon continuou pesquisando, investigou outras mulheres.

A certa altura ele percebeu que fazia isso para adiar a pesquisa a respeito da pessoa sobre quem estava mais curioso e que mais hesitava em trair.

Seria fácil porque o nome dela não era comum.

Era duro para ele deixar de se sentir culpado por ter sido ele a contar sobre o filho dela. Não gostava do jeito como aquilo mexia com ele. Como se ele tivesse poder sobre aquela mulher agora, em função das necessidades dela. Na sala de aula, os pensamentos cessavam porque pessoalmente ela não parecia carente. Era a aluna em quem ele podia confiar para responder a uma pergunta de maneira produtiva, para que ele pudesse dizer a si mesmo que todas acompanhavam a aula, que não estavam perdidas, que não eram suas adversárias. Ria das piadas dele e falava de um jeito que confirmava seus argumentos sobre o valor do seu trabalho, porque obviamente ter literatura para ler e discutir fazia bem a ela. Mas tudo aquilo era uma grande mentira, ainda que fosse verdade. Ele se sentia atraído por ela, e ela era proibida. Pensava frequentemente nela, já que suas fantasias não eram patrulhadas pelo departamento penitenciário.

"Você já viu o raio verde", ela perguntou pra ele depois da aula, "lá na Ocean Beach?"

Ele disse que nunca tinha visto. Ela explicou que era um efeito óptico que acontecia ao pôr do sol, quando os raios da parte de cima do sol, que está afundando na água, ficavam verdes. Ela disse que também nunca tinha visto.

"Tem certeza que não é uma história inventada pelos irlandeses bêbados que moram lá?"

Ela riu. Eles estavam do lado de fora do trailer da escola. Era uma noite de junho, e o sol se punha mais tarde. Por causa da névoa do vale, a luz era dourada e estava baixa, batendo bem nos olhos dela, preenchendo a íris.

Olhar para alguém que está olhando para você era uma droga tão poderosa quanto qualquer outra.

"Se mexe, Hall!", um funcionário gritou. Era hora da contagem da noite. "Levanta essa bunda daí, já! Eu disse já!"

Ele pesquisou na internet sobre os raios verdes ao pôr do sol. Aquilo existia mesmo. Havia sites com longas explicações sobre a física da luz. Ele não digitou as três palavras do nome dela. Em vez disso, continuou com as outras. Betty LaFrance, que pediu aos guardas para reservarem uma vaga no estacionamento para o cabeleireiro dela. Betty, para quem ele tinha depositado uma carta no correio, e que quando Gordon perguntou como estava o namorado, disse: "Mandei estrangular". Ele tinha certeza que estava mentindo, mas quando ela disse os pelos dos braços dele se eriçaram. Ele encontrou a página dela num site para presidiários que querem se corresponder.

"Solteira e pronta pra encontrar alguém, uma garota à moda antiga que gosta de champanhe, iates, jogos de azar, carros velozes, emoções MUITO caras. Você tem como me bancar? Escreva para descobrir."

Havia uma lista de perguntas padrão que Betty LaFrance era obrigada a responder no site, para os usuários.

Tem algo contra mudar de cidade? (Não).

Está cumprindo prisão perpétua? (Não).

Mas abaixo, na pergunta *Está no corredor da morte?*, ela teve que marcar (Sim).

Sobre Candy Peña, Gordon soube que a mãe dela trabalhava nos quiosques da Disneylândia de Anaheim. Candy Peña trabalhou no McDonald's. O gerente dela testemunhou para a defesa que ela nunca causou problemas a ele. A mãe da vítima do assassinato, da menininha, vibrou no tribunal quando o veredicto de pena de morte foi anunciado. "ISSO!", ela gritou.

E depois Gordon encontrou outra referência, posterior, da mãe da vítima, que disse sentir pena da mãe de Candy Peña porque ela sabia o que era perder um filho.

London: no início ele não encontrou nada. As outras chamavam a London de Conan ou de Bobby. Ele digitou "Bobby London" e descobriu uma página do Yelp de um restaurante em Los Angeles. As três primeiras avaliações do lugar começavam do mesmo jeito: Vá se foder, Bobby London!

Ele lembrou que o primeiro nome dela era Roberta. Bingo. "Mulher disfarçada de homem é condenada à penitenciária masculina por assalto à mão armada." Outra manchete: "Gafe estatal". London não se disfarçava, era uma das pessoas mais autênticas que o Gordon conhecia. A London era a London.

Parecia que London já tinha cumprido pena por assalto, duas vezes, e agora estava na terceira condenação, por fraude. London estava na perpétua por passar um cheque sem fundo.

Essa galeria de pessoas.

Todos os nomes que ele conseguia lembrar, para evitar digitar Romy Leslie Hall.

Geronima Campos, que pintou o retrato de Gordon: Geronima aparentemente tinha jogado o tronco do marido de uma ponte em algum lugar do Inland Empire. Encontraram o tronco e mais tarde a cabeça, onde havia uma bala de uma arma registrada no nome dela. Geronima não tinha álibi. O sangue do marido estava na banheira, no carro e na roupa que ela usou no dia que ele desapareceu.

Geronima fazia parte de um grupo de apoio e dava aulas sobre legislação de direitos humanos para qualquer presa que quisesse aprender sobre o tema. Geronima era uma veterana da prisão. Recebia diplomas de cursos feitos por reembolso postal, e o histórico disciplinar dela era impecável. O caso de Geronima foi levado para o conselho penitenciário oito vezes e em todas o benefício da condicional foi negado, apesar da folha de serviços e do apoio de pessoas do lado de fora que se organizavam para ajudá-la. Existia uma página de campanha na internet defendendo que Geronima pegasse a condicional na próxima avaliação. As pessoas que assinavam a petição incluíam seus motivos para fazer isso.

Geronima já cumpriu a pena dela.

Ela já não é mais uma ameaça para a sociedade.

Libertem Geronima.

Ela é uma sobrevivente da violência doméstica.

Geronima é uma lésbica idosa e nativa dos Estados Unidos que está sendo mantida presa injustamente na penitenciária de Stanville.

Ser lésbica não é ilegal.

Ela é essencial em sua comunidade.

Ela já cumpriu a pena.

Ela não é uma ameaça.

Libertem Geronima.

De fato ela tinha cumprido a pena. Cumpriu a pena que o tribunal determinou. E Gordon conhecia Geronima. Era uma mulher idosa que gostava de pintar. Tudo era verdade. Era hora de Geronima ir pra casa. Tinha cumprido a sentença que determinaram para ela.

Toda vez que Geronima comparecia diante do conselho penitenciário, que Gordon imaginava como uma série de Phyllis

Schlaflys enfileiradas, testa franzida, com o cabelo duro de laquê, meia-calça fininha e pequenos broches da bandeira americana se agitando, como aqueles que os candidatos republicanos usavam nos debates, ela dizia para o conselho que era inocente. Os apoiadores dela diziam que ela tinha cumprido a pena e já não era mais uma ameaça. Ela encarava o conselho penitenciário e dizia, Eu sou inocente. Não fazia sentido. Mas Gordon entendia por que ela dizia aquilo.

Fosse qual fosse o espaço que Geronima precisasse para encontrar um modo de encarar o que tinha feito, não era a prisão que ofereceria isso. A prisão era um lugar onde você tinha que ser forte para sobreviver a cada dia. Se você pensasse num ato horroroso que tinha cometido, a cada dia, em detalhes gráficos, o suficiente para provar ao conselho penitenciário que tinha tido o insight, o proverbial insight que eles queriam e precisavam para deixar você ir pra casa, você podia enlouquecer. Permanecer sã, esse era o objetivo. Para permanecer sã você inventava uma versão de si em que podia acreditar.

E se ela mostrasse que tivera o insight, dissesse o que se passou na sua cabeça no dia que matou o marido, por que e como fez isso e o que sentiu depois, entusiasmo, culpa, negação, medo, repulsa, se mostrasse para o conselho como podia ser honesta e precisa na compreensão de seu crime e de por que o cometeu, se falasse francamente sobre o impacto que aquilo teve sobre a vítima e sobre os outros, sobre a sociedade, se exibisse o horror total daquilo, iria, ao mesmo tempo, reavivar para o conselho penitenciário todos os motivos pelos quais eles a queriam presa. Não havia como convencê-los. Não havia jeito de vencer.

Deixem Geronima ir pra casa. Libertem Geronima.

Mas a contradição, o fato de Geronima enfrentar o conselho penitenciário e dizer, "Eu sou inocente", enquanto seus apoiadores do lado de fora diziam, "Ela cumpriu a pena. Já não é mais uma ameaça": isso incomodava Gordon.

Mesmo assim. Geronima, Sanchez e Candy eram pessoas que sofreram e que ao longo do caminho fizeram outras pessoas sofrer, e Gordon não achava que fazer com que elas sofressem pelo resto da vida fosse resultar em justiça. Isso acrescentava um mal novo ao mal já existente, e nenhuma pessoa morta tinha voltado à vida, pelo menos que ele soubesse.

Alex andava telefonando, mandando e-mails, mas Gordon não tinha nada a dizer porque só pensava em mulheres presas e esse não era um assunto divertido. Ele estava numa espécie de exílio.

Ele se sentia desesperançoso ao sentar no Baressi's e invejar os outros clientes do bar, homens que trabalhavam em construções e em fazendas, que faziam parecer que Central Valley não era só o presídio, e para eles não era.

"Ah, não seja assim, existe muita esperança", Alex podia ter respondido, dando uma de Kafka, "não há falta de esperança, apenas não há esperança pra você, Gordon."

Havia uma cantora nova ao piano. Ela era boa, ou talvez só boa para os padrões de Stanville. Gordon ficou meio bêbado sem querer, foi lá e colocou uma nota de vinte dólares na grande taça de conhaque, o recipiente padrão internacional de gorjetas para pianistas.

"Quer pedir alguma música especial?" A voz dela era alegre e leve.

Ele não conseguia pensar numa única música para pedir. Ele deu a gorjeta porque podia dar. "Cante a sua música favorita. A música que você canta quando não tem ninguém ouvindo."

"Então, 'Summertime'", ela disse sem piscar.

Voltando para sua cadeira, ele pensou se pedir que cantasse para um desconhecido aquilo que cantava em privado era bizarro. Tem gente que desrespeita os outros sistematicamente, como se isso fosse parte natural da rotina, da vida. Ele sabia disso. Ele não era um desses. Mesmo assim, ficou pensando.

Enquanto ela cantava, ele entendeu que fosse ou não a música particular dela, ela não entregou nada para ele. Interpretava. Era uma intérprete profissional. Cantou "Summertime" e Gordon foi transportado pela extensão apaixonada da voz medíocre da cantora.

"Lamento pelo seu noivo", ele disse uma noite quando Romy Hall continuou na sala depois da aula. Ele empilhava as cópias de um jeito desnecessariamente tedioso para prolongar os poucos minutos que eles tinham juntos, antes de um guarda supervisionar a transferência das presas para suas unidades.

"O que aconteceu?" Era fácil, ele descobriu, simular o tom preocupado de um conselheiro, quando na verdade jogava verde para obter informações, para saber se tinha concorrentes.

"Ele não era meu noivo. E ele não morreu. Me esqueceu."

Ela disse que havia mulheres na unidade dela que casaram com homens que conheceram por cartas. "Jimmy não era um fracassado desse tipo", ela disse. "Ele tinha uma vida. Certeza que está lá fora cuidando da própria vida."

Ela debochava da moda de fazer artesanato na prisão, mas disse que era bom trabalhar com as mãos. Ela estava fazendo bijuterias, disse, para explicar a Gordon o que tinha pedido que ele trouxesse. Ele não acreditou completamente nela, mas num certo sentido acreditou, já que não se permitiu especular. Ele havia dado um basta na especulação. Logo sairia de Stanville. Voltaria a estudar, faria um mestrado em trabalho social. Provavelmente não era um momento prudente para se demitir, com a economia afundando, mas os ritmos do mundo nem sempre estavam em sincronia com o ritmo das pessoas.

Como é a vida de natureza e cativeiro?, Alex perguntou por e-mail.

Hoje de manhã vi um falcão peregrino comer filhotes num ninho de pardal, ele respondeu. *Muita comoção. Grande drama em Sierra Nevada.*

Ah, aposto que eles são deliciosos, Alex escreveu de volta. *Tem um passarinho que os aristocratas franceses comem inteiro, ossos e tudo. Ilegal, e, de praxe, come-se com um pano tapando o rosto e a cabeça, como um capuz de carrasco. Talvez o que falte pra gente seja tradição e elegância na nossa destruição implacável da natureza. Então, quando você volta?*

Um dia depois de entregar o que ela queria, Gordon foi de carro até a cidade. Estacionou na rua principal de Stanville, onde havia lojas com vitrines ensaboadas. No fim do quarteirão havia uma pequena igreja católica. Um edifício antigo com paredes grossas de adobe. As portas estavam abertas. Parecia fresco lá dentro.

Nossa Senhora do Vale cheirava como o forro da bolsa de uma velhinha. O livro de bolso de Nossa Senhora, que vinha sendo coberto por resíduos de pó de maquiagem e bolor havia décadas. Gordon não tinha religião, embora a ideia de misericórdia, oferecida pelas igrejas, por um deus cristão, mas jamais pelo Estado, tenha passado por seus pensamentos. Ele se sentou no final de uma fileira de bancos. Do outro lado do corredor havia um confessionário. O lado do pecador tinha uma tela para falar com o padre. A tela era uma placa de metal com buracos feitos aleatoriamente. Parecia uma placa de trânsito cravejada de balas.

O vento se movia pela igreja, partindo de uma única porta escorada nos fundos. Papéis em algum lugar levantaram e reviravam, sugerindo presença, mas depois não mais. Sugerindo vento mexendo em papéis e ninguém presente, exceto Gordon. Ele olhou para os respiradouros do seu lugar no banco.

Havia limites reais, epistemológicos, para o conhecimento. Também para o juízo.

Só posso conhecer a mim mesmo, se é que posso conhecer alguém. Só posso julgar a mim mesmo.

Foi Thoreau o primeiro a dizer.
Jamais sonhei com uma maldade maior do que as que cometi. Nunca conheci, e jamais conhecerei, um homem pior do que eu mesmo.
Por que Thoreau era Thoreau e Ted Kaczynski era Ted? Um deles permanecia acadêmico na cabeça de Gordon, no outro, ele pensava estritamente pelo primeiro nome. Ted.

Era mais familiar sentir raiva e ser cruel. Talvez por isso.

Norman Mailer não levou alicate de corte clandestinamente para dentro de uma prisão para entregar a Jack Henry Abbott. Norman Mailer escreveu cartas, usou prestígio. Mailer se vangloriava que a soltura de Abbott tivesse sido por sua causa, se vangloriou até perceber que poderia ser um problema ter seu nome envolvido naquilo, e aí ele passou a negar seu papel, e depois não conseguiu resistir a voltar a se vangloriar, disse que faria tudo de novo pela arte, em nome da arte. Era 1981 e puseram o pobre Abbott numa casa de reabilitação no Lower East Side de Manhattan. Ele ficou cercado de viciados e de gente corrompida e passou a andar armado para se proteger. Não sabia nada sobre a vida em sociedade e confundiu as coisas, achou que estava sendo ameaçado como antigamente, como na cadeia. Pegou a faca e enfiou fundo no coração do agressor. Você não tem muito tempo pra brigar na prisão, por isso os lances são sempre estratégicos, planejados com antecedência. O cara morreu de imediato, ali na First Avenue. Jack Henry Abbott voltou para a prisão e nunca mais foi a jantares com celebridades e escritores e belas mulheres com nomes como Norris. Quem é o idiota que dá o nome Norris para a esposa? Ele quis dizer filha. Gordon sabe que não se escolhe o nome da esposa.

A cabana de Gordon estava quase toda preparada para a mudança. Duas caixas de livros, algumas panelas, um troço da Melitta que você coloca em cima da xícara, roupas dentro de sacos de lixo. Ele pôs um pedaço de lenha no fogão, esperou o fluido azul-dourado subir pra ter certeza de que o fogo pegou, e depois digitou o nome dela. Ele tinha criado regras, e essa era uma delas, olhar só agora.
Romy Leslie Hall.
Nada. Nenhum resultado.
Romy L. Hall. Hall penitenciária Stanville. San Francisco Hall prisão perpétua.
Ele procurou e procurou, enquanto a lenha queimava, mudando suavemente de posição, as brasas estalando.
Jimmy San Francisco professor Instituto de Artes. Nada. Ele passou horas procurando na lista de professores. Havia um James Darling no departamento de cinema. Deu um Google em James Darling. Festivais de cinema. Declarações do artista. Mas ele nem tinha certeza se era aquele cara.
Ele ouviu um cão latir, em algum lugar mais abaixo na montanha.
Os moradores da região tornavam a natureza doméstica, e também hostil, com seus cães de guarda, com seus cuidado--com-o-cão. Pastores-alemães. Dobermans.
O cão latiu e latiu, lá embaixo na montanha, seu eco subia. Um latido de alguém cavando às três da manhã, cavando e cavando sem encontrar nada.

25

No verão seguinte eu instalei uma armadilha com a intenção de matar uma pessoa, mas não vou dizer nem de que tipo nem onde, porque se um dia esta página for descoberta a armadilha pode ser removida sem causar dano a ninguém. Também estiquei um arame na altura do pescoço de motoqueiros na trilha acima do riacho Rooster Bill, depois que o barulho de motores estragou uma caminhada que eu estava fazendo. Mais tarde descobri que haviam enrolado o arame em volta de uma árvore, de uma maneira segura. Infelizmente duvido que alguém tenha se machucado.

Ao sul do Fork Humbug atirei na cabeça de uma vaca com a minha .30-30 e depois caí fora. Foi uma vaca mesmo, não um alce. Um dia ao amanhecer eu também destruí a machadadas a caixa de correio do vizinho de modo a parecer que tinha sido obra de um carro.

Em novembro viajei de Montana até a região de Chicago principalmente por um motivo: para poder tentar matar em segurança um cientista, empresário ou algo do tipo. Eu também gostaria de matar um comunista.

Enfatizo que minha motivação é vingança pessoal contra aqueles que privam ou ameaçam privar minha própria autonomia. Não finjo ter qualquer tipo de justificativa filosófica ou moralista.

26

O dia de Sammy estava chegando. Estávamos juntas na prisão fazia quase quatro anos. Era outubro e todo dia o céu era o mesmo domo azul, nós, sob ele, também de azul. Algumas chegariam às datas de soltura e iriam embora. Sammy ia embora, e ótimo pra ela. A sensação de para sempre no pátio principal, de milhares de mulheres de azul, permaneceria, e eu permaneceria.

As montanhas além do pátio também eram para sempre, mas não do mesmo modo como os portões de concreto automáticos da prisão. Eu sonhava com mundos antigos lá em cima, uma civilização perdida de pessoas que me dariam uma chance. Era um sonho infantil que vinha de um livro que a gente leu na aula do Hauser. As montanhas de um roxo com tons castanhos numa tarde de inverno. Pessoas numa cabana onde uma fogueira crepita. Eles aceitam a desconhecida e ensinam ela a viver. Em alguns dos sonhos que eu tinha acordada, Jackson já estava lá com os desconhecidos amigáveis, esperando por mim. Ele estava entre as pessoas que me dariam uma chance. Estava sujo e forte, um menino selvagem que corajosamente trilhou seu próprio caminho. Ele estava lá na cabana, esperando com os outros pela minha chegada, minha reabilitação, para usar o linguajar deste lugar. Eles não te ajudam nesse processo. Você tem que fazer isso por conta própria.

"Quando eu sair daqui talvez eu possa tentar fazer algo por você", Sammy disse.

Sei que estava sendo sincera, mas ficava o tempo todo entrando e saindo da cadeia e mal era capaz de fazer alguma coisa por si mesma. Sammy era uma pessoa leal que tinha seus próprios problemas.

Eu tinha escrito provavelmente umas quarenta cartas para o responsável pelo caso. O responsável pelo caso só respondeu uma vez, com um bilhete curto dizendo que meus direitos tinham sido retirados e sugerindo que eu arranjasse um advogado de família caso pretendesse recorrer da decisão, mas que eu devia compreender que a perda de direitos quase nunca era revertida.

Fazia quase um ano que Serenity Smith estava na ala de segurança máxima. Algumas pessoas tinham desistido da luta, achando que jamais iam mandá-la para a população geral. Laura Lipp continuava militando. Era a paixão dela. Havia quem achasse que Laura Lipp não era boa líder para o grupo, já que tinha assassinado o próprio filho, um bebê, para se vingar de um homem. Duas jovens, novatas querendo ganhar reputação, deram uma surra na Laura e rasparam o cabelo dela.

Depois disso Laura ficou mais discreta. O movimento contra a srta. Smith cresceu com a nova validação que obteve quando Laura deixou de ser sua líder. Nórdica estava envolvida. Nórdica delatava mulheres que davam as mãos, o que era ilegal em Stanville. O mesmo valia pra abraços ou qualquer tipo de contato físico prolongado entre presas. "Isso é absolutamente inaceitável", Nórdica disse. "Não vou conviver com pervertidas. Querem jogar um homem no galinheiro com a gente e acham que a gente vai topar." Nórdica falava de Stanville como se ela fosse uma conservadora protegendo os valores da família, uma orgulhosa defensora dos padrões da instituição, e não apenas mais uma prisioneira patética e raivosa. Pingo também se envolveu, provavelmente porque para ela agredir e espancar pessoas eram jeitos legais de se expressar. Pingo e Conan, que historicamente se davam bem, começaram a discutir por causa disso. "Como você pode não querer proteger uma irmã?", Conan perguntou, se referindo a uma irmã negra. Pingo disse que a última coisa que precisava era de paus-no-cu do gueto na área dela. Saíram no braço nos banheiros químicos do pátio principal e Conan ganhou. Pingo foi expulsa da nossa cela.

"Alguém já passou por uma cerca elétrica?", eu perguntei para Sammy. Estávamos andando pela pista, num ponto fora do alcance dos microfones dos postos de monitoramento.

"Dois caras em Susanville."

"Mas como?"

"Usaram alguma coisa de madeira pra fazer um calço na cerca e passaram por baixo. Um cabo de vassoura, acho. Um carinha no Salinas Valley escalou. Deu um jeito de se aterrar. Quase conseguiu e aí atiraram nele."

Conan veio correndo em nossa direção. "Eu estava correndo, e perto dos banheiros vi esse cara branco com os braços abertos. Estava de roupa branca, a calça meio boca de sino. Achei que fosse o Elvis, sabe, dos anos loucos, quando ele engordou e passou a usar aqueles óculos escuros ridículos. Mas quando cheguei mais perto vi que eram as lata de lixo."

A visão de Conan piorava por causa da diabetes. Ele tinha uma consulta marcada com um técnico assistente, que era a nossa versão de médico, para dali a oito meses.

"Ei, que carro o Elvis tinha?", Conan me perguntou.

Eu não ri quando ele falou que confundiu as latas de lixo com o Elvis. Ele sempre começava a falar sobre carros quando sabia que eu estava chateada.

"Um Stutz", eu disse, mas não havia vida nem nas minhas palavras nem em mim. "Ele tinha um Stutz Blackhawk."

Jimmy Darling tinha ido a Graceland com uma câmera e disse que não havia nada pra filmar lá. Nada pra ver. Só os grafites no muro em volta da casa.

O lugar não é feito para ser todo chamativo e impressionante?, eu perguntei.

Sim, ele disse, é.

E o carro?

O carro, ele disse, era tipo quando a Virgem Maria aparece numa torrada. Quando você tenta fotografar, o milagre desaparece. Ele pagou a mais pra ver os aviões. Os jatinhos privados de Elvis. Dentro de um deles tinha uma cama de casal. Estendida sobre a cama, sobre as cobertas, um cinto de segurança de avião gigantesco. Olhando para a cama com cinto e para a única poltrona executiva, perto da janela, Jimmy Darling sentiu o espírito de Elvis no avião, acordado até tarde, noite adentro, em alta velocidade no céu, numa solidão infinita, ninguém com ele na sua hora mais sombria. Jimmy Darling foi visitado, no avião, pelo vento da alma vazia de Elvis.

Hauser também conhecia o museu mecânico na Ocean Beach. "See Susie Dance the Can-Can", ele disse, como prova. A Câmera Escura, onde um grande prato mostrava a espuma das ondas. Kelly's Cove, que no meu grupo não tinha a ver com surfe, só com bebida e garotos. Um cartaz imenso que anunciava a Playland, mas sem nenhuma Playland por perto. Só o cartaz desbotado pelo sol próximo de um penhasco falso, feito por humanos — diziam que foi colocado ali para enganar os japoneses durante a guerra.

Tem uma pizzaria em Irving, Hauser disse. Eles batem a massa nas janelas.

Eu vi tudo. Os discos cheios de farinha aumentando de tamanho e caindo nas mãos dos pizzaiolos com seus chapéus de cozinheiros, as mãos girando os discos, a massa aumentando seu tamanho, sua órbita, depois de novo no ar. Vi uma enorme coroa de flores pendurada na porta de entrada fechada numa manhã, anunciando a morte do velho, o patriarca da pizza. Eu nunca tinha visto uma coroa de flores tão grande. Eu tinha oito ou nove anos. Ainda não estava encrencada. Eu associava flores à morte. Aquela coroa de flores imensa criou essa associação em mim.

Vi a cobertura cintilante do oceano a partir da Irving Street, o jeito como ele subia num dia sem nuvens, como algo que respirava, que estava vivo, lá no fim das avenidas.

Meu filho gosta de igrejas, eu disse pro Hauser. Quando levei Jackson à Catedral Grace ele teve um instinto natural de ficar em silêncio na casa do deus de alguém, não dele, já que não éramos religiosos. Ele olhou em volta e me contou, num sussurro feliz, como se tivesse encontrado algo, uma ideia que ele tinha tido, "Mãe, quando eu crescer talvez eu queira ser rei".

Ele nunca foi malcriado, eu disse para o Hauser, mas enquanto dizia isso eu tentava controlar o instinto de falar bem demais do Jackson. As pessoas deviam saber que existem crianças que não são só legais, mas que são superiores à maioria dos adultos. Mas eu não queria que o Hauser recuasse, suspeitasse que eu estava empurrando uma criança pra ele adotar. Mesmo que fosse esse o meu plano. Era a única opção que eu imaginava que poderia realmente funcionar. As pessoas na cadeia ficavam cheias de fantasias idiotas sobre o que poderia acontecer no futuro. As minhas eram tudo que eu tinha. "Você tem um lance com ele", Sammy disse. "A maioria deles não se envolve com prisioneiras. Calejados demais. Acham que a gente vai tentar tirar vantagem deles. Mas ele é *acessível*."

Hauser tinha uma qualidade desperdiçada. Não parecia que acontecia muita coisa na vida dele fora do presídio. Não que ele discutisse sua vida com a gente. Não discutia. Em Stanville, a maioria dos funcionários achava ele esquisito. Os guardas debochavam dele, basicamente como um modo de debochar da gente. Vá ensinar essas burras a ler, sr. Hauser. Ensine dois mais dois pra essas vacas. Eles achavam que o que ele fazia da vida era inútil, e não uma atividade respeitável como nos observar pelos monitores de segurança ou se masturbar na torre de sentinela.

Hauser não era um idiota. Não era um Keath. Mas às vezes agia como se fosse. Quando pedi que ele levasse um alicate de corte para a biblioteca, tinha quase certeza que ele faria isso. Eu não pretendia usar aquilo. Testei ele.

Candy Peña se gabava de que Hauser era namorado dela, que tinha levado "uma sacolona" de novelos pra ela tricotar. Tudo o que ela pedia, Candy dizia a qualquer uma que voltasse à solitária e que estivesse no encanamento em cima do dela. Se não estivesse no corredor da morte, Candy saberia que não se gaba de uma coisa dessas. Você guarda isso para si e cultiva.

O aniversário de doze anos do Jackson foi numa terça-feira, 18 de dezembro. Acordei naquele dia e olhei para a foto de um menino de sete anos, que era só o que eu tinha, da última vez que vi meu filho, mais de quatro anos antes, quando minha mãe o levou à casa de custódia. Ele estava do outro lado de uma parede de acrílico arranhada. Já tinha crescido muito. Tinha cinco anos quando fui presa. Eu não sabia qual era a aparência dele hoje.

Escondi a foto no sutiã. Durante toda a aula daquela tarde pensei no que diria ao Hauser, que palavras usaria para pressioná-lo a me ajudar com o Jackson. Não acompanhei a discussão na sala, não levantei a mão uma única vez. Estava concentrada no momento de entregar a foto pra ele.

Percebi que as coisas não estavam bem quando ele me olhou da mesa dele, enquanto as outras saíam. Ele não estava feliz de me ver: essa era a dica.

"Hoje é o aniversário do meu filho."

Pus a foto na mesa pra mostrar como o Jackson era um menino bonito. Ninguém nunca disse que ele não era bonito.

Hauser mal olhou pra foto.

"É este aqui", fui em frente. "Pode ficar."

Era a foto do Jackson na sala de aula no segundo ano. Ele estava ajoelhado numa tora de mentirinha diante de um cenário de outono de mentirinha. Sorrindo e brilhando como se seu rosto fosse uma maçã reluzente.

Ele não pegou a foto. "Não posso aceitar."

"Estou te dando. Quero que você fique com ela."

"Eu sei, mas não é certo. Guarde pra você."

Será que ele não queria nem ver como o Jackson era?, perguntei, tentando controlar o tom da voz, porque ficar com raiva não ia me levar a lugar nenhum. Eu estava pronta pra colocar as cartas na mesa, pedir a ajuda dele. Comecei a fazer isso, e ele interrompeu.

"Lamento muito pelo seu filho, mas não posso me envolver."

Era época de Natal, um período nada alegre para nós em Stanville.

Em janeiro, quando as aulas deveriam ser retomadas, fomos informadas que a educação continuada estava suspensa. Hauser tinha pedido demissão ou tinha sido demitido. Nunca contam pra nós o que acontece com os funcionários. Os boatos correm, mas ninguém ligava muito para o Hauser fora a Candy Peña. Candy gritou para a Pingo, num período que Pingo passou pela solitária, que o Hauser foi mandado embora pelo excesso de intimidade com ela, Candy.

Eu estava num beco sem saída. Só tinha a mim e a minhas fotos do Jackson, sendo que a mais nova estava desatualizada em quase cinco anos. Eu tinha o alicate de corte que o Hauser me deu, na época que ele se comportava como devia. Tinha uma cavilha de madeira que fiz na oficina. Escondi as duas coisas no pátio, pra lá da Torre 1. Cavei com as mãos. Tinha visto a americana nativa fazendo isso, para esconder seu tabaco no pátio principal. Tinha chovido, que era quando as pessoas enterravam coisas. Arranhando a terra pacientemente, usando as unhas e as mãos como ferramentas para cavar. Fiquei atrás da Torre 1 por um bom tempo, o tempo necessário para enterrar a cavilha e o alicate. Ninguém me deu bronca nem me viu. Pode ser que Sammy tivesse razão, aquele era um ponto cego. Era um sonho. Se aquele sonho virasse realidade, seria um sonho fatal. Eu ia fritar na cerca como os coelhos que chegavam perto demais.

Um coiote morreu na cerca, ficou pendurado lá pra todo mundo ver.

Havia coiotes no beco atrás do apartamento que eu sublocava em Los Angeles. Eles andavam pela calçada da nossa casa em pleno dia. À noite Jackson e eu ouvíamos a cascata de ganidos deles. Jackson agia como se estivesse com medo e se agarrava em mim, mas de mentirinha, porque era divertido ter medo de animais selvagens que estavam lá fora desde que você estivesse dentro de casa com a mamãe. Eu me lembro do Jackson me contando que os coiotes têm o focinho mais longo que os lobos, que essa era a principal diferença, o formato do focinho.

Ficamos em confinamento enquanto os guardas desligavam a cerca para tirar o coiote morto. A era de Angel Marie Janicki tinha acabado. Ninguém ia sair.

A data de saída da Sammy estava chegando. Ela pretendia cumprir a condicional numa casa de ressocialização, um programa de reabilitação rigoroso que oferecia treinamento para um emprego. Agora raramente aparecia no pátio. Ficava na cela, longe da confusão. Quando alguém estava prestes a sair, as inimigas tentavam arranjar alguma encrenca pra acabar com as chances dela.

Uma equipe de tevê entrou na prisão para filmar Button e mais uma porção de gente condenada na adolescência. Button passou um tempão se preparando para a filmagem, como se fosse um concurso de beleza. "Você tem que parecer triste", eu disse. "Jovem. Inocente." Mas era seu grande momento e ela queria estar fabulosa. Costurou roupas em troca de um tratamento no salão de treinamento de cosméticos. Roubou maquiagem de uma mulher na cela ao lado, uma moça solitária que tinha medo dela. Deu um tapa na que estava cortando o cabelo dela por não acertar a franja. Virou uma peste e a gente queria que ela fosse embora da nossa cela.

A equipe filmou o dia inteiro durante o horário de visitas, sábado e domingo. No domingo eu estava no pátio com as outras párias que não recebiam ninguém e que eram a maioria das detentas. Algumas tinham visitas de gente da igreja, desconhecidos que se voluntariavam para entrar em contato por terem corações bondosos. As mulheres que eu conhecia e que recebiam essas pessoas faziam isso para ter alguma visita e para poder comer alguma coisa da máquina de comida. Eu ficava sentada no pátio debochando das impostoras que fingiam ser nativas pra poder participar do ritual da cabana de suor das verdadeiras nativas. Não tinha como confundir quem era de uma tribo, já que elas controlavam o comércio de tabaco e compravam na cantina com fundos tribais.

Naquele domingo à noite, Button não fechava a matraca e só falava do documentário. Todo mundo ia conhecer a história dela.

"Eu nem devia estar aqui", disse.

"Desde quando você é tão especial?" Ela já tinha me enchido.

"Eu tinha catorze anos na época do crime. Nessa idade o cérebro ainda não se desenvolveu totalmente."

Talvez fosse verdade, a história do cérebro. Tudo aqui tem a ver com escolhas, decisões, como se as pessoas fizessem esse tipo de raciocínio quando cometem crimes. Uma adolescente de catorze anos não faz escolhas. Ela está no presídio no tempo presente. Quando eu tinha essa idade, não conseguia imaginar nada além daquele dia, do dia seguinte. Mesmo assim Button me irritava, se diferenciando do resto de nós daquele jeito.

Uma presidiária chamada Lindy Belsen foi condenada ainda na adolescência e teve a sentença comutada pelo governador. Era famosa em Stanville. Uma equipe de advogados voluntários se reuniu em torno dela. Argumentaram que seu caso era uma história de tráfico humano. Ela atirou no cafetão num quarto de motel. Ele embonecava a menina para prostituí-la desde que ela tinha doze anos. Era uma história triste e talvez ela merecesse ser solta, mas os advogados a colocaram na posição de alguém indiscutivelmente inocente, e isso era difícil para nós. Lindy Belsen era um rosto ideal para ativistas do mundo livre que queriam uma presa-modelo para sua luta. Era bonita e falava como uma pessoa instruída. Mas, o mais importante, podia ser retratada de modo convincente como uma vítima, não como uma criminosa. Muita gente na prisão se ressentia de Lindy Belsen — o que sua história, a história que os advogados contaram, dizia sobre o resto de nós? Poucas ficaram felizes por ela quando ela saiu.

Mandaram Serenity Smith para a ala da população geral. Ela ficou na ala B, mas em regime fechado. Numa unidade regular, mas confinada com sete outras prisioneiras que não podiam entrar e sair das suas celas. Uma hora ia sair do confinamento, passar para uma cela comum. Conan e seu grupo de aconselhamento transgênero estavam decididos a proteger Serenity. Eles faziam reuniões. Estavam do lado dela. Outras pessoas construíam armas para lutar com eles. Conan e seu grupo planejavam cercar Serenity, organizar uma tropa de sapatonas como proteção contra Pingo e todas as outras pessoas perigosas que queriam lhe fazer mal.

Sammy disse que uma rebelião no presídio era uma coisa horrorosa. Tinha acontecido uma no ICM, norte contra sul. Foi uma máquina de moer carne, ela disse.

Para impedir violência organizada no pátio, os policiais não diziam quando retirariam Serenity da custódia fechada.

Não era problema meu. A vida voltou ao normal. Depois que o Hauser foi embora, nossas opções de educação continuada eram grupos de cura que se encontravam no ginásio: Autoestima, Controle de Raiva, Vida de Transição (só para aquelas que tinham data para sair) e Introdução aos Relacionamentos. Houve cortes no orçamento e outras mudanças. A oficina de carpintaria não estava mais aberta pra gente de nível quatro, como eu. Comecei a trabalhar na lanchonete, onde os policiais me bolinavam enquanto eu servia porções Mortimer desleixadamente. O supervisor da cozinha usava um bottom grande que dizia NEM PENSE. Nem pense em me manipular com suas histórias tristes e suas necessidades. Boa parte dos funcionários era assim. Os acessíveis não queriam ajudar. Queriam ganhar dinheiro contrabandeando coisas.

Recebi uma carta do pai de Eva. Eu tinha escrito umas dez cartas para o endereço dele para tentar localizar a Eva e essa foi a primeira vez que ele respondeu, depois de cinco anos na prisão.

"Eva morreu no ano passado. Recebi suas cartas e planejava entregar para ela, mas não sabia onde ela estava. Achei que você deveria saber que pode parar de tentar entrar em contato com ela."

Às vezes eu imaginava que o Hauser ia me escrever. Que ele iria pedir para entrar na minha lista de visitantes. Agora que não trabalhava em Stanville, as regras de confraternização não se aplicariam. Ele estaria lá fora no mundo livre e pronto pra começar algo. Embora eu não me sentisse nem um pouco atraída por ele, a gente ia se casar e fazer visitas em família com o Jackson. Hauser era honesto e gentil. Seria um bom pai. Eu não tinha como entrar em contato com ele pra dizer isso, e fui eu que acabei me dando mal, apesar de achar que era eu que estava usando e manipulando o Hauser.

Uma noite, tive dois sonhos com água. No primeiro eu estava com o Hauser. Pelo menos acho que era o Hauser. Era um homem genérico que estava relacionado a mim, de alguma maneira tinha obrigações comigo. Caía uma tempestade e a gente via o rio Los Angeles subir. A água ultrapassou as margens de concreto. Hauser mergulhou pra nadar, sem se dar conta da velocidade da água. Foi levado pela correnteza. Eu ficava pensando se ele poderia nadar com força suficiente para agarrar um galho ou uma raiz de árvore, se segurar em algo e se arrastar pra fora. Fui a uma loja. Disse à atendente que meu amigo tinha entrado na água. Ela disse, "A água está correndo a cento e quarenta e seis quilômetros por hora". Achei que Hauser estivesse morto ou indo rapidamente em direção à morte. Acordei.

    Quando adormeci tive um sonho diferente. Eu estava dirigindo um carro velho. A embreagem estava dura, os freios estavam ruins e o acelerador demorava um pouco pra responder, o volante era tosco, mas eu conhecia bem o carro e sabia lidar com ele para que ele fizesse o que eu queria. Tinha alguma coisa acontecendo mais adiante. Parei e saí do carro. Tinha um homem ameaçando se matar. Tinha uma mulher jovem tentando convencê-lo a não fazer isso. Então nós três estávamos andando juntos perto de um quebra-mar ou de um aterro. Era na Ocean Beach. Ondas enormes se formavam e quebravam, como se a água estivesse em declive, não nivelada. Era uma água íngreme. O homem começou a ir em direção ao aterro. De repente a mulher jovem era eu. O homem olhou pra mim, que não era eu, mas a pessoa que respondia pra ele no sonho, ele olhou pra esse eu e começou a ir rumo à água.

Eu disse, Não, não faça isso. Enquanto eu falava isso, percebi que ele me atraía para a água, ao sugerir que daria um fim à própria vida ele me atraía para acabar com a minha. Acordei e fiquei preocupada que o Jackson estivesse com sede e não tivesse um copo de água do lado da cama, mas aí lembrei que eu estava na cama inferior do beliche na cela catorze da unidade 510 da ala C.

Sammy foi solta. Disse que estava nervosa e que não queria ir. Mas eu conseguia sentir seu entusiasmo por trás do que ela dizia sentir. O programa de ressocialização era na periferia e ela estava preocupada. "Se você fica perto da barbearia por muito tempo", disse, "acaba cortando o cabelo."
Ela me deu a máscara de dormir com a estampa de porquinho e mais umas coisas. Prometeu que ia escrever. Demos um abraço de despedida.

Dizem que a sua sentença te atinge em ondas. A minha estava me atingindo. Eu não via um jeito de aceitar essa vida, de viver assim até o fim.
Estava deprimida e dormindo um monte. Num domingo, perdi o café da manhã e a primeira abertura da tranca. No almoço saí para o pátio para encontrar o Conan.
Laura Lipp e sua equipe de pátio varriam. Era um dia ensolarado e o pátio estava repleto. Provavelmente tinha duzentas mulheres lá fora.
Empurrei o portão e quando ele abriu rangendo era como se todo mundo tivesse cabeça de coruja, giratória. Eu não sabia o que estava errado, mas a tensão era palpável.
Atravessei as quadras de basquete procurando Conan. Estava rolando um jogo, mulheres à beira da quadra faziam piquenique com comida da cantina.
"Lá vem ela!", alguém gritou.

Pensei que a pessoa que gritou se referisse a mim e entrei em pânico. Veio gente correndo do pátio todo em direção à entrada principal. As jogadoras na quadra interromperam a partida. A bola encestou mas não tinha ninguém pra pegar quando ela caiu no chão. Ficou quicando solitária, atravessando uma quadra vazia. Todo mundo corria em direção ao portão.

Serenity Smith entrou. Tinha ido sozinha ao pátio. Andando ereta e altiva, uma bela mulher negra com braços longos e graciosos.

Laura Lipp e sua equipe de jardinagem foram em direção a ela com pás e ancinhos. Ouvi um grito. Era Nórdica, correndo em direção a Serenity. Conan, Reebok e o time deles correu para atacar Nórdica e as jardineiras. Pessoas vinham de todo lado.

A primeira a atacar foi Nórdica. Agarrou Serenity e tentou jogá-la no chão. Serenity reagiu. Conan derrubou Nórdica e começou a pisar nela. Cada partícula de raiva que um dia habitou o corpo de Conan saiu pela sola de sua bota, que se conectava vezes sem fim com a cabeça e com o rosto de Nórdica. A cabeça de Nórdica começou a vazar.

Serenity corria pra fugir de Laura Lipp e de sua horda. Laura Lipp acertou as costas de Serenity com o lado plano da pá; Serenity caiu. Laura se atirou sobre Serenity e pôs-se a arranhar o rosto dela. É assim que algumas mulheres brigam. Elas não conseguem evitar, é instintivo. Serenity levantou, empurrou Laura em cima de uma mesa e começou a dar socos nela. Alarmes soaram, o ensurdecedor uau-uau-uau que significa TODO MUNDO DEITADO.

As outras jardineiras tentavam puxar Serenity enquanto ela socava Laura. Arremessaram latas de lixo nelas. Os alarmes seguiram soando. Todo mundo brigou.

Pingo conseguiu pegar uma pá e batia em Serenity como se bate num tapete para tirar o pó. Pancadas lentas, pesadas, uma depois da outra. Serenity gritava. Os alarmes continuavam emitindo seu uau-uau-uau. Me passou pela cabeça que os policiais eram coniventes com isso. Deixando que Serenity saísse machucada ou até morta.

Ninguém deitou. O pátio estava um caos. Nuvens laranja de spray de pimenta eram direcionadas para as pilhas de gente que brigava e não parava de brigar. Os policiais recuaram para o escritório administrativo em nome da própria segurança. Ouviu-se um som que eu jamais havia ouvido, parecido com uma sirene antiaérea. Eles estavam com um problema. A coisa tinha saído de controle. Alarmes e sirenes uivavam.

Fui para trás da Torre 1. Havia um guarda lá, mas ele estava com a arma apontada para as amotinadas. Atirava balas de madeira nelas.

Cavei e raspei com a unha a terra atrás da Torre 1 até encontrar aquilo que eu estava procurando.

O jeito como o arame farpado se prende no tecido: ele te segura como se fossem mãos te puxando. Dizendo, Não vá. Fique. Só mais um pouquinho. Não saia. Se eu ficasse nesse lugar ia ser uma morte lenta até que eu encontrasse um jeito de morrer rápido.

Me cortei feio abrindo um buraco grande o suficiente para atravessar a cerca interna.

Cheguei à segunda cerca, a cerca elétrica. Os alarmes uivavam e eu estava pronta para arriscar a vida. Toquei na cerca com a cavilha que fiz na oficina.

Nada de choque.

Empurrei a parte inferior da cerca, levantei um pedaço e deslizei na terra por baixo, segurando a respiração, preparada para fritar.

Mas aí eu estava do outro lado, na estrada de terra onde o caminhão circunda o perímetro. Eu tinha chegado ao limite do universo.

Mais uma cerca para cortar. Eu ainda ouvia o alarme, a ordem repetida várias vezes para que as presas obedecessem às ordens, o barulho dos projéteis.

Cortei rápido, fiz um buraco, mantive a fenda aberta com o pedaço de madeira para evitar me cortar mais do que já tinha me cortado.

Eu estava num campo de amendoeiras. Dava para ouvir o alarme lá longe. Corri sob as árvores, atravessei uma estrada e continuei correndo.

27

Quando Gordon Hauser tinha doze anos, houve uma crise na comunidade em que ele morava, uma agitação, quando um condenado chamado Bo Crawford fugiu da antiga cadeia no centro de Martinez. Forças de ocupação vieram da baía de San Pablo. Houve vigias, veículos militares blindados, atiradores de elite, cães farejadores, bloqueios das estradas e relatos emocionantes de que Bo Crawford tinha deixado vestígios ou sido visto em Pinole, em Benicia, em Vallejo, em Pittsburg, em Antioch. Por dez dias a região ficou sob cerco, até que finalmente pegaram Bo Crawford escondido numa cabana abandonada no estreito de Carquinez, pouco depois de Port Costa.

Uma fuga estava longe de ser um período de férias. Você precisava ficar permanentemente atento. Tem gente que diz que é pior do que estar na prisão, mas, do jeito como Gordon imaginava as coisas, era tarde demais para Bo Crawford recuar. Ele foi forçado a viver nas brechas, nas margens, escondido num mundo que não tinha bons lugares para se esconder. Onde todo mundo comprava armas, inclusive o pai do próprio Gordon, e esperava para ver o fugitivo em sua propriedade.

Duas crianças viram Bo Crawford perto do estacionamento da refinaria C&H em Crockett.

Uma garçonete do Flippy's em Rodeo disse que ele apareceu um dia ao nascer do sol, pediu bacon e ovos. Quando ela se escondeu na cozinha pra ligar para os policiais, ele fugiu.

Ele entreteve a cidade inteira, pessoas de todas as comunidades, e os solitários também, que não tinham comunidade nenhuma, todos esperando e temendo sua chegada. Era famoso e faria a fama deles. Eles podiam ser as pessoas tocadas por sua fuga. Ele era um homem procurado. Um homem perigoso.

Por que ele era procurado? Por ter fugido. E por assalto à mão armada.

Uma mulher que trabalhava na lavanderia da cadeia, Vena Hubbard, ficou amiga de Bo Crawford e acabou se envolvendo com ele. Ela começou a sonhar com uma vida nova. Tudo isso veio à tona depois, em reportagens que tentavam narrar o colapso da segurança na cadeia. Vena e Bo falaram sobre uma ida ao México, antecedida por uma parada rápida na casa de Vena para matar o marido dela, Mack. Eles cruzariam a fronteira no carro dela, um Honda Civic. Tinham mapas e as economias dela, além de uma espingarda que pertencia a Mack, que levariam com eles depois de matá-lo. (Uma espingarda cabia num Honda Civic?, Gordon se perguntou.)

Bo tinha uma inteligência nata e um autocontrole fora do comum. Fazia duzentas flexões por dia. Meditava. Serrou, pouco a pouco, um buraco na parede dos fundos de uma despensa na lavanderia, enquanto seu parceiro de trabalho comia o frango frito e a salada de macarrão que Vena levava para a cadeia para alimentar os funcionários da lavanderia. Mais tarde houve um intenso debate sobre a atitude de Vena de levar comida clandestinamente para a lavanderia, sinal de sua fraqueza de caráter e submissão à espertеza do preso. "Eu só dava pra eles o que sobrava e eu ia jogar fora", disse em depoimento no inquérito. De acordo com detentos que trabalhavam na lavanderia, ela levava refeições que alimentariam vinte homens, o que incluía sanduíches de metro e pacotes e mais pacotes de lasanhas da Costco. Bundão era o apelido que Bo havia dado a seu parceiro de trabalho, que na verdade se chamava J. D. Joss e que fazia parte do plano, mas que não era um fugitivo do mesmo calibre de Bo. Enquanto Bo era o verdadeiro objeto do amor de Vena, J. D. mantinha com ela uma relação mais explícita, o que dava a Bo o tempo e o espaço de que ele precisava para dar sequência à abertura que fazia na despensa da lavanderia. J. D. havia costurado, usando a máquina da lavanderia, uma abertura secreta na sua calça de presidiário para Vena conseguir mexer no seu pau debaixo da mesa de supervisora onde sentava, com J. D. ao seu lado. Enquanto isso Bo traçava uma rota de fuga por meio de um cano que levava para baixo da cadeia e que dava num bueiro na rua.

No dia combinado, o único dia de folga de Vena, ela devia encontrar Bo e J. D. numa determinada esquina, com o Honda Civic, os mapas, a espingarda e o dinheiro. J. D. e Bo saíram da lavanderia pela abertura na despensa, enquanto o folguista que cobria a folga de Vena almoçava. Eles chegaram ao bueiro e andaram até a esquina de Martinez em que Vena devia buscá-los. Um carro passou, não o Civic. J. D. pulou nos arbustos do jardim de alguém. Bo, segundo contaria mais tarde à polícia, gritou para J. D. agir-naturalmente-porra. Como uma pessoa livre, e não como o cretino de um presidiário à solta.

Nenhum Civic foi resgatar os dois, e logo eles eram ambos presidiários à solta, que só podiam se esconder, que não tinham mapas, armas, planos, nada.

Quando chegou o momento de Vena pegar os dois e depois correr de volta pra casa pra matar Mack, ela e Mack Hubbard estavam no sofá assistindo um filme. Já era hora de sair e o filme não terminava. Mack, pela primeira vez em meses, dava atenção à mulher. Colocou o braço em volta dela no sofá e parecia que o braço dele dizia, "Eu sei que seus planos incluíam México e assassinato, mas isso aqui não é tão ruim, né?". A hora de encontrar Bo e J. D. passou. Provavelmente eles não tinham conseguido fugir mesmo. Era essa a esperança dela. Mas e se eles fossem atrás dela?

    Ela não dormiu a noite toda, assustada com todo e qualquer som. Mack roncava feito um idiota, sem entender que sua vida corria risco. Mas ele era um homem simples, e foi por isso que ela se apaixonou por ele, e depois foi por isso que o desprezou, e agora era por isso que gostava dele de novo. Ela abraçou a montanha das costas dele e rezou por sua própria salvação, por ela e por Mack, por todas as pequenas coisas da vida que não soube apreciar.

J. D. Joss e Bo Crawford se separaram. J. D. invadiu uma casa abandonada, comeu comida podre, bebeu água podre, sujou as calças e deixou pistas. Foi pego quase imediatamente, bêbado, coberto de picadas de insetos, com uma mochila que tinha um pacote de biscoito Oreo pela metade e um martelo.

    Bo conseguiu evitar ser capturado por dez dias. Criou uma lenda nas pequenas cidades fabris em torno da baía de San Pablo, como na cidade em que Gordon Hauser cresceu. Mais tarde as autoridades fecharam a cadeia do centro de Martinez. Construíram uma nova. Moderna, tecnologia de ponta. Não haveria mais fugas.

Durante a tensa vigia de dez dias, uma mulher ligou para uma emissora de rádio local. Morava na periferia de Crockett e tinha visto Bo Crawford sair do meio das árvores, perto do leito ferroviário. Ela olhou pra ele sem medo, disse, tentou olhar nos olhos, para que *ele soubesse*. Gordon se lembrava disso tão bem. A voz dela no rádio.

    Eu queria que *ele soubesse*.

O que a mulher queria que ele soubesse?, Gordon se perguntou, ao pensar nisso tantos anos depois, depois de ouvir falar das notícias sobre Stanville, sobre Romy Hall.

O que ela deixou que ele soubesse, na estrada de ferro? E o que *ela* sabia?

Que Bo Crawford existia. Que ele era um fugitivo. Ela o viu, queria que ele a visse. Estava disposta a correr o risco. Ele era perigoso e possivelmente estava armado e ela ficou exposta e firme. Ela olhou diretamente para ele. Se ele olhasse para ela, saberia que ela sabia que ele não tinha direito a essa terra de liberdade.

Eles vão te pegar.

Era isso que ela queria dizer pra ele com o olhar.

28

Parte da intimidade com a natureza consiste no aguçamento dos sentidos. Não que sua audição e sua visão se tornem mais acentuadas, mas você percebe mais as coisas. Na vida da cidade você tende a se voltar para dentro. Seu ambiente está coalhado de imagens e sons irrelevantes, e você se condiciona a bloquear em seu consciente a maior parte desses sinais. Na floresta sua atenção se dirige para fora, para o ambiente. Você fica muito mais consciente do que acontece à sua volta. Você sabe quais são os sons que chegam aos seus ouvidos: isso é o canto de um pássaro, isso é o zumbido de uma mosca varejeira, isso é um cervo assustado em fuga, isso é o baque de uma pinha partida por um esquilo. Se você ouve um som que não consegue identificar, aquilo imediatamente prende sua atenção, mesmo que seja sutil a ponto de quase não ser audível. Você identifica coisas imperceptíveis no chão, como plantas comestíveis ou rastros de animais. Se um ser humano passou por ali e deixou apenas um vestígio de pegada, provavelmente você vai notar.

IV

29

Kurt Kennedy acordou com duas garrafas vazias de rosé e dor de cabeça. A aeromoça, ele sabe que elas não se chamam mais assim, mas o outro termo jamais fixou residência em sua mente, enfim, a vaca levou embora a bebida dele enquanto ele dormia. Não o rosé, que estava na mochila entre os joelhos, mas o rum com Coca, que ele pediu e que não tinha acabado de tomar quando ela retirou a bandeja, e que era a vantagem de um voo internacional. A bebida era de graça e você bebia e ninguém te incomodava dizendo que já era demais. Supostamente eles não deveriam dar um basta. Ele acendeu a luz de emergência em cima do assento. Ia insistir em outro drinque porque não tinha tomado aquele que ela levou embora. A aeromoça chegou e disse que levou a bebida porque ele estava dormindo. Ele disse que foi exatamente aquilo que o ajudou a dormir e que precisava da bebida de volta.

Ela se inclinou, chegando perto.

"O senhor e eu sabemos que é uma regra boba, mas não é permitido trazer as próprias garrafas de vinho para o avião."

Tentando ganhá-lo com aquele "o senhor e eu". Eu tenho planos pra quando descer deste avião e você não está incluída, coroa.

Ela provavelmente tinha quarenta anos. Na verdade, era uma mulher bonita e Kurt toparia uma mulher de quarenta. Ele mesmo tinha cinquenta e quatro. Uma mulher da idade dele, só de pensar lhe dava vontade de vomitar. Mas muitas coisas de repente faziam ele ter vontade de vomitar. Ele vomitava sem motivo. Não se sentia bem. Passou a noite toda na rua em Cancún e tinha uns dez carimbos de casas noturnas no dorso da mão. Não se lembrava da última metade da noite. Se lembrava de entrar no jipe de alguém, um sujeito mais velho e ainda mais bêbado que ele, e o cara não conseguia sair da vaga do estacionamento, ficava só batendo no carro da frente e depois no carro de trás e depois repetindo, até Kennedy gritar pra ele parar e então desceu do jipe do sujeito, mas o que aconteceu depois? Ele não sabe. Acordou em seu Novotel e tinha se mijado todo.

Pelo menos não ia perder o voo. E tinha tempo para tomar um banho, porque, como todo mundo sabe, isso supostamente leva a angústia embora e deixa a pessoa prontinha para viajar. Vomitou no ralo que exalava metano. As pessoas não sabem fazer nada direito. Não sabem nem fazer um encanamento de esgoto.

Comprou o vinho no duty-free porque podia e porque queria algo que fosse seu para beber no avião. Sentia claustrofobia de ficar sentado esperando que trouxessem algo. Só de ver o carrinho parado no corredor sua boca ficava mais seca que o vale da Morte, e olha que seu remédio já deixava a boca seca. Ele não ia ficar esperando, ia levar sua própria bebida para o avião para o longo voo entre Cancún e San Francisco. Comprou as duas garrafas e um copo de café. Abriu um dos vinhos no portão de embarque e começou a servir, inclinando a mochila como se fosse uma garrafa, com uma camiseta entre as duas garrafas para impedir que batessem uma na outra.

Ele não diria que estava bêbado ao entrar no avião. Era só o início de um relaxamento. Ficou tenso o tempo todo em Cancún. Era uma viagem de férias, mas a todo momento ele pensava se estava se divertindo, e não sabia, e isso o deixava ansioso, por isso tomava outro clonazepam e deitava ou levantava ou ia pro bar ou andava pela areia, mas aquilo queimava os pés e ele tinha que assumir que não era do tipo que gostava de praia e que só queria chegar em casa e ir pro Mars

Club e encontrar Vanessa, encaixar o corpo dela no seu colo. Era o único jeito que ele conhecia de ficar em paz. Todo mundo merece ter paz. Quer dizer, pra ele, se alguém merece alguma coisa é irrelevante. Ele precisava de certas coisas pra se sentir bem. Vanessa estava entre essas coisas. Ele precisava de cortinas escuras e pesadas, porque tinha um problema de sono. Precisava de clonazepam, porque tinha um problema de nervos. Precisava de oxicodona porque tinha um problema com dores. Precisava de bebida porque tinha um problema com álcool. De dinheiro porque tinha um problema de vida, e quem é que não precisa de dinheiro. Ele precisava dessa mulher porque tinha um problema com mulheres. Problema talvez fosse a palavra errada. Ele tinha um foco. O nome dela era Vanessa — esse era o nome artístico dela, mas para ele esse era o nome-nome dela porque foi assim que ele a conheceu. Vanessa preenchia todos os pensamentos nebulosos de sua mente com algo que era específico e real. Quando estava perto dela, se sentia bem. Todo mundo merece se sentir bem. Especialmente ele, já que ele era ele.

"Claro que é permitido trazer vinho no avião", ele disse para a aeromoça coroa, vincos se formando em torno dos lábios dela enquanto ela assimilava a resposta. Apontou para os compartimentos de bagagem, cheios de garrafas de vinho que outros passageiros compraram no duty-free.

"Infelizmente o senhor não pode bebê-lo enquanto está a bordo."

Tarde demais, ele pensou. Ele tinha enxugado as duas garrafas, uma no portão de embarque e a outra pouco depois da decolagem.

Ele insistiu que ela trouxesse outra bebida. Disse que o voo ainda ia demorar mais uma hora e que ele estava com a boca seca.

Subitamente ela ficou amistosa, até demais. Ela está me enganando, ele sabia, e de fato ela trouxe uma Coca normal, dizendo que tinha rum dentro.

Havia um casal perto dele, um virado pro outro, como se não quisessem conversar, mas ele tentou mesmo assim. Às vezes conversar fiado com as pessoas faz o tempo passar. Ele falou de seu barco e ele não tinha um barco na verdade, mas falava havia tanto tempo que tinha um barco que, basicamente, àquela altura ele tinha um barco. Mas eles não se interessaram. Então ele se virou para o garoto do outro lado do corredor, começou a contar pra ele sobre o barco. Às vezes pensava nas pessoas como garotos, chamava homens feitos de garotos, mas este menino era um garoto-garoto, Kurt percebeu.

Quantos anos você tem?, ele perguntou.

"Treze."

"*Bacana*." Kurt disse isso com um tom do tipo maravilha, vai nessa. Garotos precisam de incentivo. Ele estava dando um reforço positivo ao garoto por ele ter treze anos. Treze anos era puberdade, já tem idade para gozar. Ele ia gostar de mostrar uma foto da Vanessa pro menino. Deixar que ele se maravilhasse com as mulheres que sabem agir como mulheres. Não como essa aeromoça, e provavelmente como a maior parte das mulheres neste avião, mulheres de toda parte hoje em dia, que mal agiam como mulheres. Se tivesse uma foto dela ele ia mostrar para o garoto. Tinha uma atriz pornô que parecia um pouco com ela, mas ele também não tinha uma foto da atriz.

Uma mulher veio andando pelo corredor e se inclinou sobre o garoto. O garoto se levantou. Um homem veio pelo corredor e sentou onde o garoto estava. Era uma família e eles trocaram de lugar. Foi bom te conhecer, Kurt disse, e o garoto respondeu: Valeu.

Ninguém ia falar com ele ou, na verdade, ninguém ia ouvir, por isso ele pegou seu livro, *Chickenhawk*, um troço sobre o Vietnã que ele vinha tentando ler fazia três anos. Ele tinha interesse porque fazia tempo que dizia que combateu na guerra, mas não era verdade. Ele serviu na Alemanha na época. O livro era sobre um piloto de helicóptero, e Kurt não tinha chegado nem na metade. Como levava tanto tempo para ler e era um exemplar em papel barato que ele comprou usado, guardava o livro num Ziploc. Ele leu umas poucas páginas no avião enquanto bebia sua Coca com rum sem rum graças à vaca da aeromoça, mas, para ele, ler era difícil. O problema de ler era que aquilo era incessante. Você conseguia se concentrar por tempo suficiente para ler um parágrafo inteiro e aí vinha outro e eles continuavam vindo. Ele lia basicamente como uma encenação, para as outras pessoas no avião, embora ninguém estivesse olhando para ele nem nada. Kurt guardou *Chickenhawk* de volta no Ziploc. Ele não conseguia fazer sua telinha funcionar, por isso fechou os olhos e se imaginou em casa com Vanessa.

A neblina avançava pela rua quando ele desceu do táxi naquela noite em frente ao apartamento. Às vezes a cidade era o lugar mais frio do planeta. Ele usava bermuda como os turistas que fazem fila no teleférico na Powell. Os idiotas nunca veem a previsão do tempo em San Francisco. Ele sabia que estava frio. Mas teve que viajar de bermuda porque sua única calça estava cheirando a mijo.

No dia seguinte ele levantou e foi ao Mars Club. Era sábado e Vanessa sempre trabalhava aos sábados.

Ela não estava lá.

Ele ficou uma semana em Cancún, e durante o tempo que esteve fora ela aparentemente pediu demissão do Mars Club, de acordo com o caixa no saguão de entrada. Kurt não conhecia o caixa e imaginou que o sujeito não tinha entendido quem ele era, um cliente fixo que gastava muito dinheiro na casa. Ele olhou para cima — o caixa ficava sobre uma plataforma como um balcão de fichas num cassino — e disse para o caixa chamar o gerente. A plataforma transformava em anão todo mundo que se aproximava e, no entanto, pode ser que o próprio caixa fosse anão, a plataforma era alta a esse ponto, embora fosse improvável. O gerente apareceu e apertou a mão de Kurt. Kurt era um cliente fixo, e o gerente não ia perder um cara como ele. Mas ele disse o mesmo que o caixa tinha dito: nós não temos uma Vanessa na programação. *Uma* Vanessa. Como se pudesse haver várias Vanessas e nenhuma trabalhasse aos sábados ou talvez nenhuma nunca trabalhasse.

Ele foi comer um sanduíche na Clown Alley, já que não tinha mais nada pra fazer. A Clown Alley ficava em North Beach, perto da esquina de um lugar que Kennedy frequentava quando não sabia das coisas. Quando não sabia sobre o Mars Club e sobre a Vanessa.

 O lugar perto da Clown Alley era um palco com cabines privadas. As mulheres dançavam e fingiam se masturbar, enquanto os homens, nas cabines particulares ao longo das bordas do palco, olhavam as mulheres se masturbarem de mentirinha enquanto se masturbavam de verdade. Dava pra escolher se você queria um vidro comum ou unidirecional, para a mulher que se masturbava de mentira poder ou não assistir você se masturbar de verdade. Se você quisesse contato visual ou fosse um exibicionista tipo Tarado da Capa, podia ter o que quisesse desde que pagasse, como acontece com tudo nesta vida. Ele gostava do lugar porque ainda não sabia das coisas. Depois que começou a frequentar o Mars Club, na Market Street, ele nunca mais voltou às cabines, mas ainda comia na Clown Alley porque eles faziam um sanduíche excelente e ele podia estacionar a moto, uma BMW K100, na frente das vitrines e ficar de olho caso algum idiota esbarrasse nela, um desses caras, e como tinha gente assim, que andava descontrolado pela calçada parecendo zumbi.

 Ele voltou ao Mars Club naquele sábado à noite, torcendo para que ela estivesse trabalhando, mas Vanessa não estava na programação.

Será que tinha mudado de nome artístico? Algumas mulheres mudavam o tempo todo. Numa semana a garota era Cherry ou Secret, e na semana seguinte era Danger ou Versace ou Lexus ou alguma coisa estúpida desse tipo. Vanessa era um nome de mulher tradicional e crível e combinava com ela, e ela não tinha mudado, ele achava que não, porque ele pagou a entrada e entrou e passou uma hora monitorando o lugar e não encontrou Vanessa, não naquela noite nem no dia seguinte ou na noite seguinte, nem nos próximos dias e noites.

Da primeira vez que Kurt viu Vanessa, ele estava com uma gostosa chamada Angelique. Ele e Angelique dançavam numa espécie de túnel nos fundos do Mars Club. Eles chamavam isso de dança, mas o tempo todo você ficava só tentando se esfregar nelas. Tinha outro casal no túnel, um empresário e a Vanessa. O corpo dela estava pressionado contra o do empresário. Ela dançava com o sujeito com vontade. Estava colada nesse sujeito de terno, ela de sutiã e calcinha. Angelique disse em voz alta que Vanessa estava quebrando uma regra e que estava chapada, que droga ela estava tomando, porque é proibido trepar no túnel. Era o.k. massagear o colo dos caras com a bunda, mas se você fizesse isso de frente, as outras mulheres pegavam no seu pé.

"É, estou chapada", Vanessa disse, balançando no empresário. "É uma droga chamada felicidade. Você devia experimentar uma hora." Continuou rebolando colada no empresário, que nem notou a discussão entre as duas e se movia colado na bela Vanessa como alguém que dança com a mulher nas bodas de ouro ou num comercial de tevê que utiliza uma ocasião dessas para vender Viagra.

Kurt achou engraçado. Mais tarde Vanessa passou por ele no corredor e ele disse isso a ela. Ela disse não gosto de conversar mas se você quiser uma dança erótica eu custo vinte dólares por música. Então ele deu uma Andrew Jackson para ela, que era como as mulheres chamavam, e foi assim que começou. Do jeito como as coisas normalmente começavam com qualquer mulher no Mars Club, não fosse o fato de que essa garota não estava simplesmente atrás do dinheiro dele. Tinha alguma coisa rolando entre eles.

    Todas elas faziam um show no palco ou deviam fazer, e quando era a vez da Vanessa ele sentava mais perto do palco do que de costume. Quando Angelique o viu sozinho e tentou oferecer companhia, ele disse pra ela cair fora.

    Vanessa tinha uma música que caía como uma luva pra apresentação dela. Ela se movia pela música como se a canção fosse sobre ela. O cantor tinha uma voz estranha. Kurt não sabia se era homem ou mulher e isso era bem esquisito, mas combinava com aquela garota mesmo ela sendo cem por cento mulher. *"Come on down to my place, baby, we'll talk about love."* Vanessa usava óculos escuros espelhados que davam um ar cômico para o show. Levantava as pernas, e eram as pernas mais bonitas que ele já tinha visto. Algumas garotas dali tinham pernas pálidas e flácidas, tubos sem forma que lembravam seringas de vidro. As pernas de Vanessa eram pernas-pernas, longas e afuniladas. Era uma piada — comédia — que essa mulher de nível internacional estivesse no palco do Mars Club. Ele era parte daquilo, acredite. Ela estava de bem com a vida como todo mundo devia tentar de vez em quando, mas não tentava ou não podia tentar por não ser livre como ela, essa mulher sexy com suas pernas incríveis. Bela bunda. Os peitos eram bonitos também. Pegáveis. Enchiam a mão. E aí ela mostrava tudo, dobrando o corpo de cabeça para baixo, de costas. Essa era a parte favorita dele, o jeito como tudo ficava suspenso visto de costas, quando elas se inclinavam. Ela estava fazendo isso só para ele. Ela sabia. Essa garota realmente sabia. Esse era o lance com a Vanessa. Não era uma idiota que ficava batendo na porta errada. Era sempre a porta certa. Sabia como excitar Kurt e estava fazendo isso.

Ela sentava com ele quando a apresentação no palco acabava. "Sabe o que eu gosto em você?" Era uma pergunta que ele fazia só pra ele mesmo responder. "Tudo."
Ele gostava de ser a pessoa que falava. Se sentia bem com ela. Se sentia confortável. Adorava tocar nela. As mãos dele em todos os lugares.
Ele dava uma nota de vinte atrás da outra pra ela, saía e pegava mais dinheiro, e dava pra ela também, pegava mais, e também dava pra ela, porque ele realmente gostava muito, muito, muito dessa mulher.

Ele começou a ir com mais frequência ao Mars Club. Kurt estava afastado do trabalho e tinha bastante tempo livre. E ele estava enfeitiçado. Gastava tudo com essa mulher. Ela só precisava se virar e olhar para ele, sentada no colo dele, e ele entregava as notas.
Antes de trabalhar como oficial de justiça, um emprego que dava um bom dinheiro mas que quase custou a vida dele, Kurt trabalhou de segurança no teatro Warfield, que ficava a um quarteirão do Mars Club, na Market. Cara, ele tinha cada história. Oito noites da banda do Jerry Garcia. Dez noites do Jerry Garcia. Hippies patéticos montavam acampamento na calçada larga, criando sua própria aldeia no meio da rua, com batucada e gente drogada surtando, e os seguranças tinham que ficar enxotando o acampamento dali e mantendo a ordem. Ele ainda tinha alguma amizade com uns seguranças do Warfield, e quando começou a ir ao Mars Club ele estacionava em frente ao teatro e pedia pra eles ficarem de olho na moto.
Em San Francisco havia mulheres que pilotavam motos. Isso incomodava Kurt. Porque as mulheres, como é que elas entendiam a física da coisa. Se você não entende a física, você não tem como controlar a velocidade. Você não veria Vanessa pilotando uma moto. Ela usava sapatos pequenos de salto alto

e vestidos curtos quando saía do Mars Club. Mas ele podia colocar a Vanessa na garupa. Ensinar a segurar bem, a se inclinar junto com ele. Tinha muita mulher que não sabia nem andar na garupa, se inclinava do jeito errado nas curvas. Se segure como se você fosse parte disso, ele tentava explicar, mas elas não entendiam.

Ele devia estar em casa se recuperando do acidente, mas ficava entediado em casa. Tinha caído perto dos conjuntos habitacionais na Potrero Hill e destroçado a perna, deslizado pela esquina toda com o joelho preso debaixo do tanque de combustível imenso e pesado da sua K100. Fez quatro cirurgias e agora mancava. Chamavam aquilo de acidente, mas para Kurt foi uma tentativa de homicídio. A molecada da região tinha jogado óleo de motor no meio da rua pra ele derrapar. Ele tentava entregar documentos jurídicos, simplesmente fazendo o trabalho dele, num endereço dos conjuntos, várias vezes sem dar sorte. Na sexta visita, assim que chegou na esquina e começou a deslizar, ele soube o que tinham feito com ele. Mas não tinha como encontrar os meninos que fizeram aquilo e provar.

Ele estava preso em casa, esperando o joelho melhorar. Disseram que podia não melhorar. O apartamento dele na Woodside se tornou uma sala de espera para uma espera sem fim. Ele ficava andando pra lá e pra cá, sentava no sofá, folheava uma revista, mudava o canal da tevê, olhava o que tinha na geladeira, via carros passando na rua, fazia seus dez exercícios, via carros tentando fazer balizas, era raro alguém que soubesse fazer uma baliza, sentava na cama, lia várias vezes seguidas a mesma frase de seu livro, *Chickenhawk*, percebia que fazia isso, colocava o livro no Ziploc, mudava os canais da tevê e, por fim, levantava, ia de moto até o Mars Club e entrava mancando pra ver se a Vanessa estava lá.

Agora ele conhecia várias mulheres, mas a única de quem gostava era Vanessa. Ele disse para ela que era detetive, investigava homicídios. Não era uma mentira de todo. Ele queria investigar os meninos que tentaram matá-lo criando uma poça de óleo de motor na esquina perto dos conjuntos habitacionais. Ele aprendeu a não contar pros outros que era oficial de justiça, porque quando ele explicava como funciona o trabalho, as táticas que você era obrigado a usar, aquilo não parecia nobre. As pessoas o tratavam como se ele fosse uma espécie de cuzão que trabalhava confiscando coisas pro banco.

Ele falava pra Vanessa de todas as tensões da vida dele sem entrar em detalhes. Falava e falava.

Ele tocava a pele nua dela com as mãos e dizia coisas, expressava sentimentos e se apegava a ela. Ele se apegou a ela.

30

Corri por um campo de amendoeiras. Corria duas fileiras num sentido, depois virava e corria mais uma, depois mais duas no sentido anterior e depois virava de novo, de novo, de novo. Minha única opção era correr. Correr e encontrar um lugar para me esconder até a noite.
    Por causa das montanhas, eu sabia onde estava o leste. As linhas do campo cultivado são retas, e quando cheguei ao fim de uma e encontrei uma estrada, vi que as estradas também eram retilíneas, que era como eu me lembrava delas quando vi pela janela do ônibus. Eu atravessava e continuava correndo, atravessava e continuava correndo. Se já estivessem atrás de mim, podiam ter dificuldade para localizar minha posição exata por causa do zigue-zague. Ziguezagueava mas continuava indo para leste, na direção das grandes montanhas.
    Cheguei a uma vala de drenagem. Ali havia um enorme tubo, eu podia entrar nele para me esconder até anoitecer.
    Na vala percebi que estava sangrando. Eu não tinha sentido até então, nem a umidade na calça. Acho que a água fria tinha estancado o sangramento. Havia um talho longo na minha perna, do arame farpado.
    Depois de ouvir o som da água por um tempo, consegui ouvir outras coisas. Distinguir outros sons: insetos. Um corvo. O vento que os carros provocavam ao passar pela estrada mais próxima. Tomei a água da vala de irrigação.

À noite saí do cano. Andei rápido com minhas roupas de detenta molhadas e esfarrapadas. Não dava para ver as montanhas, mas eu sabia em que direção elas estavam. Tudo era em linha reta aqui. Eu estava dentro de uma grade gigante; sem pessoas em volta, mas desenhada por pessoas. O mundo inteiro, pelo menos este mundo, o Central Valley, desde as montanhas até o horizonte a oeste, era uma prisão gigantesca. Campos e linhas de transmissão de energia em vez de arame farpado e torres de sentinela. Sem homens e feita pelo homem.

A grade ajudava a me orientar para onde eu ia. Conseguia não me perder e ao mesmo tempo me manter longe das estradas, seguindo pelas alamedas de amendoeiras.

Andei a noite toda, ora mais devagar, ora mais rápido.

Antes do sol nascer encontrei uma casa com carros velhos abandonados em volta. Da cozinha vinha uma luz fria de mercúrio. Senti um cheiro de goiaba vindo do jardim. Havia um varal com roupas penduradas. Roupas, eu devia pegar aquelas roupas, mas com a luz na cozinha era arriscado. Ouvi um som lá dentro e saí andando. Passei por várias outras cabanas em mau estado naquela estrada, todas escuras, sem roupas pedindo para serem roubadas. Depois de um longo trecho sem casas, cheguei a mais uma, e lá havia roupas secando sobre cadeiras de plástico perto da varanda. Corri o risco, fui me esgueirando até as cadeiras e peguei uma calça e uma camisa.

Quando o dia raiou, eu estava no limite de uma cidadezinha. Tinha um parque com uma lata de lixo onde joguei meu uniforme de presidiária. Estava vestindo a outra roupa, uma calça jeans masculina dura, áspera, e uma camiseta. Treinei andar sem correr, agindo como uma pessoa que está na legalidade, não na ilegalidade, como alguém que tinha direito de andar por ali.

Ali já não havia campos de amendoeiras, não havia mais grade de estradinhas. O caminho fazia uma curva, passava por árvores e formações rochosas e campinas. Encontrei uma moita de arbustos isolados e dormi debaixo deles. Fiquei dormindo e acordando até o pôr do sol. Estava fraca mas me forcei a andar enquanto a noite caía. Não tomava água desde a vala de irrigação, estava sem comer.

Ouvi um animal gritar. Meu coração batia acelerado desde que saíra do pátio da prisão, acelerado por causa do meu estado de alerta, pelo medo, pelos policiais, por quaisquer sinais de que eles estivessem me alcançando. Agora eu também estava com medo do escuro. Deste animal, que gritou de novo. O grito era quase humano, mas da maneira quase humana de um animal na natureza.

Já tinha andado por muito tempo quando avistei luzes. Era um entroncamento com um posto de gasolina e uma estrada tortuosa que ia para as montanhas. Era tarde da noite. O posto estava aberto.

Uma picape estacionou. O motorista desceu para abastecer. Um cara sozinho. Tive a sensação de que era a pessoa certa. Era pra ele que eu devia pedir. Fui até lá.

"Tudo bem?", ele disse. Um cara gordinho com uma jaqueta da Marlboro desbotada.

"Preciso de uma carona."

"Carona. Pode ser. Pode ser. Você é casada?"

"Não sou casada."

"Você está com algum cara que está se escondendo, vocês vão me atacar ou o quê?"

Eu disse que estava sozinha.

"Pra onde você vai?"

"Subindo." Fiz um gesto com a cabeça na direção das montanhas.

"Até onde?"

"Até o topo."

"A hospedaria, você trabalha lá ou algo assim?"
"É."
"Tá bom. Deixa só eu reabastecer isso aqui. *Você vai ganhar uma carona.*" Ele disse isso meio cantarolando, como se o tempo todo mulheres aleatórias em postos de gasolina distantes implorassem favores e ele estivesse consentindo mais uma vez.

Ele pegou um copo de refrigerante do banco da picape. Era um copo gigante e estava escrito Arrasa Sede.

Ele pôs o ar-condicionado em trinta e um graus e ficou tomando daquele copo idiota e falando que ia entrar no negócio de máquinas de salgadinhos. O corte na perna tinha aberto de novo e eu estava sangrando no banco da picape. Estava tonta de sede. Mas se deixasse transparecer o quanto eu precisava de um gole do que ele estava tomando, ele poderia saber.

Fiquei vendo ele tomar a bebida pelo canudo, grosso como o bico de um galão de gasolina, e tentei não desmaiar.

"Só o que você precisa fazer é investir e ficar reabastecendo as máquinas, pegar o dinheiro." Depois ele ia pegar os lucros e comprar uma franquia. "Precisa de quarenta e cinco paus pra comprar um Dunkin' Donuts. Um Taco Bell sai mais caro. O negócio é começar com as máquinas de salgadinho, aí você compra um Dunkin' Donuts, pega o lucro e *daí* você compra um Taco Bell."

Nós subíamos indo para a esquerda e para a direita e fazendo curvas apertadas. Ele tomava refrigerante. Arrotou.

"Tenho um monte de planos. Quero entrar no mercado imobiliário. Sabe o que dizem?"

Ele esperava que eu respondesse.

"Não."

"Quem vende um grama de baseado, vende uma casa com gramado. Não é boa? Não é porque não tem ninguém contratando que não dá pra achar alguma coisa pra fazer. Você tem que saber encontrar a oportunidade. Você já viu aquelas propagandas, Compramos Casas Feias Ponto Com? Esses caras estão tirando leite de pedra, pegando uma situação ruim e transformando numa coisa vantajosa pra eles, né? Tem outra: um cara que pensa fora da caixinha fica fora do *caixão*. Essa é profunda.

"E: me diga quem são os seus amigos que eu te digo quem você é. Eu não ando com fracassados. Estou dentro do esquema. Peraí, preciso dar uma mijada."

Ele freou e parou no acostamento, pôs o carro em ponto morto. Não saiu. Motor ligado. Olhou pra mim.

"Você gosta de uma festinha?"

"Não."

"Mas podia fazer uma festinha comigo."

"Acho que não."

"Você pediu carona e coisa e tal."

"Porque eu precisava."

"Bom, neste caso, todo mundo podia sair ganhando."

"Me leva pro topo da montanha e a gente vê o que rola."

"Tá bom, então. Beleza. O.k." Ele desceu, foi até a beira da estrada e abriu a braguilha. Ele tinha tomado mais ou menos metade do Arrasa Sede, que tinha uns quatro litros.

Passei pro banco do motorista enquanto ele mijava numa moita. Engatei a marcha e saí.

31

Uma noite Kurt Kennedy seguiu Vanessa quando ela saiu do Mars Club. Ele não era nenhum esquisitão. Era só que ele tinha se apegado tanto que precisava ter certeza de que ela ia chegar bem em casa. Ele viu quando Vanessa entrou num táxi da Luxor e seguiu o táxi, de moto, até um apart-hotel na Taylor Street. Era na parte norte de Tenderloin, em Nob Hill, o Tenderknob, um prédio mais detonado do que ele podia imaginar, mas era ali que ela morava. Ele viu Vanessa entrando naquela noite. E em mais algumas noites. Muitas outras noites.

Algumas vezes ela ia pra casa de um viado, um apartamento em North Beach, em vez de ir pra casa. Do ponto de vista do Kurt o cara devia provavelmente ser homossexual, e ela não ia lá tantas vezes para que a coisa fosse séria.

Ele achava que era sua obrigação proteger Vanessa. Responsabilidade sua. Estacionava perto do prédio algumas manhãs, na esquina, na O'Farrell — daquele ponto ele tinha uma boa vista para a entrada do prédio. Às vezes, aos domingos, ficava o dia inteiro lá, já que o Mars Club não abria. Se ela saía, ele baixava o visor do capacete, circulava com a moto e conseguia ir atrás caso ela pegasse o ônibus na Geary Street. Ou se entrasse num táxi da Luxor. Por que sempre pedia táxi da mesma empresa? Ele ficou preocupado que o motorista fosse outro namorado ou alguém tentando transar com ela, mas confirmou, por meio desse trabalho que estava fazendo, que eram motoristas ao acaso, diferentes.

Se ela fosse andando a algum lugar em vez de pegar um táxi, ele dava voltas e seguia ela devagarinho. Às vezes saía do prédio acompanhada de um menino. Segurando a mão dele. Não é bonitinho? Igualzinho a uma mãe, mas ele tinha certeza que ela não era a mãe dele. Não combinava. Talvez o menino morasse no prédio. Uma vez ela estava com o menino e outra mulher e mais dois meninos; Kurt deduziu que os três meninos fossem da outra mulher, isso explicava tudo. Ele ficava incomodado por haver aspectos da vida de Vanessa a que ele não tinha acesso, mesmo que ele a seguisse e soubesse exatamente o que ela fazia, aonde ia, num determinado dia. Desde que ele conseguisse ver quando ela saía do prédio, para onde estava indo e soubesse quando voltava, ele não tinha perdido completamente o fio da meada.

Manter sua posição, não perder o rastro, manter o foco, era isso que ele fazia e o que ele queria.

De início ela não tinha ideia. Era uma época menos barra-pesada. Isso foi no começo. Mas então teve um período que ela não apareceu no Mars Club, por isso era natural que ele quisesse falar com ela. Será que era tão ruim? Para ele parecia uma coisinha de nada. Ele só queria dizer oi. Como não conseguia encontrar Vanessa no Mars Club, ele orbitou mais perto da casa dela. Encontrou com ela na vizinhança. Ela agiu como se ele estivesse cometendo uma ilegalidade comprando no mercadinho de merda da esquina. Lojas são públicas. Qualquer um pode entrar.

Depois que viu Kurt no mercado e ficou irritada e foi embora, quando ela finalmente voltou a trabalhar e ele deu seu assobio de sempre no Mars Club, o pssst dele, para que ela fosse sentar ali, ela ignorou, andou pelo corredor do clube e sentou com um outro cara. Todo dia a mesma coisa. Sem companhia. De repente o dinheiro dele não prestava. Ele continuou aparecendo, continuou tentando. Esperando perto do palco pra ver a dança dela.

Rapaz, como ele sentia a falta dela. Ele realmente sentia falta. Tentou dizer isso pra ela. A única coisa que ele podia fazer era continuar tentando. Sentou com a Angelique, deu notas suadas de vinte para ela, nem eram notas de cinco.

O jeito como ele conseguiu o telefone da Vanessa foi fuçando no lixo dela, que ficava numa caçamba aberta perto do prédio. Estava na calçada, basicamente era público. Ele tinha visto Vanessa jogar um saco na caçamba. Levou o saco inteiro pra casa, amarrado na moto. Separou o conteúdo sentindo que estava fazendo uma coisa importante e ficou feliz. As contas dela estavam lá. Agora ele também sabia o nome dela, mas não pensava nela com aquele nome. Ele achava que ela havia feito um acordo, com ele ou com alguém, algo maior, que ela ia dizer, "Eu sou a Vanessa". Ele continuaria usando esse nome. Era um acordo e ele não ia permitir que ela abandonasse esse acordo assim de repente.

O número de telefone estava impresso no alto da conta da empresa de telefonia. Ele ligou. Ela atendeu. Ele desligou. Que escolha ele tinha? Se ele dissesse, "É o Kurt", ela ia bater o telefone na cara dele. Ele sabia disso porque quando encontrava com ela fora do Mars Club ou fora do prédio dela ou perto do prédio, no mercado, em qualquer lugar em que ele dava um jeito de encenar um encontro casual, ela ignorava Kurt. Então, quando ligou, ele só teve um momento pra ouvir a voz dela e depois desligou antes que ela fizesse isso. Ele ligava, ela atendia, ele desligava. Ele ligava, ela atendia, ele desligava.

Às vezes, num dia difícil, um dia de tédio e dor excruciante no joelho e quando ele sentia que o mundo que ele conhecia, onde vivia, era um papel de rascunho que algum deus tinha amassado e jogado na cesta do lixo, amassado, arremessado e errado, ele não tinha como não ligar. Ele ligava umas vinte, trinta vezes, antes que ela desconectasse o telefone, ele imaginou, puxando a coisinha de plástico da base, e o telefone chamava e chamava mas não tocava mais no apartamento dela. Àquela altura ele ficou sem opção e teve que ir até lá e estacionar e ficar esperando que ela saísse. Ele sabia desde a época que trabalhou como oficial de justiça que era preciso ficar vigilante para encontrar alguém. Tinha feito isso muitas vezes. Ninguém conseguia enganar o Kurt. Ele era um profissional, ainda que não pudesse mais trabalhar.

    Ele ficava de vigia mais ou menos vinte e quatro horas por dia quando chegou a hora da viagem que ele tinha planejado pra Cancún. Um pacote barato que ele tinha comprado fazia meses, antes de conhecer a Vanessa. Ele gostava de viajar, e agora era triste ver como estava relutante em ir. Mas pensou que seria bom parar de pensar nela por um tempo. Não ia conseguir o dinheiro de volta se adiasse a viagem. Estava tudo pago e ele tinha que ir. Não conseguiu parar de pensar nela. Pensou em Vanessa em todos os momentos que passou em Cancún tentando não pensar nela.

Como ela não estava no Mars Club quando ele voltou, ele teve que ir até o prédio dela.

    No começo esperou em frente. Depois entrou. Tinha uma mesa na recepção, um velhinho atrás dela com cabelos grisalhos e oleosos, um sujeito meio amarelado.

    "Cinco dólares", o homem disse.

    O quê?

    "Cinco dólares pra subir", o velho gritou para Kurt, como se isso esclarecesse. Era uma extorsão. Um prédio de traficantes de drogas e a gerência queria ficar com uma parte. O velho pegou a nota de cinco de Kurt. As mãos dele tinham unhas compridas que pareciam queimadas nas pontas, como plástico derretido.

    As pessoas estavam na área comum do segundo andar e não havia outra palavra para aquilo: estavam alvoroçadas. Agindo de modo evasivo, falando baixinho, portas abrindo e fechando. Kurt tentou ser natural. Disse que procurava uma amiga.

Uma branca, é? Você está atrás dela? Porta 8, meu chapa.

Porta 8.

Dois caras na área comum começaram a discutir. Uma mulher saiu de outro quarto e gritou com um dos homens. Kurt tocou no número 8 enquanto as pessoas gritavam. Ninguém atendeu.

Ele ficou de tocaia no prédio por três dias. Ela não entrou nem saiu, pelo menos ele não viu nada.

Ele foi a todos os lugares de sempre. A loja onde ele tinha visto Vanessa comprar sanduíche num intervalo no Mars Club. O mercado perto do apart-hotel barato dela.

Um dia ele reconheceu um dos caras do segundo andar na Taylor, encostado entre dois carros, vendendo ou comprando drogas, fosse lá o que estivesse fazendo, e o camarada disse para Kurt, "A sua mulher se mandou".

Ele foi até o prédio falar com o velho porteiro oleoso. Explicou que estava procurando alguém, uma inquilina.

"Inquilinos se mudam o tempo todo. Quase todo dia."

Essa moça morou aqui um tempo, Kurt explicou. Cabelo castanho. Bonita. Pernas bonitas. Tudo bonito. Sabe de quem eu estou falando?

O velhinho sacudiu a cabeça. Simplesmente não. Não para toda pergunta que você pretende fazer.

"Sou um investigador", Kurt disse de modo oblíquo, achando que ia colar. Ele tinha feito isso várias vezes como oficial de justiça. Não funcionou.

"Traz um mandado, babaca, aí te mostro a lista de inquilinos."

A cirurgia do joelho deu errado e ele ia precisar de mais uma. Sentia dor o tempo todo e tinha entrado numa nova rotina de cerveja no café da manhã e sonecas de seis horas. Quando podia, ia ao Mars Club e entrava mancando com a bengala que agora era obrigado a usar, mas ela não estava lá. Angelique contou que Vanessa tinha parado definitivamente de trabalhar lá, mas ele suspeitou que ela fingia ter informações pra poder tirar grana dele.

E, de repente, do nada, era Páscoa. Ele foi até o Mars Club e ganhou o Primeiro Prêmio da Caça aos Ovos.

O porteiro, um sujeito grande e barbudo, disse, "Você está atrás da Vanessa, certo? Ela deixou um recado pra você, disse pra dar o endereço dela".

Ela tinha se mudado pra Los Angeles. Por que o cara deu o endereço dela? Ele acreditou e não acreditou que Vanessa quisesse que ele soubesse onde ela estava. O porteiro estava com um sorriso sarcástico. Kurt não entendeu a graça. Ele não sabia se o sujeito estava mentindo ou se era verdade, mas precisava investigar. Foi pra casa, pegou umas coisas, subiu na moto e seguiu direto pra Los Angeles, só parando pra reabastecer, comprar barrinhas de cereais e Red Bull pra engolir os comprimidos.

Quando ele chegou ao endereço, a carenagem da moto estava verde, coberta de insetos mortos. A junta dos dedos das luvas também. Sentia uma dor horrorosa. O joelho parecia feito de um gesso quebradiço em que alguém ficou batendo repetidamente com um martelo. Quando ele andava, fazia um barulho de uma coisa sendo esmigalhada. Usou aquela perna pra trocar as marchas durante o caminho todo pela rodovia 5. Não devia nem estar pilotando. Não devia estar de pé nem andar. Quando andava, tinha que usar duas bengalas, uma em cada mão.

Ele encontrou a casa dela e estacionou. Subiu os três degraus com muito esforço e bateu. Ninguém respondeu. Ele podia ter imaginado que não havia ninguém em casa. Era um sobrado com uma porta de vidro e dava pra ver o lado de dentro. Parecia estar desocupado. Era final da tarde e estava quente. Tinha uma varanda. Ficava na sombra e tinha uma cadeira. Ele sentou na cadeira, tomou mais dois comprimidos de analgésico. Ia descansar e esperar por ela. Tinha tempo. Não estava com pressa.

Acordou ouvindo vozes. Estava escuro, ele tinha dormido até anoitecer e ficou confuso por um minuto, esqueceu onde estava.
Passos na escada.
Depois de todo esse tempo, ali estava ela. Com aquele menino, que ele decidiu muito tempo atrás não ser seu filho, e sim de outra pessoa.
"Vanessa", ele disse.
O joelho dele estava tão inchado que se ele tentasse ficar de pé iria cair. Ele precisava das bengalas. As duas tinham escorregado pro chão, fora do seu alcance.
Estava escuro na varanda. Ele não conseguia ver Vanessa direito, mas a voz indicava que ela estava furiosa. Ela mandou que ele saísse.
"Vanessa, meu bem. Vanessa, eu só quero conversar com você." Ele estendeu a mão. Kurt sentia tanta falta dela. Precisava tanto tocar nela. Sentir o calor da pele dela. Ela recuou, destrancou a porta às pressas. Levou o menino pra dentro e saiu de novo.
Ele só queria falar com ela. Precisava falar com ela. Ele disse isso, de novo.
"Fora", ela disse. "Cai fora daqui."
Ele não conseguia levantar. Onde deveria estar o joelho dele havia um saco de pó esmigalhado por um martelo e ele não conseguia pôr seu peso sobre aquilo.
Ele tentou alcançar uma bengala, a que estava mais perto. Ela foi em direção à bengala, como se fosse entregar pra ele. Pegou alguma outra coisa, parecia um pé de cabra. O objeto

fez um barulho metálico pesado quando ela ergueu, fosse o que fosse. Estava escuro demais pra que ele visse alguma coisa.

"Eu disse pra você ir embora. Pra me deixar em paz."

"Ei!"

Ela deu uma pancada nele com aquilo. E deu mais uma. Damas, ele viu. Um padrão preto e branco. Padrões. Ele ouviu um zumbido alto no ouvido. A dor inundou sua cabeça. O chão de concreto da varanda bateu com força nele. Ele continuava recebendo golpes duros daquela barra de ferro pesada. Para! Ele gritou. Para!

V

32

Não havia cidades, só florestas densas que eu esculpia com os faróis da caminhonete. Estava na parte alta das montanhas quando cheguei a uma encruzilhada. Portões de metal trancados bloqueavam as duas direções. Fechado para o inverno, diziam as placas. Se eu desse meia-volta e regressasse descendo rumo ao vale, a essa altura os policiais podiam ter bloqueado a estrada.
    Tirei a tampa da bebida dele e tomei tudo. Os cubos de gelo machucaram minha garganta quando engoli. Deixei a picape na estrada e entrei na floresta a pé.
    O ar era mais frio ali. Frio e seco, ralo nos meus pulmões. A lua tinha saído. Uma meia-lua com luz suficiente para que eu enxergasse a trilha que seguia. Estava cercada por árvores. Só ouvia o esmigalhar suave das folhas e galhos dos pinheiros sob meus pés enquanto andava.

Quando o dia nasceu, a neblina tinha se instalado. A cerração era baixa, um vapor à espreita em meio aos galhos. Eu tinha desviado do caminho. Pisei em troncos, margeei o topo de um monte, mergulhei e atravessei uma encosta onde encontrei uma árvore cujo tronco tinha a espessura de umas dez árvores. Ou doze. Ou vinte. Era do tamanho de uma casa pequena, com raízes retorcidas imensas, como patas de leão, que se espalhavam por sua base. Grossas listras verticais de casca avermelhada envolviam seu tronco como tiras de veludo. A névoa ficava presa em seus galhos, que começavam muito acima de mim, na metade da altura da árvore. A maior parte da árvore não tinha galhos, era puro tronco, e lá em cima, onde podia ser o céu, havia uma cidade de galhos. Contornei a base. Do outro lado havia uma abertura. A árvore gigante era oca por dentro. Havia outra árvore gigante em frente a ela. Elas cresceram ali, juntas.

Consegui ver outras árvores imensas à medida que a neblina subiu e afinou, e um brilho filtrado se espalhou, a floresta se revelando ao dia. Agora que conhecia a escala, que uma árvore como aquela era possível, vi outras árvores gigantes na encosta. Tinha passado ao lado delas sem saber. Elas usavam sua imensidão como camuflagem. Tão mais largas do que qualquer outra árvore. Segredos à vista de todos.

Entrei na caverna da árvore. Era alto lá dentro, com um teto onde a árvore se fechava, bem acima de mim, fora do meu alcance. Das paredes internas escorriam córregos de seiva negra, brilhante e espessa. Toquei na seiva, imaginando que seria viscosa. Era suave e fresca como vidro. Também havia seiva vermelha, igualmente vítrea. E seiva amarela. Às vezes um ruivo é considerado loiro. Chamavam ele de Güero e me disseram que isso significava loiro, mas o cabelo do Jackson era castanho-claro.

O chão dentro da caverna estava coberto de minúsculas pinhas. Esta árvore gigante produzia pinhas-bebês. Eu precisava de água e comida. Minha perna doía. Talvez estivesse com febre. Não me sentia bem. Com certeza eles estavam atrás de mim. Eu tinha deixado a picape na bifurcação. Andei a noite toda. Deitei e dormi.

Acordei com um zumbido. Não muito longe, perto.

Levantei e saí da árvore. O zumbido ficou mais alto, mas perto do tronco, como se o ruído fosse da própria árvore. O sol tinha nascido, seus raios pintavam a parte superior da árvore de um amarelo dourado. O som era das abelhas. Vi as abelhas, montinhos de poeira flutuando dentro e fora dos raios de sol que inundavam os galhos mais altos. Elas moravam lá em cima. Seu som viajava tronco abaixo, fazendo tudo zumbir, inclusive o chão.

De dentro do tronco, o zumbido das abelhas era o zumbido da árvore.

O som da árvore era silencioso, por isso as abelhas falavam por ela. O som delas era o som dela, o som que ela me fez ouvir.

Ouvi outro som, um clipe-clipe. Uma família de pássaros passou correndo pelo chão. Os pequenos escorregavam por uma encosta íngreme, bolinhas de pingue-pongue seguindo os maiores. Eles correram para debaixo de uma moita e ficaram lá.

As duas árvores tinham áreas chamuscadas em torno dos troncos, dentro e fora, madeira queimada, negra e seca, fraturada numa geometria de rachaduras. Provavelmente elas tinham sido atingidas por raios. A floresta inteira queimando em torno delas, e elas sobreviveram porque sobreviveram. Porque podiam. Talvez tivessem mil anos. Dois mil anos.

Para a árvore, talvez isso não fosse muito. Simplesmente vida. Como a vida para o ser humano tem a duração de uma vida. Havia outras escalas de vida. A árvore era tão alta que eu não conseguia ver seu topo, apenas os bracinhos-bebês, os galhos pequenos que começavam no alto, na altura do céu, alto o suficiente para que essa árvore se esticasse até outro mundo ou até o fim deste.

O futuro dura para sempre. Quem disse isso e o que significava. A árvore subia como uma flecha, rumo ao momento em que Jackson seria um homem, e além disso, muito além. Teria seu próprio filho. Morreria.

Ouvi um ruído novo. Um som de perfuração, rápido, curto. Eles estão aqui? O que estão fazendo? Depois aquele som de novo, uma perfuração. Era um pica-pau fazendo seu trabalho solitário. Eles ainda não estavam aqui.

Você corre até achar um lugar seguro e a árvore era o meu. A floresta à noite é a escuridão real. Eu precisava tatear para descobrir meu caminho para fora da árvore. Fora, eu estava sob um cintilar de estrelas. Ouvi um farfalhar do vento. Ouvi aqueles pássaros pequenos se instalando debaixo do arbusto ou fazendo não importa o quê.

Vi o denso caminho da Via Láctea ou daquilo que eu achava ser a galáxia, acima de mim. Jamais tinha visto. Ou tinha? Eu sabia o que era aquilo. Havia estrelas brilhantes em meio à dispersão de outras mais indistintas. O céu está lotado de estrelas, e se você mora na cidade não sabe disso. Se você mora num presídio, não vê uma única estrela por causa dos holofotes. Aqui eu estava a meio caminho do céu. Onde não há pessoas, o mundo se abre. Onde não há pessoas, a noite cai para o alto, negra e despovoada.

Raios de luz cruzavam a floresta.

Eles estavam aqui.

Ouvi um helicóptero lá em cima. Luzes de holofotes varriam o chão.

O armário da vovó, era assim que a meninada falava. Era como eles chamavam um lugar protegido do vento onde a gente acendia um baseado. Debaixo da arquibancada do estádio ou num ponto de ônibus. O ponto de ônibus cheirando a urina na Forest Hill. O armário da vovó. Qualquer lugar servia.

Toda essa conversa sobre remorso. Eles fazem você moldar sua vida em torno de uma coisa, a coisa que você fez, e você tem que crescer a partir do que não tem como ser desfeito: querem que você faça algo a partir do nada. Eles te levam a ter ódio por eles e por você mesmo. Fazem parecer que eles são o mundo e que você os traiu, mas o mundo é tão maior.

A mentira sobre o remorso e sobre a vida que sai dos trilhos. Que trilhos. A vida é que é os trilhos. Ela é seu próprio trilho e vai aonde vai. Ela abre seu próprio caminho. O meu caminho me trouxe aqui. Queria que o Jackson pudesse ver essas árvores. Nunca trouxe ele aqui. Eu não conhecia este lugar. Não sabia que ele existia. Existe. Ele viu sequoias em Point Reyes. Essas são de outro tipo, maior, mais estranhas. As pessoas sabem que essas árvores estão aqui? Ele pode encontrar árvores como essas ou alguma outra coisa — como isso — não sendo conhecido, e nem esperado. Tem gente boa lá fora. Gente boa de verdade.

O helicóptero baixou. Uma voz ecoou, como nos alto-falantes do pátio principal.

Hall. Você está fora da área permitida, Hall.

A vida é os trilhos e eu estava nas montanhas com que eu sonhava no pátio. Eu estava nelas, mas nada permanece igual de perto como era quando visto de longe.

Sim, eu me acho especial. Isso é porque eu sou eu. Não tenho mais ninguém pra pensar a não ser Jackson e penso nele. Acredite. Eles chamavam o Jackson de Güero, mas ele não era loiro. Chamavam o Jackson assim porque amavam o menino. Eles não me amavam nem precisavam. Não havia necessidade. Eles amavam o Jackson, e eu amava o Jackson.

A umidade da neblina, como agora, está dentro de mim. Ela não me atinge. Nem me faz tremer. Esse tipo de frio forma a camada mais profunda das minhas memórias, de crescer lá, em ruas sem árvores, construídas sobre areia e o oceano mau, o oceano da garrafa quebrada com sua grande curva de parede de concreto. Afogamentos Fatais Ocorrem Aqui, os cartazes diziam em cada escada que levava para baixo. Escada para a fogueira, para o spray de tinta, para a briga. O armário da vovó na praia era qualquer carro. Ou atrás de um carro. Ou, dependendo do vento, naquelas escadarias. Afogamentos fatais ocorrem aqui.

A gente nadava de roupa. Nunca nenhum de nós se preocupou com afogamento. A morte não estava no nosso futuro. Ninguém vive no futuro. O presente, o presente, o presente. A vida segue sendo isso.

Hall, você está cercada.

Eles estavam falando comigo. Pareciam ordens no pátio.

Me dizendo pra ficar feliz porque o Jackson não estava aqui. Que a vida não sai dos trilhos porque ela é os trilhos, vai aonde vai.

Cachorros latindo. Mais perto agora.

Luzes banhavam a floresta, tudo brilhante como o dia.

Mãos para cima, eles disseram. Saia devagar com as mãos onde a gente consiga ver.

Se o Jackson estivesse aqui, eu não teria como proteger o menino. Ele está protegido contra isso.

Saí da árvore e fui para a luz, não devagar. Corri na direção deles, na direção da luz.

Ele está no caminho dele assim como eu estou no meu. O mundo andou por muito, muito tempo.

Eu dei a vida a ele. É bastante pra se dar. É o oposto de nada. E o oposto de nada não é *algo*. É tudo.

Agradecimentos

Por sua sabedoria e conhecimento sobre a rede visível e invisível da região penal do mundo e pelos milhares de outras coisas que ela miraculosamente sabe — sou grata a Theresa Booboo Martinez.

Agradeço a Mychal Concepción, Hakim, Tracy Jones, Elizabeth Lozano, Christy Clinton Phillips e Michele Rene Scott por tudo o que aprendi com eles. Agradeço também a Ayelet Waldman; Joanna Neborsky; Maya Andrea Gonzalez; Amanda Scheper; ao Justice Now de Oakland, Califórnia; e a Paul e Lori Sutton.

Agradeço a Susan Golomb por tantos tipos incríveis de apoio e a Nan Graham por acreditar em mim e pela orientação editorial crucial e certeira neste romance.

Agradeço a Michal Shavit e a Ana Fletcher pelos conselhos editoriais, assim como a Don DeLillo, Joshua Ferris, Ruth Wilson Gilmore, Emily Goldman, Mitch Kamin, Remy Kushner, Knight Landesman, Zachary Lazar, Ben Lerner, James Lickwar, Cynthia Mitchell, Marisa Silver, Dana Spiotta e, principalmente, Jason Smith, pelo que parece ser um suprimento infinito de generosidade intelectual.

Agradeço a Emily por dar seu testemunho de inúmeras maneiras.

Agradeço a Susan Moldow, Katie Monaghan, Tamar McCollom, Daniel Loedel e todo mundo da Scribner.

O projeto Duas Cabanas de James Benning e seu filme *Stemple Pass* inspiraram diretamente meus pensamentos sobre Henry

David Thoreau e Ted Kaczynski. Agradeço a James pela amizade e pela ajuda, pela disposição em participar de longas conversas no decorrer de vários anos e pelo uso dos diários de Ted.

A Fundação Guggenheim, a Academia Americana de Artes e Letras e a Civitella Ranieri, que ofereceram apoio fundamental enquanto eu escrevia este livro.

The Mars Room © Rachel Kushner, 2018

Todos os direitos desta edição reservados à Todavia.

Grafia atualizada segundo o Acordo Ortográfico da Língua Portuguesa de 1990, que entrou em vigor em 2009.

preparação
Adriane Piscitelli
Maria Emilia Bender
revisão
Eloah Pina
Tomoe Moroizumi
Huendel Viana

Dados Internacionais de Catalogação na Publicação (CIP)
— —
Kushner, Rachel (1968-)
Mars Club: Rachel Kushner
Título original: *The Mars Room*
Tradução: Rogerio W. Galindo
São Paulo: Todavia, 1ª ed., 2019
344 páginas

ISBN 978-85-88808-97-3

1. Literatura americana 2. Romance 3. Ficção
4 Literatura contemporânea I. Galindo, Rogerio W. II. Título

CDD 813
— —
Índice para catálogo sistemático:
1. Literatura americana: Romance 813

todavia
Rua Luís Anhaia, 44
05433.020 São Paulo SP
T. 55 11. 3094 0500
www.todavialivros.com.br

fonte
Register* e Fakt
papel
Munken print cream
80 g/m²
impressão
Ipsis